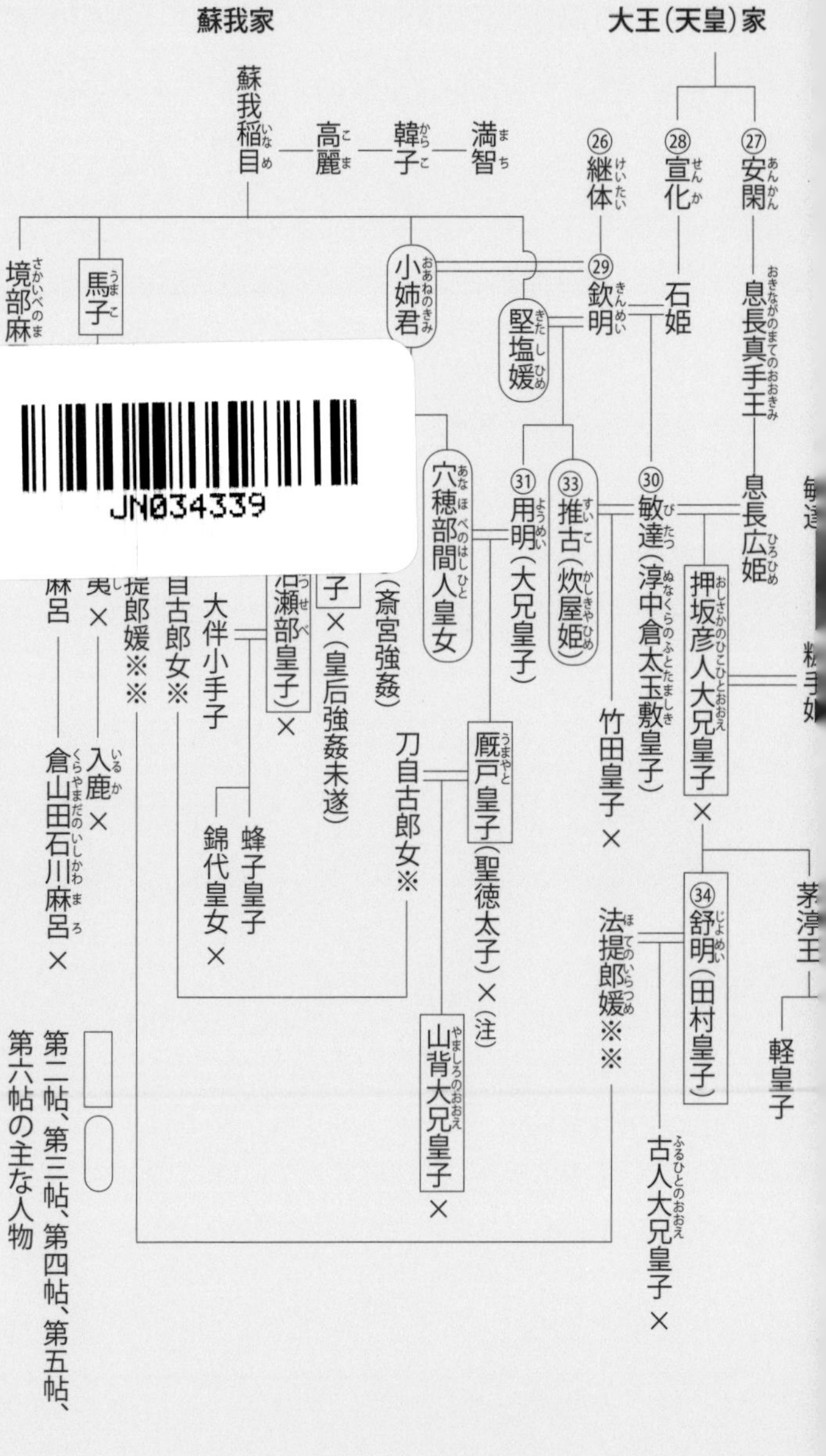

□ ◯ 第二帖、第三帖、第四帖、第五帖、第六帖の主な人物

注・聖徳太子は後世の尊称です。
・本書のための系図です。他に流用しないでください。

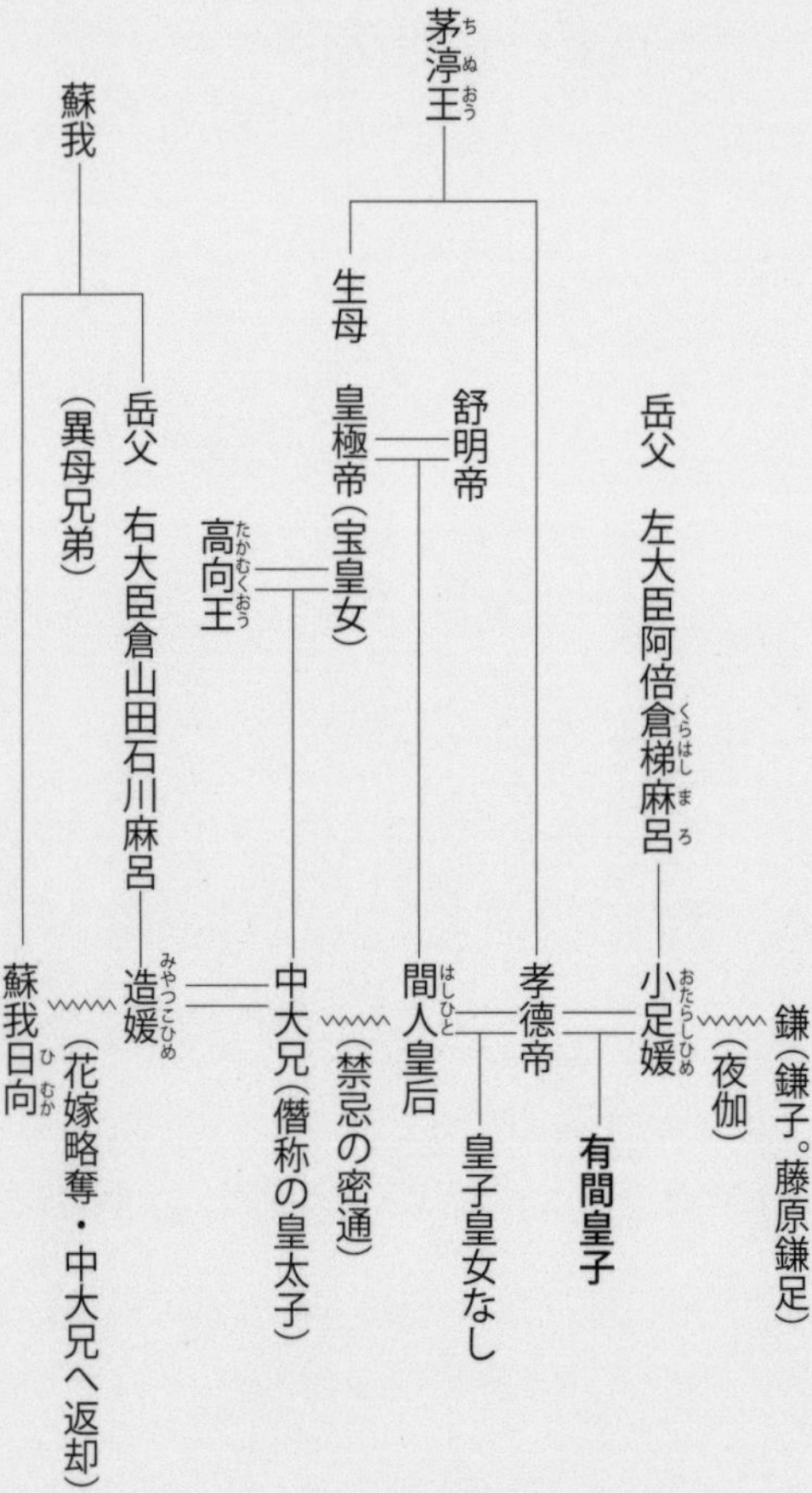

注　本書のための系図です。他に流用しないでください。

令和万葉秘帖

～まほろばの陰翳　上巻～

大杉　耕一

郁朋社

令和万葉秘帖　まほろばの陰翳　上巻／目次

【通商・外交の窓口「那大津」（博多）と、政治・国防の太宰府】

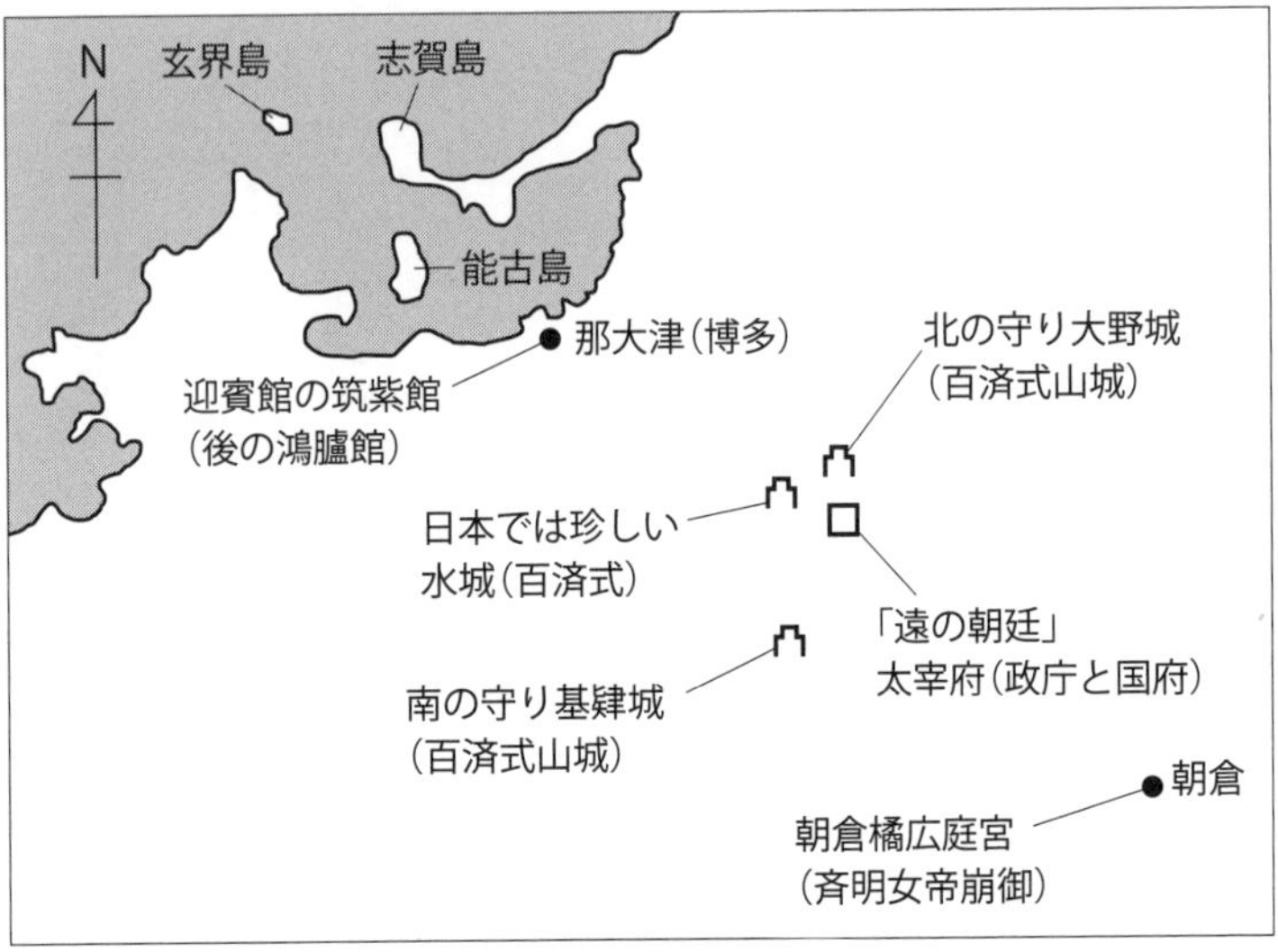

【太宰府概略図】

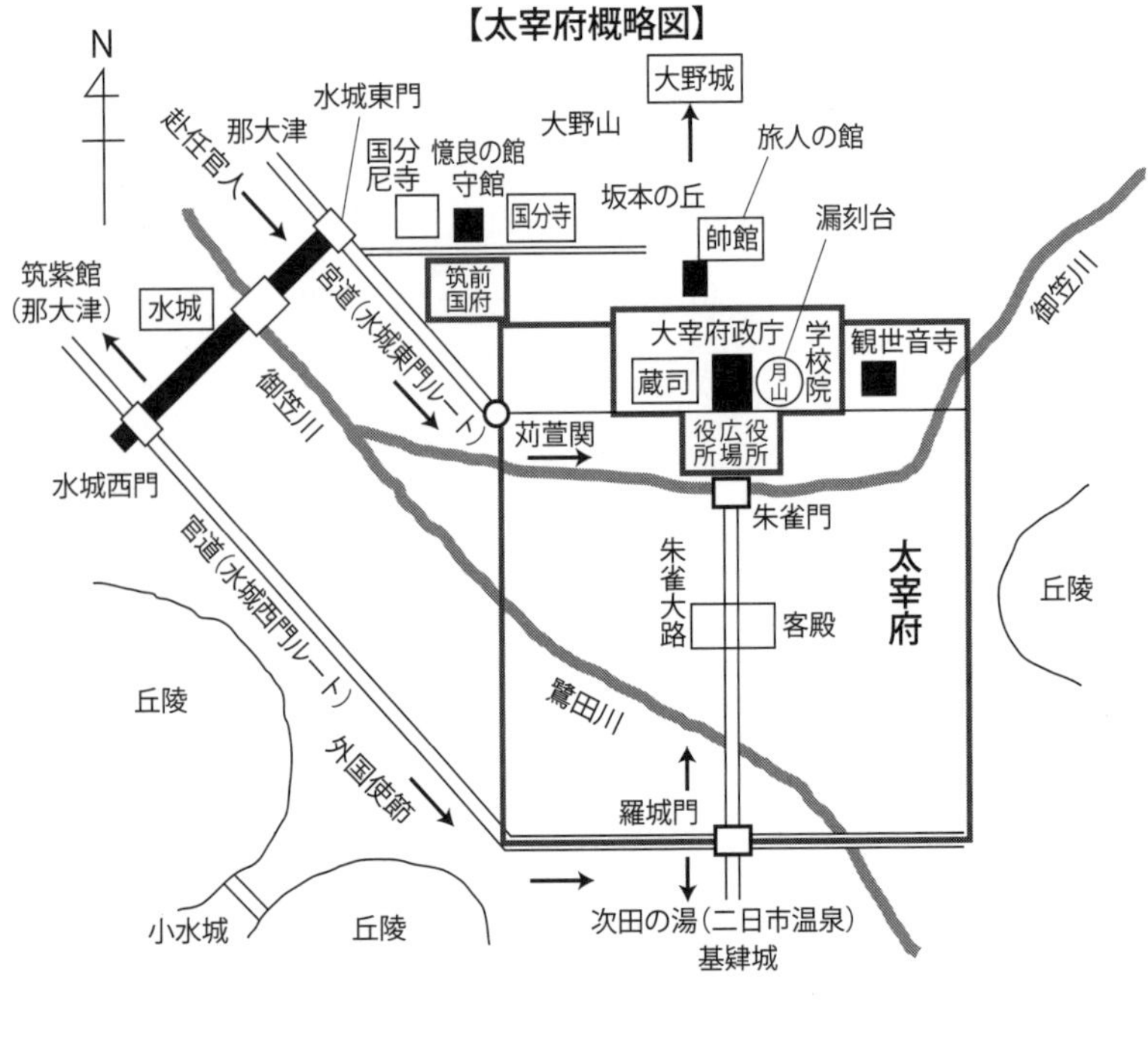

令和万葉秘帖

——まほろばの陰翳(いんえい)　上巻——

序の帖　心友（しんゆう）

験（しるし）なき物を思（も）はずは一坏（ひとつき）の濁れる酒を飲むべくあるらし
（大伴旅人　万葉集　巻三・三三八）

（一）双玉（そうぎょく）

大伴旅人が山上憶良と交際するようになったのは、養老五年（七二一）の正月であった。旅人五十七歳、憶良六十二歳。人の生涯ではかなり歳をとっての知り合いである。二人を引き合わせたのは長屋王、時の帝（みかど）元正天皇の許で右大臣であった。

前年、国中で話題になった大きな出来事が三つあった。

二月。九州南部、大隅（おおすみ）国の隼人（はやと）が大反乱を起こし、国司を殺害した。大隅は律令（りつりょう）の分類では三等の中国ではあるが、国司は天皇の名代である。反乱の規模が大きく、朝廷は騒然となった。

中納言大伴旅人が元正女帝に呼び出された。

右大臣藤原不比等（ふひと）が蒼白な顔色をして、女帝の傍らに立っている。その隣に大納言長屋王が平素の通り悠然としていた。

不比等が嗄（しわが）れた声を発した。

「帝（みかど）がそちに節刀を授ける。征隼人持節大将軍として、乱を早急に鎮圧せよ」

節刀とは天皇の軍事の大権である。旅人は武人の頂点に立って、軍団を率い、鎮圧に赴いた。

五月。日本書紀が上梓（じょうし）された。わが国で初の国史である。編集の最高責任者は、皇親の舎人（とねり）親王となっているが、実際には右大臣の藤原不比等が、若いときから執筆に関与していた。

八月初旬。書紀の完成を喜んだ不比等は、病が進行し重篤の状態にあった。政局運営の一大事である。

隼人の乱は、旅人の指揮下、ほぼ収束の目途（めど）が付いていた。

「後始末は副将軍に任せ、直ちに帰京せよ」との詔が前線に届き、旅人は京師に凱旋した。熱狂的な歓呼の声であった。

「さすがは大伴家よ」

「壬申（じんしん）の乱といい、今回の隼人の乱といい、やはり武は大伴だな」

旅人の名声は確固たるものになった。

一方、長い間権勢（けんせい）を恣（ほしいまま）にしていた藤原不比等は、薨（こう）じた。巨木がどうと倒れたようであった。貴族、豪族、官人はもとより、下々の者たちは、次の政権の行方（ゆくえ）を固唾（かたず）を呑んで注視していた。

翌、養老五年正月五日。宮廷で人事が公表された。

昇格	従二位	正三位	長屋王
	従三位	正四位下	巨勢邑治（こせのおおじ）
	同	同	大伴旅人
	同	同	藤原武智麻呂（むちまろ）
	同	従四位上	藤原房前（ふささき）
昇進	右大臣	大納言	長屋王
	大納言	中納言	多治比池守（たじひのいけもり）
	中納言		藤原武智麻呂

この人事に世間は吃驚（びっくり）した。いや、首を傾（かし）げた。

大納言として前（さき）の右大臣藤原不比等を補佐してきた長屋王が、従二位右大臣となったのは妥当である。

隼人の大乱を鎮圧した中納言大伴旅人が二階級特進した。従三位は、功労褒賞として衆目の予想通りであった。

「不比等の嫡男武智麻呂は、何の功績もないのに、二階級特進か。その上参議を経ずに中納言とは恐れ入った」

「次弟の房前参議は三階級特進ぞ」

官人たちや国民は、元正女帝の意図を、一瞬にして読んだ。

――不比等卿が薨じた後は、朝議には藤原代表は参議の房前卿独りになる。豪腕の長屋王、武人中の武人の旅人殿には、藤原一族は太刀打ちできぬ。それに房前卿は、皇親派と藤原氏族の協調政治を理想とされていると聞く――

――女帝は、不比等の嫡男を理由に、武智麻呂を中納言に抜擢し、政事の中枢に入れ、皇親派との均衡を取ったな――


噂話も落ち着いてきた一月二十三日。首皇太子（後の聖武天皇）の東宮侍講の人事が発表された。次の天皇に即位する皇太子の教育係には、皇族や名門貴族の人格者や知識人が任命される慣例であった。その侍講団の末席に、異例の人物の名があった。

従五位下　前伯耆守　山上臣憶良

世間の者たちと同様に、旅人も驚いた。

――従五位下は貴族とはいえ最下級だ。姓は臣か。伯耆守とはいえ無名に近い――

朝議が終わった後、旅人は昵懇の長屋王に尋ねた。

「山上臣憶良とは何者でございますか」

長屋王は呵々大笑した。

「旅人。そちの父祖たちは、壬申の乱の折、わが父高市皇子を補けてくれた。このたびそちは隼人の乱を見事に鎮圧し、余を支えてもらった。大伴の軍事力は流石だ。そちは軍事には明るい。また、これらの戦を通じて、大伴と大小の在来豪族の交誼は深い。だが、政事や民のことになると、武将は疎いのう。その一例がこたびの憶良よ」

――長屋王に痛いところを突かれた――

旅人は頭を掻いた。

「旅人よ。憶良はそちのような門閥の出自ではない。初老の風采の上がらぬ地方の国司よ。余が憶良を抜擢したのは、二つの目的のためだ」

「二つの目的と……申されますと」

「一は右大臣として理想の律令政治を行うためよ。博識、それも先進国の大唐の政治、経済、法令に明るく、国内では民の生活の実情に詳しく、官人としては法令起案の能力など実務にも秀でた、真の実力のある者を、余は二十年前から密かに探していたのだ」

「二十年も前からでございますか」

「そうだ。天武帝の直系嫡孫の余は、皇親として、いつの日か政事を担う日が来るであろうと考えてきた。武は父祖以来、そちの大伴を重用すれば不安はない。欲しいのは知の伯楽だ。余は賢人で名高い粟田真人に生前交誼があった」

「真人卿は大宝元年（七〇一）に任命された第七回遣唐使節団を率いられた執節使でございましたが」

「そうだ。そちも承知の通り、真人は武后則天と見事な折衝をして、『倭』に代わり『日本』という国名を認知させた。帰国後部厚い議事録と見事な報告書を朝廷に提出した。余は若く暇であったから、両書類に目を通した。その内容と質の高さに驚嘆した。『誰が卿を補佐したのか』と真人に問うた」

この時の使節団の功績は、旅人も聞き知っていた。だが、実務家の姓名までは覚えていない。長屋王の炯眼に敬服した。

「真人は、にやりと笑って、使節団の最末席、四等官の録事、それも少録の中年男の名を示したのじゃ」

「それが山上臣憶良でしたか」

「その通りよ」

録事は会議や見聞の記録係である。今流に申せば、書記官兼秘書官である。憶良は粟田真人の領民であった。

長屋王の話は続く。

「現地での外交の根回し、議事録、報告書の作成だけではない。帰国後も、使節団が三十年ぶりに持ち帰った大唐の文物を、黙々と整理していた。その間、漢詩、漢文、法令、仏典などの書籍を自習し、唐や新羅、百済から来る使節の従者や商人などから国際情報を入手し、精通してゆく様を、余は観察してきた」

――さすがは人の上に立たれる長屋王だ。目の付け所が違う――

「憶良の思想は中道。富や官位や名声には見向きもしない。身分の低い臣（おみ）の姓（かばね）ではあるが、真人の推挙で従五位下、末席の貴族になった。世間知らずの本好きの男に、政事の勤めができるかどうか試そうと、朝廷は伯耆守に任命した。ところが徴税や戸籍の実務を大過なくこなして、領民の評判もよい。何を任せても見事に勤める。余が右大臣として政事を行うに当たり、皇太子の教育にはこの碩学の男が必要と判断して、東宮侍講に登用したのだ」

「よく分かりました。旅人、己（おのれ）の不明を恥じ入ります」

「旅人。そちと憶良は、これよりはわが双玉ぞ」

双玉とは双璧（そうへき）ともいう。両方並んで立派である譬（たと）えである。

旅人は感動して深々と一礼した。

長屋王は、「武の旅人」と「知の憶良」を寵臣とする意向を天下に示した人事であった。

「近々（ちかぢか）憶良を佐保の別邸に呼び、そちに紹介しようぞ。律令制が完成すると、武人も官人としての心得や素養がますます必要になる。憶良に、漢詩、漢文、和歌などを学ぶがよい」

旅人は、長屋王の平城京の広大な館や、佐保楼と呼ばれる別邸で催（もよお）される宴（うたげ）で、積極的に憶良と交遊を深めた。

――途轍（とてつ）もない、でっかい大太鼓だな。こちらが敲（たた）かねば音を出さない。小さく叩けば小さく響き、大きく敲けば轟音を発する。こんな男が野（や）にいたのか――

接すれば接するほど、憶良の該博な知識や和歌の感性の豊かさに心服した。

宮中などの公の場では、「山上侍講」と官職で呼び捨てにした。だが、私的な二人の時には、いつしか「憶良殿」と、師に対する弟子としての敬語を使うようになっていた。

しかし、奈良では二人はまだお互いの心の内までを明かし、語り合うほどの仲ではなかった。親しき朋友であった。

（二）対決

新右大臣長屋王は、碩学憶良の献策を容れた。民衆が富み、税収で財政が潤い、健全な国家となるような政策を実行した。

養老六年（七二二）　墾田百万町歩開墾計画
　　　　　　　　　僧侶の違法な活動禁止
　　　　　　　　　近畿外でも調銭制の施行
養老七年（七二三）　三世一身法による開墾奨励
　　　　　　　　　新たに灌漑用水路を開発して、開墾した者は、本人から三代にわたって、その土地の所有を許す。また既存の用水を利用して開墾した者は本人一代かぎり保有を許した。

神亀(じんき)元年（七二四）　墾田の永久私有を承認。

画期的な政事に、長屋王の声価(せいか)は高まった。

天武天皇の直系皇孫である。人々はいつしか「長屋親王」と敬称をつけて話すようになった。王の館は宮殿のようであった。搬入される貨物には「長屋親王邸」との木簡荷札が付されていた。

長屋王の皇親政治は大衆の心を掴んだが、快く思わぬ勢力が陰で動いていた。

藤原である。

不比等の跡目を継ぎ、一族の氏上(うじのかみ)になった武智麻呂は、中納言として朝議に参席しても、右大臣長屋王、先任中納言の武将大伴旅人の存在感に圧倒されていた。

武智麻呂は小心者である。

――このまま推移すれば、皇位が長屋王の嫡男、膳夫(かしわで)王に移るかもしれぬ――

と、危惧(きぐ)した。

理由があった。膳夫王は天武天皇の直系曾孫になる。祖父高市皇子、父長屋王ともに、皇位を継いでもよい人材であったが、持統女帝の権勢欲が強く、排除されてきた。

しかし膳夫王の生母、長屋王の妃、吉備内親王は元明女帝の皇女である。両親いずれも皇族である。

一方、首(おびと)皇太子は、父は文武天皇であるが、生母宮子は皇親でもなく、名門貴族でもない。成り上がりの藤原鎌足の次男不比等の女(むすめ)である。不比等が無理押しで入内(じゅだい)させていた。不比等は右大臣まで登り詰めた高官ではあったが、女の宮子は皇太子の卑母(ひぼ)であるとの印象は拭えない。首皇太子の夫人(ぶにん)

光明子もまた不比等の女である。

さらに、首皇太子は、祖父草壁皇子、父文武帝と同様に、病弱で、気弱な性格であった。

――膳夫王の成人もすぐだ。何とかせねば――

武智麻呂は三弟の宇合、末弟の麻呂と密議した。次弟の房前は除外した。房前は怜悧で、器量が大きかった。不比等は嫡男の武智麻呂よりも房前を重用し、兄より先に、一族を代表する参議にしていた。

加えて、房前は元明女帝に請われて内臣となり、右大臣の長屋王と協調して政事を行っていた。

武智麻呂らは皇親派との協調を嫌い、亡父不比等のような藤原一族の専横を復活したかった。そのため、外戚として天皇の大権の掌握を目論んだ。

――長屋王に勘付かれてはならぬ。隠密に――

三兄弟は謀議を練りに練って、巧妙に実行した。

神亀元年（七二四）二月二十二日。

元正女帝退位。首皇太子即位、聖武天皇となった。

祝賀の昇進、昇格が発表された。

昇格　　正二位　　従二位　　長屋王

　　　　正三位　　従三位　　巨勢邑治

同　同　大伴旅人
同　同　藤原武智麻呂
同　同　藤原房前
昇進　左大臣　右大臣　長屋王

「万歳！」

「亡父不比等太政大臣の外孫を、ついに天皇にした。長屋王が正二位、左大臣になろうと、天皇の詔には逆らえぬはずだ」

「さて、次の手を打とう。気弱な聖武帝と長屋王を切り離すのだ。『新天皇の母が藤原夫人では格好がつかぬから、大夫人と呼ばせる』と、聖武帝に勅を出させる。長屋王は引っ掛かってくるぞ」

果たせるかな、長屋王は、

「律令の公式令によれば、皇太夫人とすべきだ」

と、異を唱えた。正論であった。

聖武天皇と長屋王は対立した。結局妥協案として、書類では皇太夫人、発音は大夫人とする勅が出された。聖武天皇は即位早々に面目を失った。長屋王を嫌った。藤原三兄弟の思う壺だった。

「第三の矢を放とう。聖武帝の即位により、妹光明子夫人に『皇后を名乗りたい』と言わせるのだ。宮廷内にたちまち拡がり、また長屋王が反応するであろう」

噂を耳にした長屋王は、かんかんに立腹した。

「光明子が皇后の称号が欲しいと！　たかが成り上がり者の女（むすめ）が、何を望むか。古来皇后は皇親の出自、内親王が原則だ。光明子は、妃（ひ）でもなく、夫人（ぶにん）だ。心得違いも甚だしい」

と、正論を吐いた。

聖武天皇も光明子夫人も黙り、長屋王をますます嫌悪した。

長屋王は国政改革の意欲を削（そ）がれていた。

「吾らの策は成功しているな。そろそろ第四の矢を放つか」

藤原武智麻呂は、高笑いしていた。

神亀三年（七二六）春。人事異動があった。
筑前守に任ず　東宮侍講　山上臣憶良

聖武天皇より憶良にお言葉があった。

「憶良、五年の間、進講ありがとう。そちの編んだ類聚歌林（るいじゅうかりん）の和歌は、とりわけ興味深かった。礼を申すぞ」

憶良はすでに六十七歳であった。すぐに悟った。

——この老骨でなくとも、西国筑前国の国司が勤まる若手の従五位下の官人は多い。吾を長屋王、いや聖武帝からも切り離したな——

聖武天皇は続けた。

「憶良、筑前国は二等の上国（じょうこく）なれど、『遠（とお）の朝廷（みかど）』大宰府がある。また、那大津（なのおおつ）（博多）には国外の使節を迎える筑紫館（つくしのむろつみ）がある。唐や韓半島から来る使節の接遇は、国の威信が係（かか）わる。語学達者で海外国内の政事を知り、教養深いそちが赴くので、朕（ちん）は安心じゃ」

しきりに瞬（まばた）きをしている。

――帝のご本心ではないな。暗記した言葉だ。背後には光明子か？……それとも藤原か？――

「身に余るお言葉でございます」

――宮仕えはなるようにしかならぬ――

憶良は深々と頭を下げ、退室した。憶良の本能は微かな異変を感じ取っていた。

長屋王の館に挨拶に赴いた。

「憶良、帝の申す通りよ。那大津には異国の文物が入る。珍しい酒、書籍、絵画、骨董。余に代わり購（あがな）うて、届けてくれ。楽しみにしておるぞ」

憶良は多額の餞別を頂いた。

憶良にとって国司は二度目である。伯耆も筑前も律令では上国三十五カ国に分類され、従五位下の官位が国司に任命される。最も平均的な領国である。

租税の徴収と大宰府政庁への搬入、領民の戸籍の管理、郡司で処理しきれない係争の決済、領内視察など大過なく処理していた。

——これでわが人生も終わりであろうな——

平凡退屈な日々であった。

一年半が過ぎた神亀四年(七二七)夏。京師から知らせが届いた。

「右大弁大伴宿奈麻呂殿　急逝　病名不詳なれど不審死　硃」

「硃」は「あかいろ」。憶良の隠れ配下であった。

大伴宿奈麻呂は朋友旅人の庶弟、異母弟である。右大弁は、兵部、刑部、大蔵、宮内の四省を管掌する長官である。宿奈麻呂は従四位下の高官であり、旅人が一族の中で最も信頼を置いていた傑物であった。

——旅人殿はさぞかし嘆かれているだろう——

お悔やみの書状を送ると、またまた予想もしなかった知らせが届いた。

「九月。中納言大伴旅人卿、大宰帥として大宰府赴任を帝より命ぜらる。赴任は年内　硃」

——何だと。これまで大宰帥は殆ど高官の在京兼任で、現地は大弐(上席次官)に任せていたのが通例ではないか。何故、旅人殿がこの筑紫に？……まさか……――

憶良の推理は当たっていた。

京師、平城京の東の丘（現在の興福寺のあたり）にある藤原武智麻呂の館で、宇合、麻呂の三兄弟が、人払いをして高笑いしていた。

「兄上。第四、第五、第六の矢。ことごとく命中しましたな。長屋王の双玉を追放し、旅人の右腕を切り落とした。宿奈麻呂が右大弁で京師にいては、兵部、刑部の長官だけに、最後の仕上げが難しかった」

「麻呂、わが館の内とはいえ、ぺらぺら喋(しゃべ)るでない。壁に耳あり、障子に目あり。吾らが候(うかみ)（忍者）を使うように、相手も候を放っているやもしれぬ。事が成就するまで沈黙を守れ！」

と、氏上の武智麻呂が麻呂を叱責していた。

藤原四兄弟のなかで麻呂のみ生母を異にする。軽薄な性格を、武智麻呂と宇合は懸念していた。

左大臣長屋王は政務に多忙であった。まさか、聖武天皇が、上席中納言の要職にある旅人を、事前の相談もなく大宰帥に任命し、現地赴任を命ずる詔を出すとは夢想だにしなかった。

天皇に詰問した。

聖武帝は蒼白になり、口を震わせて応えた。

「朕(ちん)は帝(みかど)ぞ」

――そうか！　誰かがその言葉を帝に教え込んだな。女狐光明子か、武智麻呂か。巨勢邑治(こせのおおじ)は先年薨じている。旅人が宮廷からいなくなれば、中納言は武智麻呂だけになる。この詔は合法的だ。左大臣の吾とて取り消せぬ——

——旅人の分まで余が働くとするか——

剛腹な長屋王は、知の憶良、武の旅人の双璧を失ったが、それが藤原の狡猾な奸計の布石とまでは疑わなかった。

赴任の挨拶に伺った旅人に、長屋王は磊落（らいらく）に餞（はなむけ）の言葉を贈った。

「旅人、三年はすぐだ。憶良によろしくな。太宰府では退屈しないだろう。二人が揃って帰京した暁には、また佐保で楽しく飲もうぞ」

それが永遠の別辞になろうとは知るよしもない。

だが、旅人は庶弟宿奈麻呂の急逝と、自分の左遷に一抹の疑念を感じていた。武将の本能であろう。一族の若者で、剣の腕が立ち、気転も利く大伴子虫（こむし）を、長屋王の警備の一員に残した。

師走。

傷心の旅人は、病妻の郎女（いらつめ）と元服前の少年、家持（やかもち）、書持（ふみもち）を連れて、西下した。

玄界灘の風の冷たさが、心と身に沁（し）みた。

那大津（博多）で憶良と再会したとき、年甲斐もなくほっと救われた気がした。

——久々に憶良殿と飲みたい。わが心の内をさらけ出して懇談したい——

と、痛切に思った。

（三）　肝胆相照らす

明けて神亀五年（七二八）春、正月。

「遠の朝廷」と呼ばれる大宰府政庁での拝賀の儀式が終わると、旅人は憶良を自邸に招いた。

大宰帥の館は政庁の西北に隣接する坂本の丘の上にある。

奥座敷で、旅人と郎女夫妻は、憶良に懇望した。

「憶良殿、思い起こせば長屋親王の佐保楼で知り合って七年になる。此の地では大宰帥、筑前守として、これから三年、公には主従だが、この館では従来通り朋友として付き合いを続けたい」

旅人は「筑前守」と呼ばず、「憶良殿」と敬称をつけている。

「実は郎女とも話したが、余が在任中の三年間、家持と書持に、首皇太子同様の個人指導をして欲しいのだ。余は六十半ば。郎女はご存じの通り病身だ。二人の目の黒いうちに、嫡男家持と、これを支える書持を鍛えておきたい。実は亡き弟宿奈麻呂に後ろ盾を頼んでいたが、急逝して茫然自失している。憶良殿の学識は、この七年で十分に承知している。『太宰府への左遷は、前東宮侍講の憶良殿と邂逅をさせる天の賜物ではないか』と、郎女と語り合った。是非ともお願い申す」

旅人は憶良の心を敲いた。

西国九カ国を統括する中納言大宰帥の旅人夫妻が、深々と頭を下げた。

友もなく慣れた国司の実務に無為の日々を過ごしていた憶良はすぐ反応した。

――首皇太子が最初で最後の弟子と思っていたが……この太宰府では気兼ねなく、わが教育ができるやもしれぬ……――

――天の時、地の利、人の縁か――

憶良は魂を揺さぶられていた。

「それがしも、すぐ古希でございます。人に教える機会はもうないと諦めておりました。それがしに存念あれば、東宮に勝る指導を致しまする」

消えかかっていた炎が燃え上がってきた。

数日後、憶良の館に立ち寄った旅人は、憶良の見えざる顔を知った。

「それがしは大和の奥山、山辺郷の者を率いる候の首領でもあります。山辺衆は情報収集と共同扶助が目的でございます。しかし自衛のため、和漢の武技を磨いておりまする」

「やはりそうであったか。西下の船の船長甚が、佐波（宇部）の船宿で、そちの配下と身を明かした。余はそのような予想をしていたが……やはりそうか」

さらに驚きの発言が続いた。

「それがしの存念とは、家持殿に大伴の氏上に相応しい知識、教養を付けることだけではございませぬ。武技は、無手でも暗殺剣に立ち向かう唐の拳法も、教授致します。更に、師殿のご同意あれば、家持殿をわが後継歌人として育てとうございます。その目的は、それがしが首皇太子に進講のため編集しました類聚歌林七巻を増補改訂し、国民の歌集、万葉の歌集にすることでございます」

「な、何と申した？　万葉の歌集だと！」

「はい。上は天皇（すめらみこと）から下は遊行女婦（うかれめ）たちの歌までも集めまする。罪人（つみびと）の歌、農夫窮民の歌、防人（さきもり）の歌も蒐集致す所存でございます」

　旅人は絶句して聴いていた。

「朝廷の編んだ古事記、日本書紀は、上層階級、つまり皇統の歴史物語でございます。しかし、国史と称する日本書紀には、誤りも多々ございます。それがしは、この国の民の生活や、消されている歴史の真実なども、後世に残す資料となるように撰歌をしたい存念でございます」

　旅人は、憶良の雄大な構想に圧倒されていた。

「記紀を表の日本史とすれば、それがしの万葉の歌集は、隠れたる裏日本史でございます」

「なるほど。よく分かった」

「そのために、それがしは此処、筑紫で皇室や宮廷歌人ら中央歌壇の詠まぬ人生歌や社会歌を、文字の書けぬ者に代わりて詠むつもりでございます」

　旅人は納得した。

「よし。余も、相聞や叙景や皇室礼讃の綺麗事（きれいごと）でなく、心の裡（うち）を読み、そなたの歌集に入れてもらおう。蒐集や上梓に必要な資金は大伴が出そう」

　左遷された二人は、意気軒昂（いきけんこう）としていた。

　肝胆相照らす心の友になっていた。

「憶良殿、余の迷いは吹っ切れたぞ。くよくよ考え事をしていても何も得ることはない。酒を携えてきておる。飲もうぞ。未来の夢を語ろうぞ。早速だが、酒飲みの余のこの歌はどうじゃ」

験なき物を思はずは一坏の　濁れる酒を　飲むべくあるらし

「お見事でございます。これこそ、それがしが志向する人生歌でございます。偽らざる人の心を、そのまま読んだ秀歌でございます。この調子で大いにお詠みくだされ」

旅人の心の炎、歌の炎が燃え上がった。

序の帖の二　禍故重畳

> 世の中は空しきものと知る時しいよよますます悲しかりけり
> （大伴旅人　万葉集　巻五・七九三）

（一）郎女逝く

梅雨に入った。郎女の病は重篤となった。

その時を自覚した郎女は、家持、書持を枕頭に呼んだ。

「家持、書持」

いつもの優しい声であった。

「はい。母上」

「二人ともよく分かっているように、私の身体は病魔に侵され、もうすぐ黄泉の国へ参ります。その前に、これから大事なことを話します。驚かずに、よく聴いてください」

言葉を口に出すのも、やっとであろう。声には力がなく、弱々しかった。

二人は母の顔を悲しげに見て、涙ぐんだ。

「家持、書持。そなたたちは大伴の氏上、旅人殿を父として育ち、もうすぐ元服を迎えます。母はもう少し生きて、この目でその日を見るのを楽しみにしていました」

郎女は少し休み、呼吸を整えた。

「そなたたちの婚礼を見たかった。そして、孫たちを、この腕で抱きたかった。……それも叶わぬ夢となりました」

「母上、しっかりして、もう少し頑張ってください」

と、家持が郎女を勇気づけた。

「ありがとう。でも家持。人の寿命は神が定めています。今は諦めねばなりません。それに、いつまでも現世(うつしよ)に未練を残してもいけません。二人に母として、お別れの言葉を遺(のこ)しますゆえ、心に深く留めてくだされ」

二人は涙ぐみながら頷いた。

「実は……」

郎女は暫らく息を止めた。目を閉じた。

「母上、……どうかなされましたか？」

家持が母の顔を覗き込んだ。

郎女は目を閉じたまま、ほんの少しだけ顔を左右に動かした。動かすのもやっとのほど、衰弱していた。

再び眼を開いて、二人の顔を確かめるように、交互に見詰めた。

（もう、視力も薄れているのかもしれない……）

と、家持は心配した。

「実は……あなたがた二人は、私が産んだ子ではありませぬ……」

「えっ！」

二人は、母の言葉の内容に、衝撃を受けた。

郎女は、大きく息を吸い込むと、ゆっくり吐いて、続けた。

「あなたがたを、お産みなされたお母様は、別の方です。……心を落ち着けて、私の話を聴いてください」

郎女は、気力を振り絞っていた。

「私には旅人様のお子が授かりませんでした。……大伴本家の家督を継ぐ、聡明な男子が必要でした。……そこで旅人様に、――身分が高く、健康な姫様を、側妻に置かれるように――と、お勧めしました。旅人様が選ばれたのは、皇親を祖とする立派な血筋の方で、あなたがたのご生母です」

郎女は苦しいのであろう、暫く小刻みに呼吸をした。

「お名前は……多治比郎女（たじひのいらつめ）様と申されます……」

「えっ、多治比ですか？……それでは前の大宰帥で、今は大納言の池守殿や、中務（なかつかさ）卿の縣守（あがたもり）殿のご縁者ですか？」

と、家持が驚きの声を出した。

郎女は軽く頷いた。

「……そうです。……嫡流ではありませぬが、縣守殿のご息女です。先の左大臣、多治比嶋殿のお孫様になります。……あなたがたがお生まれになって、すぐに私が引き取り、乳母を雇って育てました……」

家持と書持は、懸命に話す母の弱々しい声を、一言も聞き漏らすまいと顔を近づけていた。

「大伴の家のためとはいえ、あなたがたを、産みの親御様の愛情を全く知らずに過ごさせたことを、許してくださいね……私の病は、その天罰かもしれませぬ……でも私は、あなたがたを育てて、本当に幸せでした。ありがとう……」

家持も書持も、思い当たる節があった。

（そうであったか……京師にいたとき、多治比一族の方々は、吾ら兄弟に、何かと優しい、暖かい眼差しで接してくれていた……）

（他の官人たちよりも、よく声を掛けてくださった。縁者であったのか……）

家持も書持も、公卿の多治比一族の人柄を、好ましく思っていたので、生母がその出身と聞いて、驚きの中にも、何か安堵感を覚えていた。

「でも……母上はやはりおひとりです。私は一生、育てのご恩を忘れませぬ」

と、家持が、すすり泣きながら応えた。

「私もじゃ。母上が好きじゃ。死なないでくだされ。これからどうしてよいか分かりませぬ」

十歳の書持ちが、ワッと声を出して泣いた。

郎女の両眼から涙がとめどなく流れ、見る見るうちに、枕が濡れた。

「私は黄泉の国からあなたがたを見守っていますから、ご安心なされよ。お父上には、筑紫から京師（みやこ）へ帰られる途中、河内の多治比家で、母御様やそのほかのご縁者の方々と、正式にご対面していただくようにお願いしてあります。その時には、大伴家の嫡流として、二人とも、きちんとご挨拶するのですよ」

「はい。分かりました」

「ご安心くだされ、母上」

兄弟はしっかりと頷いた。

「もう一つお知らせがあります……」

「何でしょうか？　母上」

「あなたがたには、実の妹御がいらっしゃいます」

「えっ、妹が……」

二人は、目を丸くした。

「留女（るめ）様と申され、今六歳です。とても可愛いらしく、お綺麗と伺っています。女のお子ですから、——武骨な大伴家よりも、公卿の多治比家の方がよろしかろう。お母様がお寂しくなきように——とのご判断で、先方でお母様と暮らされています」

兄弟は利発であった。事態をすぐに理解した。

「家持、書持……」

郎女は、いとおしそうに二人の名を呼んだ。

「はい、母上……」

「あなたがたは、良きお父上、良き家臣を持って幸せです。世の中には、不幸せな子たちは沢山います。今後も、恵まれた生まれ育ちに感謝して過ごしなさいよ……お父上のように、武将としても、文人としても、人に尊敬されるように、努力なされよ」

「よく分かりました」

二人は両手を突き、深々と頭を下げた。

「家持、お父上をお呼びくだされ……」

隣室にいた旅人が、枕許に来た。

「旅人様、……私を抱き起してくだされ」

旅人は、郎女をそっと起こし、腕に抱いた。

「家持、書持……手を握ってくださ い……」

二人は母の左右の掌を強く握った。もう氷のように冷たくなっていた。

「私は二人をとてもとても……愛していますよ……感謝していますよ……さようなら……」

そう呟いて、郎女は目を閉じた。首が前に折れた。

「郎女！」

「母上！」

父子三人は、抑えきれずに、遂に号泣した。

（二）勅使

他人には黙っていたが、旅人は、昨年夏、異母弟の大伴宿奈麻呂の急逝に、内心打ちのめされていた。

庶弟ではあるが、宿奈麻呂に厚い信頼を置いていた。父安麻呂の第三子であった。旅人とは幼少より仲が良かった。武人としても、官人としても、能力は抜群であった。

皇居の左衛門を守る左衛士督（部隊長）、国守の備後守、更に、備後・安芸・周防三国を監察する按察使を経て、従四位下、右大弁——兵部、刑部、大蔵、宮内を管掌する長官——の高官であった。大伴氏族では、氏上旅人の右腕であった。

（将来、家持の後見人として活躍してもらいたかった……何故、腹痛で急逝したのか？……もしや……吾ら大伴を裂こうとする何者かの策謀か？）

との疑念が、心の片隅にあった。

その秋九月、——大宰帥で現地へ赴任せよ——との勅が出たとき、旅人は、

（宿奈麻呂は、藤原の候に、密かに毒を盛られたのではないか……）

と推測した。だが、

（証拠がない……迂闊には口にできぬ……）

と、封印してきた。

信頼してきた弟、宿奈麻呂の卒去、自分の大宰府左遷に、追い打ちを掛けられたような、愛妻郎女の逝去だった。

（何故このように、わが身辺に不幸なことが続くのであろうか？……吾ら大伴一族が悪行を働いているとは思わぬが……）

旅人は天を仰いで慨嘆した。

旅人は、遠く西国太宰府に勤務とはいえ、公的には正三位中納言、大宰帥である。左大臣長屋王、大納言多治比池守卿につぐ高官である。

六月下旬、正妻郎女の長逝に対して、聖武天皇から勅使が発令された。

式部大輔――上席次官の石上朝臣堅魚が、弔辞と下賜の供物を携えて来た。

式部は、朝廷での儀式や式典を担当する省である。大宰府としては初めての、勅使を迎えての葬送の儀式は厳粛に取り進められた。

式典が無事終わると、旅人は、心境を吐露した歌を詠んだ。長い前置きを添えた。

禍故重畳り、凶問累に集る。永に崩心の悲しみを懐き、獨り断腸の泣を流す。ただ両君の大きなる助に依りて、傾命纔かに継げらくのみ。筆、言を盡さざるは、古今の嘆く所なり。

世の中は空しきものと知る時しいよよますます悲しかりけり

「禍故重畳、凶問累集」とは、弟と妻の逝去や左遷であり、「両君」は憶良と満誓である。
――親友二人の友情に支えられ、老いの命を細々と生きながらえております――と、帝への報告を託した。

喪の儀式が無事終わったので、旅人は、勅使の慰労と郎女追悼の宴を催した。
場所として、太宰府の南二里余（約八キロ）の地にある基肄城の山頂を選んだ。現在の佐賀県三養基郡基山町の基山にある標高約四百米の山城である。

「石上殿、折角の機会ゆえ、基肄城をご案内申そう。太宰府の北の防衛陣地として築かれた大野城とともに、南の有明海方面からの侵攻進行に備えて築かれた城でござる」

「白村江の敗戦後、亡命してきた百済武将の設計、監督とか……」

「左様。憶礼福留が大野城を、四比福夫がこの基肄城を築いたのでござる。筑後平野を一望でき、その先には有明海が光っている。まことに眺望が良いので、それがしの気に入りの場所でござる」

「それはかたじけない」

「峰を吹き渡る風と野鳥の囀り。それに玄界灘の鮮魚、有明海の様々な貝。筑後平野の野菜や果物を存分にご賞味あれ。京師からの長旅の疲れを癒してくだされ」

「帥殿のお心配り、感激致しております」
「そうだ、九州各地の銘酒、琉球の珍酒も集めておいた。酒も楽しみなされ。また防人たちの生活もご覧くだされ。彼らも元気づけられよう」
酒好きの旅人ならではの配慮であるが、勅使の石上堅魚（いそのかみかつお）が、古来の豪族である親密感もあった。石上氏族は、由緒ある皇室の宝剣を祀る石上神宮（天理市）一帯を本貫地としている物部系の名門である。堅魚の亡父は元左大臣であった。
宴の頃合いを見計らって、主賓の堅魚が、歌を詠んだ。郎女を失った旅人の心境を慮（おもんぱか）った、慰めの歌であった。

ほととぎす来（き）鳴き響（とよ）もす卯の花のともにや来（こ）しと問はましものを
（石上堅魚　万葉集　巻八・一四七二）

催主の旅人が、これに和（こた）えた。

橘の花散る里のほととぎす片戀しつつ鳴く日しぞ多き
（大伴旅人　万葉集　巻八・一四七三）

優雅な、しかし心の悼む宴は、陽が傾く前に終わった。
勅使、石上堅魚は奈良に帰り、聖武天皇に旅人の歌を報告した。帝（みかど）は、旅人の長文の詞書を読み、行間に溢れる無念さを感じ取った。繊細な神経の帝は、わなわなと震えた。

序の帖の三　鼎(かなえ)の足

妹が見しあふちの花はちりぬべしわが泣く涙いまだ干(ひ)なくに
（山上憶良　万葉集　巻五・七九八）

（一）挫折

坂本の丘にある旅人の館から、大宰府政庁のさらに東に、大寺が造営されていた。観世音寺である。天智天皇が、筑紫の朝倉宮で崩御された母、斉明天皇の菩提を弔うために勅願された名刹(めいさつ)である。旅人は、郎女の葬送や勅使を迎えての儀式を、すべてこの寺で行った。まだ完全には建立されていなかったが、旅人には友人である満誓に導師を頼んだ。

遺体は、政庁の裏手に聳える大野山に埋葬した。館からは一望である。旅人は朝夕、観世音寺の梵(ぼん)鐘(しょう)の澄み切った音色を聴くと、山に向かって合掌した。

（この寺の大梵鐘の音色は、飛鳥や平城京のどの寺よりも、澄み切っている……郎女も満足しているであろう……）

旅人が感動したこの名鐘は、現在、国宝に指定されている。

勅使が帰り、大宰府政庁の生活は、元に戻った。覚悟はしていたが、旅人はひどく落ち込んだ。存命中は、さほど意識していなかったが、失ってみると、郎女の存在は大きかった。胸にぽっかりと空洞ができた。日に日に拡がっていく。何事も手に付かず、呆然とする日が続いた。

少弐小野老は、表面では旅人に郎女追悼の慰めの言葉をかけつつ、裏ではせっせと、藤原武智麻呂に、旅人の挫折ぶりを密書で報告していた。

憶良は、家持、書持への家庭教師を中断した。

旅人は、職務を終え帰宅すると、家持、書持と夕食を共にした。膳夫（かしわで）が調理した料理は郎女の生きていた時と同じ献立であるのに、旨いと感じなかった。夜の時間の虚しさは、埋めようがなかった。

その赤裸々な心境を歌に詠み、憶良に見せた。

愛（うつ）しき人のまきてし敷（しき）たへのわが手（た）まくらをまく人あらめや

（大伴旅人　万葉集　巻三・四三八）

「憶良殿、いとしい郎女が枕にしたわが腕を、亡き妻・郎女以外に、枕にする人はいようか。いや、いるわけがないよ、な……」

表面では凛然と……いや凛然としようとしている武将の帥・旅人であったが、憶良には、今は本心をぶち明けていた。内心悶々と悲嘆に暮れて過ごしている旅人に、憶良は、

「次田湯泉に、浸りなさいませ」

と、湯治を勧めた。次田湯泉は、現在の二日市温泉（福岡県筑紫野市）である。太宰府から南へ一里（約四千米）ほどの近さである。草深い田園に、滾々と湧き出る湯に、いつしか温泉宿が出来ていた。

家持、書持を館に残して、僅かな警護の供をつれ、出かけた。ゆったりと露天の出湯に浸かっていると、裏山でしきりに鶴が鳴いた。鶴は、番になると、生涯、仲睦まじく送るという。妻を呼ぶのか、激しく鳴く。旅人は郎女を偲んでいた。歌が湧いた。

湯の原に鳴くあし鶴はわがごとく妹に戀ふれや時わかず鳴く

（大伴旅人　万葉集　巻六・九六一）

失意のどん底にある旅人を、慰め、支えたのは、和歌の師であり、友である筑前守・山上憶良と、造観世音寺別当の沙弥・満誓の二人であった。

旅人は、この英知の両才人から、漢詩や和歌だけでなく、仏教の思想や経典の知識を得ていた。二人の仏教に対する姿勢は真摯であった。仏教を形式的に崇拝し、政事の道具として、私欲のために利用してきた蘇我氏や、藤原一門の姿勢とは、根本的に異なっていた。

満誓は、旅人に――世の中は是空であり、無常である――と、和歌で示していた。

世間(よのなか)を何に譬(たと)へむ朝びらきこぎ去(い)にし船の跡なきごとし

（沙弥満誓　万葉集　巻三・三五一）

「帥殿。人生は所詮(しょせん)、儚(はかな)いものでございます。今は、西方浄土、阿弥陀の世界に漕ぎだされた郎女様のご冥福を祈りましょうぞ。いつまでもくよくよされていては、ご成仏されませぬ」

「満誓殿、ありがとう。知識としては『死』を理解していた。いや、理解しているつもりであった。郎女の長逝に直面し、死を現実に認識した。……いささか取り乱した。恥ずかしい。吾は諦観(ていかん)にはまだほど遠い――凡愚だ、と悟ったわ」

（凡愚と悟れば立ち直りは早い）

と、満誓は見ていた。

（二）日本挽歌

約一カ月後の七月二十一日。旅人の許に、憶良から分厚い封書が届いた。国守の憶良は、筑前国を巡回中であり、封書の裏には「嘉摩(かま)郡にて」とあった。

封書を開けると、「日本挽歌」との題で、長歌と五首の短歌が書かれてあった。郎女を悼む挽歌である。格調高い漢文調の序が付いていた。憶良は、通常庶民にも分かる易しい表現を駆使するが、旅人のように、学識教養豊かな友人には、――分かる者には分かればよい――と考えて、暢達な文を書いた。碩学憶良の思想を知るだけに旅人は感動した。

その短歌を口遊み、更に驚いた。

（憶良殿は、あたかも余に変身した如く、わが後悔、わが悲しみを、見事詠嘆している……）

悔しかもかく知らませばあおによし国内ことごと見せましものを

（山上憶良　万葉集　巻五・七九七）

（郎女がこんなに早く逝くのであれば、九州のあちこちに連れていって、良い景色を見せてやりたかった）

妹が見しあふちの花はちりぬべしわが泣く涙いまだ干なくに

楝は梅檀の木である。四月に薄紫の上品な花を咲かせる。内気でしとやかな郎女のように気品がある。憶良の人を観る眼力と表現に旅人は感動した。

大野山霧立ちわたるわが嘆くおきその風に霧立ちわたる

（山上憶良　万葉集　巻五・七九九）

（憶良殿は、郎女を埋葬した大野山に、朝夕手を合わせるわが嘆きの心を、吾になり代わって、よくぞ名歌に詠んでくださった……朝霧、夕霧は、まっこと、わが長嘆息なのだ）

旅人は、憶良の人間味あふれる友情に、滂沱の涙をこぼした。心に誓った。

（残り少ないわが人生であるが、憶良殿を終生、心の友とし、『万葉歌林』の上梓には全面協力し、お返しをするぞ――）

（三）女性二人

観世音寺の庫裏で、地方巡察から帰ってきた憶良と、満誓が密談していた。

天の川が綺麗な星月夜であった。地上は暗闇である。

――小野老ら藤原の候に覚られてはまずい――

と、暗夜を選んでいた。庫裏の表では権が、裏では助が見張っていた。

「憶良殿。帥殿は貴殿の挽歌に目を通し、泣き崩れた――と、聞き及んでいる。愛妻家だからな。しかし、このままでは女々しい男と失笑される」

「それがしも心配しております」

「俗界を離れて、五欲から解脱(げだつ)しようと、在家僧の修行に身を置く拙僧が、何かと口出しするのは筋ではない……が、しかし、旅人殿ご本人のことと、お子たちのためにも……」

満誓が口籠った。

「女性(にょしょう)二人が必要でございます」

と、憶良が即座に解答を口にした。二人は頷き合った。

枯れたようで枯れていない老人の対話であった。理解が早い。決断も早い。

「まずはお子たちの方から……憶良殿には何か思案がおありか？」

「家持殿は十一歳、書持殿は十歳の年子。精神的には何かと不安定な少年期なれば、母御代わりの女人が必要でございます。……しかし、大伴本家の嫡男を育てるために、旅人殿に嫁いでくる女性を、この筑紫で探すのは難問でございます」

「しからばいかがするや？」

「旅人殿の異母妹、大伴坂上郎女(さかのうえのいらつめ)様はいかがかと愚考します。坂上郎女様は、旅人殿のご庶弟、宿奈麻呂殿の未亡人。若たち二人には叔母になる。佐保に居るので、若たちとも馴染み深い。旅人殿の後添いではなく、大伴本家の跡取りの教育と養育のため、叔母として、亡き郎女さまに代わる母親役を頼んではいかがでしょうか？」

「なるほど、坂上郎女様か。それは名案じゃ」

「坂上郎女様には、宿奈麻呂様との間に、たしか二人の姫が生まれております。従妹たちで、坂本の館も賑やかになってよかろう——と、思いまする」

「その通りじゃ……して旅人殿には？」

「公卿の出の多治比郎女様に――京師から筑紫へ――とは参りますまい」

「その通りよ。ここは当地の女人を探そう。……そなたが懇意にしていると仄聞する、倭唐屋の楓に相談してみてはいかがであろうか。楓は、筑紫館で宴のある時には、何かと仕切りをされている才女と聞くぞ。氏素性の良い遊行女婦などを世話してもらうのも一案かな……拙僧が申すのもなんだが……先般、小野少弐の歓迎の宴に呼んでいた児島などは、才媛で気立てもよさそうだが……」

この時代、国司で地方に派遣された皇子や官人たちが、夜の伽として、その土地の名妓と馴染みになるのは、珍しいことではなかった。遊行女婦には、和歌や和琴、舞踊などを身に付けた教養のある、芸で身を立てる女性から、誰にも春を売る者まで幅があった。

「なるほど……児島ですか……さすがは満誓殿。俗世で酸いも甘いも噛み分けた名按察使笠麻呂殿でございますな。早速、楓に話をしてみましょう」

旅人の知らないところで、心友二人が、旅人立ち直りの具体策を真剣に打ち合わせていた。

「旅人殿には拙僧が時機を見て、お話し致そう」

「佐保にはそれがしが然るべく手配致します」

有能な老人二人は、すぐ行動した。

（四）才女の決断

佐保の里に旅人の正妻・郎女の訃報が届いた時、さすがに気丈な坂上郎女も大きな衝撃を受けた。

（昨年夏、わが最愛の夫、宿奈麻呂が突然卒去した。——病気一つしたことのない武人の夫が、なぜ？——と、呆然自失した。あの時、わが肩を優しく抱いて慰めてくれたのは、義姉上（あねうえ）だった。その郎女様が……嗚呼（ああ）……）

坂上郎女は、ほのかに白檀（びゃくだん）と薬草の香りが漂う病身の義姉の胸に、頭を埋めて、思い切り泣いた——あの日を、まざまざと想い起こしていた。

（私は思いっきり泣いた後で、決心した——義姉上のように、良き母になる。亡夫宿奈麻呂殿の忘れ形見、大嬢（おおいらつめ）と二嬢（おといらつめ）を、きちんとした教養豊かな姫に育て、信頼できる若者に嫁がせる——と）

そして……

（秋には兄旅人が遠く太宰府に左遷された。——またまた別離なのか……できれば私も兄上や義姉上と、筑紫へ参りたい——と、思ったが、抑えた。——取り乱してはならぬ。私は大伴本家の女。武将で氏上だった父・安麻呂の女（むすめ）だ——。『兄上様、義姉上様。夫宿奈麻呂なき今、佐保の館は、私がきちんと管理致します。大伴一族の纏めも、弟、稲公（いなきみ）や、嫡男の古麻呂（こまろ）殿、長老の大伴牛養（うしかい）殿と相談して、遺漏なく取り計らいます。ご安心召されよ。ご一家お揃いで、筑紫で、お楽しい三年をお過ごしくだされ』と、兄夫妻を安心させて、見送った……だが、追い討ちをかけられたように、義姉上様の逝去……僅か一年経たぬうちに、どうしてこんなに……）

次々と襲いかかる悲運に、打ちのめされる思いがしていた。

旅人が帝の弔問に応えた歌と詞書は、たちまち宮廷に拡がった。

佐保の坂上郎女の耳にも入った。

(武の名門、わが大伴の氏上である兄上が、いつまでも女々しく悲嘆に暮れていてはみっともない。大伴の危機だ——)と、憂慮した。

そこへ、那大津から船長(ふなおさ)の甚が、憶良の伝言を、直接持参した。

「手短に申し上げます。『坂上郎女様には、速(すみ)やかに西下され、家持、書持様の母親代わりを』とのことでございます」

甚が、坂上郎女の目を見詰めた。彼女は、

——氏上に代わり、冷静な判断を——

と、告げているように、受け止めた。

「分かりました」

坂上郎女は頭の回転が速い。行動力もある。直ちに、実弟稲公、亡夫宿奈麻呂の嫡男・古麻呂、長老の大伴牛養などの重臣を招集した。

「兄上ご不在ゆえ妹の私が皆さまを緊急にお呼びしました。非礼をご寛恕(かんじょ)くだされ。隅に控えている甚の急報では、義姉上様の急逝に、ひどく落胆されている様子です。筑前守は、私的な助言として、私の西下を勧めて参りました。兄上を精神的に支える友は、幸いにも、筑前守や満誓別当がいます。

――されど、少年の家持、書持には、母親代わりが必要――とのご判断です。私は直ちに、太宰府へ参り、二人の面倒を看た方がよいと思うが、いかがでありましょうか」

「それはありがたい。一同異存はござらぬ。留守は吾らが相談し、今こそ大伴は心を一にしましょうぞ」

と、衆議は即決した。

「甚、それでは帰り船で、私と女たちを運んでおくれ」

十日もかからなかった。家刀自の郎女が没して笑い声の絶えていた坂本の館の玄関から華やいだ女性の声が流れた。

「叔母上が到着された！」

書持が嬉しそうに立ち上がった。兄の家持を促して、玄関先に向かった。

坂上郎女の両脇に、幼女が二人はにかんで、半ば隠れるように立っている。五歳の大嬢と、三歳の二嬢であった。余談ながら、大嬢は後に家持の妻になる。

旅人が久々に弾んだ声で、妹に声を掛けた。

「やあやあ、遠路はるばる、ご苦労であった。大嬢も二嬢も、少し見ぬ間に大きくなったな。船旅に疲れたであろう。さあさあ、上がって休まれよ」

「甚、いつものことながらご苦労であった。これで水夫たちと一杯やってくれ」

（これで若たちは大丈夫だ……）

甚は、ずしりと重い包みを押し頂き、首領憶良の判断と手配に感服していた。

旅人は、気心の知れた妹が、家事の切り盛りに来てくれたことに、ほっとしていた。

（逝った郎女と勝気な妹、気性も態度も正反対だが、ともども、女人の力は、計り知れぬな）

失って知り、得て知る新しい発見であり、実感であった。

火の消えていたような帥館（そちやかた）に、明るい灯が点（とも）った。

（五）鼎（かなえ）の足

満誓と憶良が訪れてきた。満誓が旅人に提案した。

「帥殿、坂上郎女殿がお見えになった機会に、亡き郎女様の追善供養の法要をなさいませ。この種の法要は、お身内でなされるのが通例でござるが、帥殿は、『遠の朝廷（とおのみかど）』大宰府の頂点に立たれている方でございます。此度（こたび）は、大貳殿、少貳殿など高官の方々をもお招きになり、半ば公然と法事をなさいませ」

「何か事情があるのか？　余は内々でよいと思うがのう」

憶良が声を落として説明した。

「二つ事由がございます。一つは、過日、弔問使に託された帥殿の詞書（ことばがき）も歌も、まことに名文・名歌でございます。しかし、聖武帝や藤原兄弟には、――左遷の恨み言――とも、誤解されかねませぬ。

――帥に異心ある祈禱――と曲解されてはなりませぬ」

「なるほど」

「今一つは、皇太子・基王の病でございます」

基王。聖武帝と光明子夫人の間には、長年皇子が生まれていなかった。藤原一族は、――折角、父不比等の女を入内させたのに、皇子が誕生しなくては、外戚になれぬ。皇位は長屋王か、その嫡男、膳夫王に移るは必定――と、焦っていた。

したがって、前年暮やっと生まれた皇子基王、僅か二カ月の幼児、いや赤ん坊を、強引に立太子させていた。その期待の基王が、病の床にあった。

「もし、大伴のお身内だけで法要をなされば、それが郎女様の追善供養と申しても、藤原一族は、――基王呪詛の祈祷――と、あらぬ疑いをかけられ、誣告などの材料に使われる懸念なしとしませぬ。郎女様の追善供養は、誰の目にも明々白々でございますゆえ、高官の方々のみ、大袈裟にならぬ程度でお呼びし、その後、お館で精進落としの小宴を催され、郎女様の思い出を語るだけにすれば、よろしゅうございます」

旅人は、満誓と憶良の、周到な気配りに感謝した。

（家持殿を歌人に育て、後世のためにわが大望を実現するには、あらゆる自衛の策を講じなければならぬ。特に藤原の候、小野老には）

候の首領としての憶良の対策であった。

九月中旬、郎女追善供養の法要は観世音寺で滞りなく終わった。生前の郎女を偲ぶ小宴も、故人の人柄に似て、つましく済んだ。大貳・紀男人（きのおみと）や少貳・小野老らが退出した。

最後に館を出ようと立ち上がった満誓と憶良を、旅人は手招きした。

「満誓殿、おかげでわが心の迷いも吹っ切れた。郎女は無事成仏したと確信している。再び気力を取り戻したぞ。お礼を申す」

「憶良殿、公（おおやけ）に供養したので、あらぬ疑いを持たれることはなかろう。そなたに感謝するぞ。これを機に、家持、書持への教育も再開してくれ」

「承知致しました。教材の準備は整っておりまする」

「憶良さま、義姉の代わりに、これからは私が陪聴致します。はるばる筑紫に来た甲斐があります。楽しみですわ」

「どうぞどうぞ。手前も張りがあります」

憶良は旅人から講義の再開を求められて、安堵していた。

「満誓様、本日はお心の籠ったご読経、まことにありがとうございました。義姉も冥土で喜んでおりましょう。これからも兄をよろしゅうに……」

久々に耳にする京師（みやこ）の﨟長（ろうた）けた貴婦人の、柔らかい声音（こわね）を、満誓は心地よく聞いた。在家僧の満誓は、一瞬ではあるが、色気を感じた。

坂上郎女もまた古武士の風貌の沙弥・満誓に惹かれた。余談であるが、この二人の秘めた想い――大人の恋――は、旅人の帰京後、相聞歌四首に詠まれた。

満誓は照れを隠すように、旅人に顔を向けた。

「帥殿、ご立派な妹御がご子息のお世話をなされるので、お心強うございますな」

「うむ。その通りだ。気心は分かっておるが、郎女と正反対で、勝気なのがいささか……」

「まあ、兄上、何を仰られまするか。妾は至っておしとやかでございますよ、ほほほ……」

(坂上郎女様と賢者憶良で、帥殿は立ち直れたな)

満誓は坂上郎女に微笑みを返した。

「満誓殿、坂上郎女様」

と、憶良が改まって二人に声を掛けた。

「それがしら三名が、鼎の足に……」

「拙僧も同感じゃ」

「およろしく……」


鼎とは、中国古代の殷朝以来、神聖視されてきた青銅製の祭器である。王権をも意味する。本来は食物を煮る器で、通常三本の足がある。「鼎の足」は、三者が協力して主を助け合う譬えである。漢籍に詳しい貴人・貴婦人の阿吽の会話であった。

第一帖　現人神（あらひとがみ）

大君は神にしませせば赤駒のはらばふ田居（たゐ）を京師（みやこ）となしつ
（大伴御行（みゆき）　万葉集　巻一九・四二六〇）

（一）温故知新（おんこちしん）

神亀（じんき）五年（七二八）秋九月夕。大野山から爽やかな微風が流れる旅人の館の奥座敷で、三カ月ぶりに講論は再開された。

「憶良さま、今宵から義姉（あね）の代わりに拝聴させていただきます。およろしゅうに」

坂上郎女が深々と頭を下げた。憶良は軽く答礼した。すでに師弟の雰囲気である。

ゆっくりと白湯を飲み干した憶良は、まず正面の少年二人の眼を見据えて開口した。

「家持殿、書持殿。これまでは漢詩や和歌、律令や大唐の見聞録などを話してきました。これからの約二十数回は、わが国で最近百年余りの間に起きた出来事の中で、皇室や大豪族が関与してきた特に重要な事件を講義します。歴史と申せば太古の神話や各地の伝説などが面白いでしょう。古事記の世界は幻想に満ち、世間話にはなります。しかし、——今の世がどのようにして創られたのか、今後吾らはどう生きるか——といった面では、参考になりませぬ。大事なのは直近百五十年の歴史の真実を知ることです。分かりますか」

憶良が駄目を押した。

（これが子供たちへの教育なのか……義姉が『素晴らしい』と書いていたが、本当だ）

緊張しているのは坂上郎女であった。耳を傾けて次の言葉を待っていた。

「大王、今様に申せば天皇では、㉛用明—㉜崇峻—㉝推古—㉞舒明—㉟皇極—㊱孝徳—㊲斉明—㊳天智—｛㊴弘文｝—㊵天武—㊶持統の十代とお考えください」

憶良は卓上に半紙を拡げ、弘文帝を除く十名を書いた。

（弘文帝は天智帝の第一皇子の大友皇子に、明治政府が追贈した諡であるので｛ ｝書した。便宜上、明治三年に政府が定めた皇位継承順を付した）

「この十代約百五十年は、『倭』と呼ばれた小国が、『日本』という律令制の法治国家に成長した激動の過程でした」

歴史の話だけに、憶良は二人の理解を表情で確かめながら、ゆっくりと進めた。

憶良は木簡を取り上げ、——温故知新——と書いた。この頃半紙は貴重品である。

「大唐には千年も前に、孔子と申す優れた方の教えをまとめた『論語』という書物があります。その中に『温故知新』――古きを温ぬれば、以て師となるべし。新しきを知ることができる――との教えがあります」

　兄弟は頷いた。

「昔の歴史を正しく学び、最近の知識を得ることを平素から心掛ければ、為になることが多いということだ。憶良殿の講義は、今後わが大伴の存亡の参考になろう」

　と、旅人が添えた。

「父君のご判断は正しい。大伴は代々天皇家直属の伴造、往時は大連、今は宿禰の武家であります。旅人殿は氏上として一族の存亡を担っておられるゆえ、実感のお言葉でしょう。講義内容はこの憶良めが調べた範囲です。その中に適宜、論語の教えも入れましょう。人の上に立つ者は、平素から論語の心掛けが必要です」

　旅人は、憶良の周到な気配りに感謝した。

　嫡男の家持は、「大伴の存亡」との父の言葉に緊張していた。

（十一歳と十歳の二人には、やや堅苦しい前置きだが、旅人殿にも吾にも、時の余裕がない。やむをえない……）

「お二人がこれまで世間話で耳にしてこられたことや、学問所で学ぶ日本書紀の内容とは異なる点が多々あるでしょう。恐ろしい事件や、醜い姦通、つまり男女の間違った色恋沙汰もあります。氏上の子息として避けて通れませぬ。しっかり聴いてください。また話の内容は天皇家に係わる秘密の裏面史です。少し具体的に申せば、前半は蘇我氏と大王家。後半は中大兄皇子が天智大王として即位するまでの、おぞましい数々の殺人事件と、その血統の鵜野讃良皇女、後の持統女帝の飽くなき権勢欲や殺害事件です。したがって極秘です。絶対に他人に洩らしてはなりませぬ。これをそれがしと誓約できますか」

憶良の表情は平然としていたが、言辞は厳しい内容であった。

少年二人と坂上郎女は大きく頷いた。

(さすがは候の集団を率いる首領よ。いささかも感情を表に出さぬ)

と、旅人は感服した。

(二) 大君は神か

「では始めましょう。お二人に問います。烏の羽は何色か、鷺は?」

単純すぎる質問に兄弟はちょっと戸惑って、顔を見合わせた。笑って同時に答えた。

「烏は黒、鷺は白です」

「その通りです。烏鷺の羽の色は誰の目にも明々白々であり、意見は一致します。ところが、人が人を評価判断する時には難しい。悪人が悪人でなく、白が黒、黒が白になることがあります。さらに『おかしいな、間違っているな……』と思いながら、他人に同調する者も出てきます」

「そのようなことがあるのですか」

と、家持が怪訝な顔つきで尋ねた。

「世の中には様々な方が、様々な立場や考えで生きています。特に大君（おおきみ）や権力者に仕える方は、保身のためかどうか分かりませぬが、黒を白と申す事例があります。具体的に数人の和歌で示しましょう。最初はお二人の大伯父上になる元の大将軍、薨去され右大臣を賜った大伴御行（みゆき）殿の歌です。そうだ……その前に御行殿のご功績を」

御行の名を聞いて二人の顔に喜色が溢れた。

「幼い頃から父や一族の者から耳にタコができるほど聴き、誇りに思っています。壬申（じんしん）の乱の時、御行殿は祖父安麻呂殿や一族の方々と、大海人（おおあま）皇子、後の天武天皇を支えられ、軍団を指揮して大勝利をもたらしました」

弟の書持が胸を張って御行の勲功を応（こた）えた。

憶良は老爺の顔になり、微笑を返した。

「その通りでございます。これは史実であって、誰の目にも明白です。このお手柄によって、大伴氏族は天武帝の厚い信頼を得て、政事（まつりごと）の中枢に入る大貴族となりました」

坂上郎女もまた喜色満面である。

「御行殿は、天皇の更なる寵を得ようとのお考えであったか、あるいは真に天皇を神と畏敬されたのか、それがしには知る術（すべ）はありませぬが、かような歌を詠まれました」

憶良は木簡を一枚取り上げて、さらさらと筆を走らせた。

大君は神にしませば赤駒のはらばふ田居（たゐ）を京師（みやこ）となしつ

「御行殿は——天皇は神様であるから、馬が這って寝ている田圃（たんぼ）を、飛鳥浄御原（あすかきよみはら）の都になされた——と、讃美されました」

「その歌なら吾らは十分知っておるぞ」

弟の書持がムッとした顔つきで憶良を見詰めた。

「左様でござりましょう。御行殿は天武天皇を神だと讃えたのです。これに追随するように、その後何人かの歌人が、天皇を神と讃美する風潮になりました」

憶良は新しい木簡を数枚取って、歌を書き、卓上に並べた。

大君は神にしませば天雲（あまぐも）の雷（いかづち）の上（うへ）にいほらせるかも

（柿本人麻呂　万葉集　巻三・二三五）

「これは持統女帝が、高市郡飛鳥村の雷丘（いかづちのおか）に行幸された折に、随行した柿本人麻呂殿が女帝に献上された歌です。——天皇は現人神、生きている神様なので、天に轟く雷の名を持っている雷丘に、仮の御所、行宮（あんぐう）をお造りになられた。天皇は雷神よりも偉い方だ——という意味です。この歌を——傑作だ——と推奨される著名な方もいますが……」

と、憶良は自分の批評をぼかした。

初めて憶良の講義に参加した坂上郎女は真剣に聴いている。
「人麻呂殿は似たような歌を忍壁皇子にも献じています」

王は神にしませば雲隠る雷山に宮しきいます
（柿本人麻呂　万葉集　巻三・二三五・異伝歌）

「それがしはこの雷山がどこなのか知りませぬ。雷丘ならお二人もご存じの通り、飛鳥にある低い丘です。雲に隠れるような山ではないので、説明がつかない平凡な歌ですが、人麻呂殿は皇子をも――神にしませば――と詠まれているので、ご参考までに紹介しました。人麻呂殿は猟路池が掘られた時も天皇を神に讃えた歌を残しています」

皇は神にしませば真木の立つ荒山中に海をなすかも
（柿本人麻呂　万葉集　巻三・二四一）

「――天皇は神だから、檜の生えている荒々しい山の中に海を造るかもしれない――と、猟路池を海に見立てています。山の中に海を造る――とはいささか大袈裟なので、半ば皮肉を込めているようにも受け取れます。歌聖と尊敬されている人麻呂殿だけではありませぬ。詠み人不詳の歌もあります」

大君は神にしませば水鳥の多集く水沼を皇都となしつ
（作者不詳　万葉集　巻一九・四二六一）

「飛鳥浄御原宮が造営される前は、あの一帯は飛鳥川の流れが入り込む沼沢地であったことを示しています。そこを開拓して都を造られました。それは神だからできたと称えたのです」

家持、書持は素直に頷いた。

「さて、ここで大事なことは、はたして天皇や皇子は神でしょうか」

と、兄弟に問いかけた。少し間を置いた。

「天皇や皇子は人間であって神ではありませぬ。それは天皇や皇子と身近に接すれば、よく分かることです。宮廷歌人の人麻呂殿は、職務上天皇や皇子を賛美しなければならなかったのです」

（その通りだ）

旅人が深く頷いた。

女性ながら気丈な坂上郎女は、憶良が、――天皇は人間であって神ではない――と、暗に伯父御行の歌を誤りであり、追従歌と指摘したことに、いささか腹立った。

しかし次々と「大君は　神にしませば……」と、詠まれると、冷静さを取り戻した。

（御行伯父の歌はいささか大袈裟で、確かに天武天皇に媚びている……）

と、恥ずかしく思えてきた。

「天皇や皇子には、民を思う仁徳に溢れた立派な方もいれば、他方、様々な欲望を持たれ、肉親の生命ですら権謀術策で奪うような、冷酷非情なお方もいます。それがしが、これから何を話すか、この目次をしかとご覧いただきたい」

憶良は懐から折り畳んだ紙を取り出し、卓上に置いた。ゆっくり拡げた。

四人の眼が追った。

（三）殺人の目次

憶良が一行ずつゆっくりと読み上げた。

秘史講論　前半の目次		内容
第一帖	現人神	（大君は神か）
第二帖	邪欲	（穴穂部皇子誅殺）
第三帖	丁未の役	（蘇我・物部の死闘）
第四帖	弑逆	（崇峻帝暗殺）
第五帖	女帝	（蘇我馬子の専横）
第六帖	上宮王家抹殺	（山背大兄皇子自害）

後半の目次　内容

第二十三帖　落胤（藤原不比等の台頭）
第二十四帖　歌聖水死（寵臣柿本人麻呂の栄枯）
終の帖　今を生きる（　　　　）

「――大和は国のまほろば、優れて良い所――と称えられています。あの美しく穏やかな飛鳥の里や壮麗な建物が建ち並ぶ奈良の京師で、こんなおぞましい事件が、続発していたのですか。……たしかに幾つかは耳にしているお話もございますが……」

　と、坂上郎女が、驚きを率直に述べた。

「そうです。明るい昼があれば、必ず暗い夜があります。陽の当たる場所があれば、必ず日陰があります。真秀にも暗い陰翳があります。旅人殿に頼まれました家持殿、書持殿へのそれがしの講話は、その時々の天皇や皇族、大貴族たち権力者間の闘争史でもあります。乙巳の変辺りから始めようかと思いましたが、やはり蘇我の専横や鎌、すなわち藤原鎌足の暗躍について話したいので、長講になります」

「それはありがたい」

　憶良は間を取った。兄弟の理解を確かめた。

「もう一度繰り返します。天皇は、御行殿や人麻呂殿が讃えたような、現人神ではありませぬ。天皇は人間です。どろどろした話が続きます。だが、将来、大伴一族の氏上を継がれ、伴造として天皇にお仕えする家持殿には、武人として、胆を据えて、それがしの話に正面から向き合っていただかねばなりませぬ。官職に就かれた時には、世の流れ、他人の表裏を見極めねばなりませぬ。母親代わりになり、更に大伴本家の奥向きを取り仕切らねばならぬ坂上郎女様、また、兄上を輔佐せねばならぬ書持殿も同様です」

三人は背筋を伸ばし、緊張して傾聴していた。

（さすがだ。いい訓話をしてくれる——）

旅人は完璧な憶良の締めに満足していた。

ただ一カ所、気懸かりがあった。

「終の帖は——今を生きる——との題になっている。講話の内容が示されていないが、もしや……」

（皇親で左大臣の長屋王と、藤原不比等の息子、武智麻呂、房前、宇合、麻呂の四兄弟との確執と、わが大伴家の存亡か？……）

旅人は心中の想定を、憶良に眼で問いかけた。

候の憶良は読心術にも長けている。憶良がにやりと笑った。

「帥殿ご推測の通りでございます。微妙な今日的問題ゆえに、空白にしております。今後の政情の変化により、場合によっては帥殿お独りを相手の話になるやもしれませぬ。あらかじめのご了承を」

「しかと心得た」

旅人も厳しい顔つきで深く頷いた。

——帥殿、中大兄皇子（天智天皇）とそのご血統の方々に流れる非情さと権勢欲の認識が喫緊の課題だからです——と、口に出したかったが、今は控えた。

「さてさて、憶良殿。本日の講義——大君は神にあらず——との大胆な断言に、御行伯父を誇りと自慢していた余は、頭を撲られた気がする。発想を転換せねばならぬ。次回は『邪欲』か。次々と興味深い題目で楽しみぞ」

「妾も同感でございます」

「しかしいささか緊張し、余は肩も凝ったぞ。家持、書持。退出してゆっくり背伸びでもするがよかろう。さて、碩学酒豪の憶良殿。年代物の唐の酒を那大津で手に入れた。凝りほぐしに一献どうじゃ」

「妾もお相伴致しまする」

酒好きの旅人と坂上郎女は憶良を別室へ誘った。

第二帖　邪欲

夏五月、穴穂部皇子が炊屋姫皇后を奸そうとし、皇后が天皇の殯宮におられるところへ押し入った。

（日本書紀　巻二一　用明天皇）

（一）跡目

「権、参るぞ。馬を曳け」

憶良はひらりと鞍に乗った。候の技である。坂本の丘へ向かう途中、下男頭の権は、周囲に人の気配がないことを入念に確かめた上、馬上の憶良に口を開いた。

「首領。このたび再開された講話は、大層熱が入っているやに……」

「うむ。その通りじゃ。家持殿、書持殿は、なかなか聡明で、話し甲斐がある。わが齢七十を目前にしておるゆえ、このように思うがまま講論できる機会はもうあるまい。お二人は京師に帰れば、いずれ大学寮で日本書紀の講義を受けられよう。しかし書紀の記述は必ずしも正確ではない。皇統の秘話はここ太宰府でしか語れまい。庭に控えて警備をしていても、そちの地獄耳には座敷の会話は筒抜けであろう。耳学問をしておくがよい」

「心得ております る」


武技に優れ知識欲旺盛で冷静さを失わない権を、憶良は子供の時から高く評価していた。いずれ山辺衆の跡目を継ぐ首領として育ててきた。歌才のあるのも楽しみであった。

(貧農の出自ゆえ、官人にはなれなかったが、必要に応じて大貴族にも変身自在な男。山辺衆は実力主義だ。いい候が山辺の里に出てきたものだ。吾が粟田真人卿に仕えたごとく、権と山辺衆を家持殿に仕えさせ、わが大事業を実現させると、旅人殿と内約束をした。以心伝心。権はわが心中見通しだ。筑前国への左遷は旅人殿との邂逅、天の配剤であったわ)


憶良は昂揚した気分で馬上に揺られていた。憶良の館から旅人の館は遠くない。

玄関の間には家持と書持が正座して、師を迎えていた。

(二) 蘇我と物部の野望

「本日の題は『邪欲』です。内容は皇位を狙った穴穂部皇子の邪な恋と誅殺事件です」

「誅殺とはどういう殺人ですか」

と、書持がすぐに質問した。

「罪のある者を殺害することだよ」

兄の家持が弟に説明した。

「その通りです。皇子の犯した罪と、その死です。しかし背景には、蘇我と物部の熾烈な権力争いが、根深く絡んでいます。それは後の講義まで及びます。それゆえ、最初に、当時の大王家つまり天皇家と蘇我氏の関係を、それがしが纏めた系図をご覧くだされ」

憶良は懐から半紙を二枚繋いだ広い紙を、卓上に置いた。

旅人一家は一斉に視線を紙面に移した。


「この系図はそれがしの調べゆえ、一部は世間で伝わる話と異なるかもしれませぬ。便宜のため、殺害、疑惑の薨去、不慮死、幽閉、病死早逝などには×印を付しております」

旅人はさっと一覧して驚いた。

「簡にして要を得ておるぞ。実に分かりやすい。だが、×が多いのう」

(なるほど亡き義姉上の申された通りだわ。説明がお上手だわ)

坂上郎女も共感していた。

「まず欽明(きんめい)帝の皇后と二人の妃について説明します。本論に関係のない数人の妃は省略しています。皇后の石姫(いしひめ)は宣化(せんか)帝の皇女です。したがってその御子である淳中倉太玉敷(ぬなくらのふとたましき)皇子は皇太子であり、次の大王になられることは明白でした」

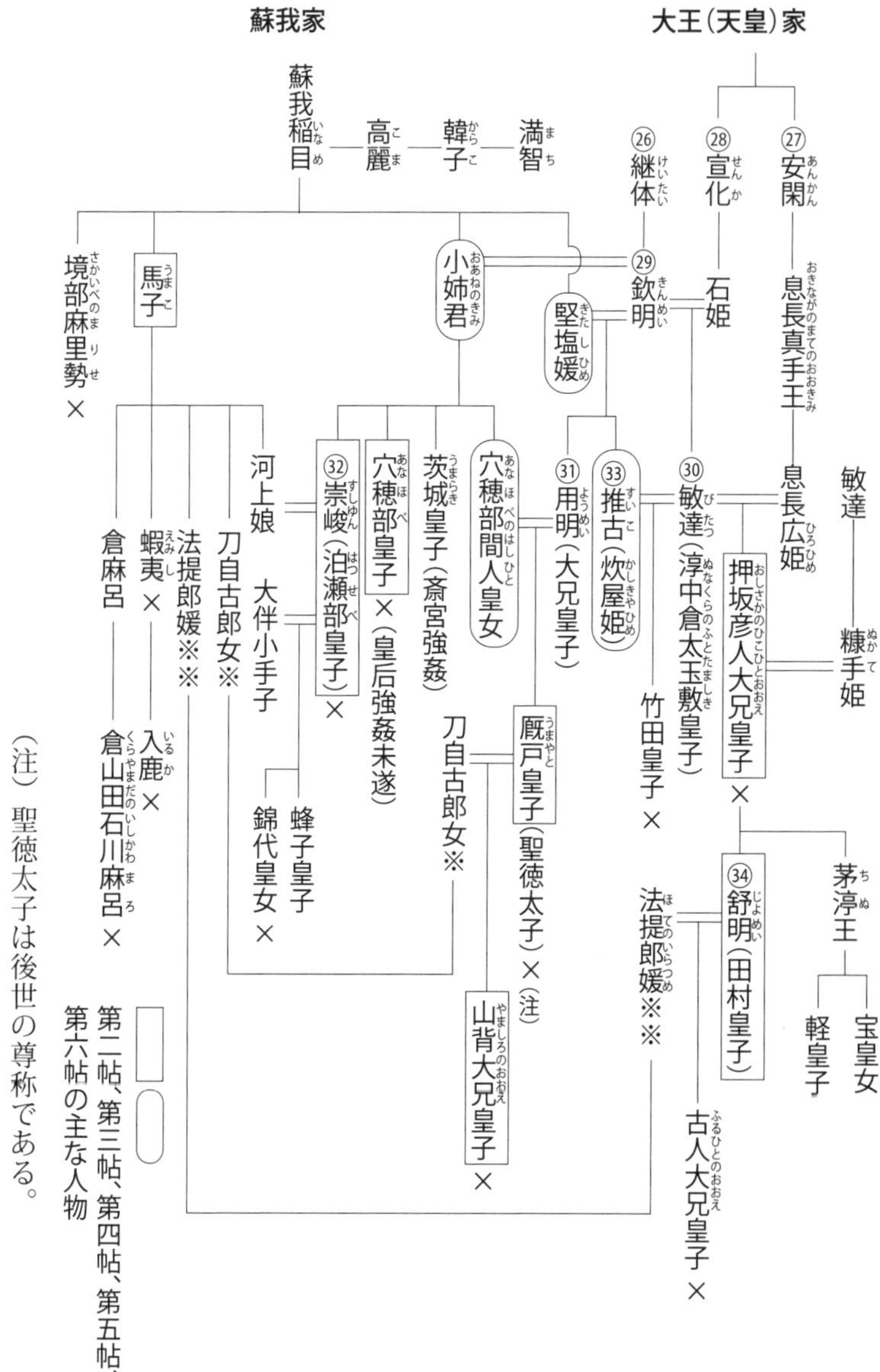

（注）聖徳太子は後世の尊称である。

四人は頷く。

「堅塩媛と小姉君は、共に稲目の女です。書紀では同母姉妹となっていますが、母を異にします。蘇我は稲目の先祖の名、満智―韓子―高麗でお分かりのように渡来人です。彼らは、わが国の古くからの豪族と次々に婚姻を結び、稲目の時代には大王家を凌ぐほどの財力を持つ、屈指の大豪族でした。稲目は外戚として大王家を実質的に支配しようと策謀し、美女二人を後宮に入れたのです」

憶良はゆっくりと話を続ける。

「堅塩媛は、稲目と同じ渡来系の豪族、葛城氏の女との間に産まれました。稲目の嫡男で敏腕の政治家馬子とは同母姉弟です。堅塩媛は大兄皇子と豊御食炊屋姫を産みました。馬子は血の繋がる大兄皇子を天皇にしようと密かに考えていました」

憶良は指を堅塩媛から小姉君に移した。

「一方、小姉君は稲目と物部一族の女との間に生まれていました。色白く彫りの深い目鼻立ちで、『母方には西域の遙か彼方、波斯の血が流れている』と噂されていました。この異国人の容姿風貌が、欽明帝を虜にし、寵愛を得ました。茨城皇子、穴穂部間人皇女、穴穂部皇子、泊瀬部皇子など次々にお産みになりました」

坂上郎女は、後宮の妃たちの間の、陰湿な色欲の争いを頭に想い浮かべていた。

「穴穂部という名は、河内国若江郡穴太邑（大阪府八尾市穴太）に幼時住んでいたからです。穴太邑の穴穂部氏は物部の一族です。皇子たちは物部氏族の中で育ったのです」

「そうか、小姉君は物部の血統でもあったか」と、旅人は納得した。

「物部氏族の統領、大連の守屋は、穴穂部皇子をいずれ大王に即位させ、政事の実権を蘇我から取り戻そうと考えていました。在来豪族の中では最大の武力を持つ守屋としては、渡来人の蘇我氏がいつしか大臣として社会的地位が逆転しているのを腹に据えかねていたのです。物部としては口惜しいことです。蘇我稲目の嫡男馬子と物部守屋は何かと対立するようになりました」

（三）顰蹙の皇子

「欽明三十二年（五七一）、帝が崩御されると、翌年渟中倉太玉敷皇子が敏達大王として即位されました。最初の皇后は名門息長真手王の女、広姫でした。しかし広姫は即位後僅か半年余で崩御されたので、堅塩媛の皇女炊屋姫が皇后となられました。異母兄妹の婚姻です。お二人の間には竹田皇子が生まれました。将来の有力な大王候補になられる方でした」

「この系図で実によく分かる」

旅人が再度感嘆した。

「問題が生じたのは敏達十四年（五八五）帝崩御の時でした。皇后炊屋姫は早速殯宮を建てられ、本葬までの間その内に入り喪に服しました。殯宮とは皇族や身分の高い貴族が薨じられた時、遺体を棺に納めて、仮の祭りをする建屋です。群臣は整然と、声も立てず静かに殯の行事を進めていました。大王が崩御されたのですから一同悲嘆に暮れ、悼んでいたのは当然です。ところがこの様子を見て、穴穂部皇子がとんでもない発言をしました」

（何だろうか？）

家持、書持は憶良の上手な語り口に、完全に引き込まれていた。

「穴穂部皇子は、怒りを顔に出して、『皆の者は何故に死した大王にまだお仕えするのか。次の大王になるだろう皇太弟の、生きている余に何故に仕えようとしないのか』と申されました。喪に服している最中ですから、誰も皇子に声を掛けないのは当たり前のことです。群臣たちは唖然としました。非常識な発言に『これが皇太弟の口に出されるお言葉か。軽率な皇子よ』と、顰蹙を買いました。宮廷内で穴穂部皇子の人望は地に落ちました」

「お悔やみのお言葉ならまだしも、追悼の儀式の最中に、ひどい発言をされたのですね」

と、坂上郎女は驚いた。

「穴穂部皇子は、当時、宮廷の雰囲気から、次の大王は馬子の推す大兄皇子になりそうだと焦ったのでしょう。しかし権威を嵩に強圧的な態度で、場所と時を弁えない発言は、重臣たちの反感を強くしました。『病弱であっても、まともな人柄の大兄皇子の方が良い』と決まりました。大兄皇子が即位され、用明帝となられました。系図をご覧ください。用明帝は、崩御された敏達帝には異母弟。皇后炊屋姫には実兄になります。後日お話しします厩戸皇子――聖徳太子には系図ではご父君になります」

（何？『系図ではご父君』？）

旅人の心に引っ掛ったが、憶良の講義は進んだ。

「用明帝の即位は、ますます穴穂部皇子を追い詰めたようです。皇子はとんでもない発想と行動にでました」

憶良は一呼吸休んだ。

「穴穂部皇子はこう考えたのです。――用明帝は極めて病弱だ。そんなに長くは持つまい。年齢から見ると用明帝の皇子厩戸(うまやと)も、炊屋姫の皇子竹田も未成年だ。広姫の遺児押坂彦人大兄(おしさかのひこひとおおえ)皇子がいるが、影が薄い。自分が大王になる目はある。条件を補強すれば有利に立つ。それには手っ取り早く、敏達先帝の皇后、炊屋姫を奸(おか)し、わが妻にしよう。さすれば、父は欽明帝、妻は皇女で前(さきの)皇后炊屋姫。誰も文句はなかろう。奸すなら女官たちや警備の兵の手薄な殯宮(もがりのみや)の内だ――と。穴穂部皇子は邪淫の妄想に自ら興奮しました。用明帝が即位して間もない元年（五八六）夏五月。皇子は殯宮に足を運びました」

兄弟は、大人の色事の世界に興をそそられていた。

「皇子は殯宮にいる皇后に、『炊屋姫、扉を開けてくだされ！　穴穂部です。かねてよりお慕い申し上げていました』と、声高(こわだか)に告げました。実は、このような事態も起こるのではないかと、亡くなられた敏達帝の寵臣(ちょうしん)、三輪逆(みわのさかう)は警備を固めていました。『開けるわけには参りませぬ。お帰りください』と、断りました。皇子は更に六度、大声で炊屋姫に哀願しましたが、三輪逆はその都度断りました」

「何と破廉恥な皇子でしょう」

と、坂上郎女が眉を顰(ひそ)めた。

「炊屋姫を奸すことに失敗した皇子は、怒りを三輪逆に集中しました。物部守屋を呼びました。『お悔やみを述べたく殯宮に入りたい余を、三輪逆は七度も断りおったわ。まことに無礼で不遜な男だ。処罰せよ』と命じました。守屋は軍勢を引きつれて、磐余(いわれ)にある三輪逆の自邸に向かいました。穴穂部皇子も同行しました」

　予想もしない話の展開に、少年二人は身を乗り出していた。

「そこへ事情を知った蘇我馬子が、馬を飛ばして駆けつけてきました。さすがに馬子は大人物でした。穴穂部皇子が三輪逆を討つことを制止することは無理だと察しました。皇子の開門の命令を、臣下の三輪逆が七度も断ったからです。そこで皇子にこう諫言（かんげん）しました」

　四人は一言一句も聞きもらすまいと、集中していた。憶良は再び間を置いた。

「で、何と？」

「『王者は刑人に近づくべからず』と。しかし皇子は聴く耳を持ちませぬ。守屋と進軍を続けました。馬子は『皇族は愚行をすべきではない』と再度諫言しました。皇子は直接手を下すことは諦めました。守屋とその配下の者たちが赴き、三輪逆と家族を斬殺しました」

「なんと酷いことを……」

　坂上郎女は首を左右に大きく振った。

「物部守屋から報告を聞いた馬子は、『皇室に、かような疎（うと）ましい事件が続けば、大乱になる』と、嘆きました。しかし、穴穂部皇子を次の大王に推している守屋は、『汝のごとき小臣の知るところにあらず』と、傲然（ごうぜん）と申しました。朝廷の軍事権を握っている守屋から見ると、大臣であっても渡来系の、かつ年下の蘇我馬子に対し、心の片隅に蔑視の感情が渦巻いていました。ついつい本音がでたのでしょう」

「ほう、馬子に『小臣』となし」

「この言葉に、馬子は――いずれ守屋を消さねばなるまい――と、心中深く決意しました」

「なるほど」旅人が短く頷いた。

「一方、忠臣の三輪逆とその家族をも惨殺された前皇后炊屋姫は大いに嘆き悲しみました。邪心を持った穴穂部皇子と、その庇護者の物部守屋を極端に嫌悪しました。炊屋姫は穴穂部皇子だけでなく、その兄弟姉妹をも毛嫌いしました」

「何と申した？　皇子だけでなく兄弟姉妹たちも？……」

「はい。これは秘史でございますから、後日詳しく述べましょう」

憶良は、顔色ひとつ変えず、淡々と話した。

（四）守屋の失望

「翌用明二年（五八七）四月。用明帝は天然痘を患い、重篤の状態となりました。帝は死を予知されたのか、『仏教に帰依し、信徒となりたい』と、群臣に申されました」

（ほう、仏教の話が出たか）

旅人は興味を持った。

「排仏派の物部守屋は、『皇室は代々神道でありまする』と、反対しました。他方、崇仏（すうぶつ）派の蘇我馬子は、『信仰については大王（天皇）ご本人の意思を尊重すべきである。詔（みことのり）を奉じて、大王のお命をお救い申し上げるべきであろう』と反論しました」

（神仏論争になるのであろうか？……）

と思った坂上郎女の予想は見事にはずれた。

「驚いたことに、馬子はこれまで嫌っていた穴穂部皇子に、当時有名であった豊国法師を病床に連れてきて欲しいと、要請されました。更に群臣たちが驚いたのは、穴穂部皇子が馬子の要請を引き受け、豊国法師を迎えに出向いたことでした。穴穂部皇子は《帝崩御の後は、自分が大王に就くのだ》と、錯覚したのでしょう。そう思わせた馬子は老獪でした」

（穴穂部皇子は蘇我の権謀術策に嵌ったな）

と、旅人は理解した。

「物部守屋はひどく失望、落胆しました。『吾は穴穂部皇子の命で三輪逆を斬り、人望のない皇子を支持してきた。しかるに排仏派の吾の顔を潰すとは——。穴穂部皇子は何と無節操な方か。馬子の意に従うとは何事か！』と怒り、領地の河内国渋川に引き籠もりました。守屋が急遽河内国に引き揚げたのは、皇子に対する失望だけではありません。宮廷のある飛鳥地方は、馬子やその配下の東漢の勢力下です。——蘇我馬子が物部守屋の殺害を画策している——との情報を、守屋の候が摑んだからです」

家持、書持は、馬子と守屋の争いが次第に激しくなってきた展開に興をそそられていた。

「穴穂部皇子が連れてきた豊国法師の祈念も効なく、発病七日後の四月九日、用明帝は崩御されました。僅か二年の在位でした。炊屋姫は、夫君敏達帝、忠臣三輪逆、兄用明帝と、次々にご不幸に遇いながらも、前皇后として気丈に振る舞われました。しばらくの間、大王不在の時が流れました」

（妾もこの二年の間に夫と義姉を亡くした）

坂上郎女は不運を炊屋姫と重ね合わせていた。

「六月、物部守屋は次の大王に、再び穴穂部皇子を擁立しようと考えました。『皇子は軽率矮小な人物であるが、担ぐ者にとって御輿は軽い方がよい』という守屋の判断でした」

（今、京師で聖武天皇を担いでいる藤原武智麻呂らもそうであろうな）

と、旅人は一瞬、奈良へ思いを馳せ、守屋の心境を納得した。

「守屋のもう一つの事由は、代々後宮に女を差し出す蘇我氏と異なり、大連の物部氏族には穴穂部皇子ぐらいしか血縁のある天皇候補はいませぬ。『内々、打ち合わせをしたいので、狩りにかこつけて河内に足を運びくだされ』と、穴穂部皇子に連絡しました。しかし、これは馬子の候に察知されてしまいました」

（物部も蘇我も候を使っていたのか……）

家持は、心に刻み込んだ。

（五）誅殺

「馬子は『しめた！』と北叟笑みました。直ちに参内し、炊屋姫に『穴穂部皇子を誅殺する詔を出して欲しい』と要望されました」

「どういう罪状にしたのか」

と、旅人が質問した。

「馬子は皇子の罪をこう奏上しました」
一　敏達帝崩御の際、殯宮で喪に服されている皇后炊屋姫を奸そうと、七度侵入を企てた強姦未遂罪
二　右不法侵入を阻止した敏達帝の忠臣三輪逆を、皇子の独断で、家族共々斬殺した不法殺人罪
三　重臣会議で決める大王即位を、物部守屋と組んで謀略を企てている罪

「馬子は付言しました。『穴穂部皇子は皇族であることを嵩にかけ、色欲、権勢欲のためなら、人倫や法を破ってでも、己が意のままに実行する思慮浅き方です。それがしは二年前、忠臣三輪逆事件の際、天下を乱す張本人になると懸念しましたが、現実となりそうです。禍根は早く断たねばなりませぬ。皇子誅殺のご詔勅をお出しください』と」

少年といえども聡明な兄弟は、事件の推移を理解していた。

「炊屋姫は欽明帝の皇女であり、敏達帝の皇后です。大王ご不在の期間は国家元首です。六月七日。炊屋姫は穴穂部皇子誅殺の詔勅を出されました。佐伯氏は大伴氏同様に物部氏に次ぐ軍事力を持っていました。その夜半、丹給手を指揮官とする一軍は、穴穂部皇子邸を急襲し、皇子を殺害しました」

「皇子は自業自得かもしれぬ。馬子は老獪だな。同じ蘇我系とはいえ小姉君の生母は物部だ。小姉君の血統を嫌ったのだな」

と、旅人が率直な感想を述べた。

「穴穂部皇子も父方は欽明帝の血統です。一時は皇太弟という高い地位にありました。『常識と倫理観を持たれ、強欲にならず、穏やかにされていれば、次の大王に即位できたかもしれぬ』と申す学者もいます」

兄弟は頷いた。

「ただ、何度も申しましたが、炊屋姫は小姉君の血統を嫌っていたので、やはり穴穂部皇子の即位は無理だったでしょう。炊屋姫のご意思やご決断はお見事でした。出所進退は法令の定めや、宮廷の慣習をきちんと守られていました」

「炊屋姫が、『容姿端麗、進止軌制（しんしきせい）』と称賛された事情が、女の妾にもよく分かりました」

旅人が父親の顔になって子供の方を向いた。

「家持、書持。今日の題目は『邪欲』であった。邪（よこしま）な欲望は、恋であれ権勢欲であれ、身を滅ぼす実例だ。よく弁（わきま）えておくがよい」

兄弟は素直に頷いた。

「では次回は穴穂部皇子事件に続く、蘇我馬子と物部守屋の大戦争、『丁未（ていび）の役』および神と仏の宗教の実態について語りましょう」

と、憶良は第二帖の講論を締めた。

間髪を入れず、

「憶良殿、ちょっと待ってくだされ」

旅人が軽く片手を上げた。

「宗教戦争ではなく、『神と仏の宗教の実態』とか?……」

「そうです。この機会にわが国の宗教を考えてみましょう」

憶良は平然と応(こた)えた。

(これでは次の講義を休むわけにはいかないわ)

才女の坂上郎女は、憶良の一言一句が脳に染み込むように感じていた。

第三帖　丁未（ていび）の役

秋七月、蘇我馬子宿禰大臣は、諸皇子と群臣とに勧めて、物部守屋大連を滅ぼそうと謀った。

（日本書紀　巻二一　崇峻天皇）

（一）蘇我・物部・大伴

「今回は蘇我・物部の大戦争『丁未の役』の背景と実戦を説明します。大伴氏の祖先も関わりますことと、後に藤原氏が蘇我の手口を真似るので、よく理解してくだされ」

家持、書持は緊張している。深く頷いた。

「蘇我と物部の対立は、氏族の出自、皇室との婚姻、信仰する宗教などの要素が、複雑に絡んだ、政（まつり）事（ごと）の実権争いです」

憶良は白地の半紙を卓上に置き、筆を執った。まず縦線を五本、横線を六本引いた。

二十の枡目ができた。

（何をなさるおつもりであろうか――）

坂上郎女は憶良の言動に興味を持った。

憶良は右の端に、氏と氏上、姓と政事、氏族出自、皇室との婚姻、宗教と書き入れた。

次に上段に、蘇我、物部、大伴と書いた。十二の空白の枡がある。

「蘇我氏は大王家に並ぶほどの大貴族になっており、朝廷より大臣に任ぜられました。臣姓の諸氏族の中で、最高の有力者に賜る地位です。政事の頂点に立ちました。一方、物部と大伴は、大王に直属する造です。連姓の中の最有力者に与えられる大連を世襲できる大豪族でした」

憶良は、蘇我の下に「大臣」、物部と大伴の下に「大連」と書き込んだ。

「欽明帝の治世の時は、蘇我稲目が大臣で、物部尾輿と大伴金村殿がともに大連でした」

憶良は三人の名前をそれぞれ書き添えた。

旅人一家は、まだ九個の空白部分に興味を持って、凝視していた。

「当時、大連の両氏族の役割は分かれていました。物部氏は軍事、警察、検察と、神や祖先を祭る祭祀の担当です。その関係で、武具や祭祀の道具が格納されている倉庫、いわゆる屯倉を管理していました。軍事、祭祀の道具類の『物を司る部族』として、物部と呼ばれたのです」

少年に分かるよう憶良は噛み砕いて説明した。

「一方大伴氏は、地方の各地から朝廷の役務、つまり雑役に従事する舎人や、食膳を担当する膳夫、宮廷を守護する靫負――武官――を統括して、天皇家の『伴の管理』を司ってきました。それゆえ大伴の名がついたのです」

憶良は筆を執った。蘇我の下に「政権の中枢」、物部の下に「軍事、祭祀、物管理」、大伴の下に「宮廷守護、伴管理」と書いた。空白は六となった。

「ご先祖金村殿の功績はご存じであろう」

と、家持に尋ねた。

「はい。昔、大和朝廷の皇位継承問題がこじれていた時に、越前国から応神天皇の五世の孫という男(お)大迹王(どのおう)を迎えて、継体(けいたい)大王として即位させたと父から聞いております」

旅人が嬉しそうに、父親の顔をした。

「その通りです。その功労で政権の頂点に立っていたのです。しかし、朝鮮政策で失敗されました。朝鮮半島の南部、任那(みまな)四県に対する百済の支配を容認したのです。これが『大伴金村の外交は弱腰だ』と、物部尾輿に酷評されたのです。この結果金村殿は失脚し、物部が蘇我に対抗する勢力になりました」

兄弟は、身内としての興味から、一言一句聞き洩らすまいという気魄に満ちていた。

「物部の強大化を嫌ったのは蘇我稲目です。いろいろな策略を使って、尾輿の影響を削(そ)ごうとしました。蘇我は馬子が跡を継ぎ、物部は守屋が氏上となりました」

憶良は、馬子と守屋の名を書き加えた。

「次に氏族の出自について話します」

憶良は、前回使った系図を卓上に拡げた。

「血統から申せば、蘇我氏は百済系の渡来人です。祖先の名だけではありませぬ。一族は百済と同じ柄頭(つかがしら)に環状の装飾のある環頭太刀(かんとうのたち)を帯びていました。物部と大伴は在来の氏で、太刀の柄頭は太く実用的で装飾などありませぬ」

憶良は氏族出自の欄に、蘇我「渡来系」（百済）、物部と大伴は「在来系」と補充した。

当時の太刀の柄頭の差異までも示した憶良の博識に、旅人と坂上郎女は驚嘆した。

「皇室との婚姻を説明します。実は大王に女を差し出し、皇子を産ませ、あわよくば地位や財産を増やしたいと考える貴族・豪族は沢山いました。しかし後宮の雑役をする采女(うねめ)として差し出せても、皇后、妃、夫人(ぶにん)といった高い地位の女人を差し出せる家柄は、皇族や王族、すなわち皇親に限られていました。蘇我は渡来系ですが、母国百済での地位が高く、女(むすめ)を妃に差し出せました。他方、物部と大伴は、伴造(とものみやつこ)、つまり家臣であったので、原則的には妃や夫人を出せない豪族でした。地方の豪族たちは大王の家臣ではありませぬ。眉目秀麗(びもくしゅうれい)な女(むすめ)を采女として、積極的に宮仕えさせました」

憶良は、蘇我に「妃、夫人を出せる大貴族」、物部と大伴は「妃、夫人を出せぬ大豪族」と書き入れた。

「そうか。皇親系以外で大王家に女を妃として差し出せたのは、蘇我だけだったか」

と、家持が呟(つぶや)いた。身分の差を認識した。

（二）神道と仏教

「最後に宗教の欄が残りました。蘇我稲目、馬子と物部尾輿、守屋の、父子二代にわたる対立は、仏教の伝来と関係します。その前に、わが国の宗教、神道を考えてみましょう」

（なるほど、憶良殿の指導は筋道が通っている）

と、旅人は感心した。

「わが国では太古から、太陽、月、山、海、さらに河川や樹木、岩石にも神が宿ると信仰しています。具体例で示しますと、円錐形の整った姿をしている神奈備と呼ばれる三輪山や磐座、玄界灘の孤島、沖ノ島などです。人々は大自然の神に豊作や豊漁を祈り、収穫を感謝する祭りを行ってきました。穢を払う禊をし、死や災いから逃れるための祓をして、人生を過ごしてきました。この大自然の神々と、人間世界を取り持つ祭司が必要となります。大王家は軍事や政治で国家を統一しました。同時に、最高の祭司として、この神道信仰の頂点にあります」

「中臣との違いは？」

と、家持が尋ねた。

憶良は舌を巻いた。

「これは鋭い質問です。全国津々浦々の神社で神官を務めている者は中臣。つまり天と地上の人の間に立つ者です。彼らは祭司ではありますが、本来は政事や軍事の者ではありませぬ。『地方の神々に仕える祭司』と心得ください。それゆえ中臣の姓の地位は低いのです」

「よく分かりました」

「大王家、今の天皇家は、最高の祭司として、最高の神である太陽神を、天照大神として伊勢神宮にお祀りしていることはご存じでしょう」

「はい。承知しています」

「伊勢神宮については第二十二帖『磐余池悲話』にも関係しますので、触れておきましょう。皇室では女神・天照大神に仕える斎宮として、未婚の汚れを知らぬ内親王を、伊勢神宮に起居させています。斎宮は天皇に代わり国家の安康と豊作をお祈りしています。毎年九月には、新しい穀物を大神に捧げ、神嘗祭を行い、大神に感謝します。京師の朝廷では十一月に、天皇が新穀を天地すべての神々に捧げ、神々と食事を共にされる新嘗祭の神事を行われます。天皇家の祭具を管理するのは、国造の物部の職務です。したがって物部氏は神を敬う神道です。伴造の大伴家も然りです」

（素晴らしく分かりやすい講義だわ――）

と、坂上郎女は感銘していた。

「一方、百済など韓半島からの渡来人は、別の信仰を持っていました。彼らは仏と呼ばれる小さな鋳造の仏像を携えて、密かに拝んでいました。渡来人たちの統領であった蘇我氏は仏教信者でした。この機会に、仏教についても簡単にまとめて話しましょう」

（こういう教え方は、武人の吾にはできぬ。やはり餅は餅屋だ。ありがたい）

「仏教は今から千二〜三百年もの大昔に、大唐よりも遥か西の彼方にある印度という国の王子が、地位も家族も捨て、厳しい修行をして悟りを開いた教えです。人間には病や死など苦悩があります。王子はこれらの苦悩を超越した境地に達したのです。悟りを得た王子は、仏陀、仏法の大聖者、釈迦牟尼と尊称され、その教えを仏教といいます。仏陀の教えは、長い年月をかけて、東へ東へと伝わりました。大陸から百済に伝来したのが二百五十年ほど前です。百済は仏教の王国となりました。仏陀の教えは多くの弟子たちによって、長い間に文字による経典となりました。特に漢王朝の時代に漢字化されました」

憶良は、二少年が頷くのを確認しながら、ゆっくりと話を進めた。

坂上郎女も、今は一人の学徒になって、新しい知識の吸収に心を躍らせていた。

憶良は白湯を口にした。

（この怜悧な二人に、人間の欲望について、もう少し話しておこう——）

「仏陀は、人間の持って生まれた長所の、陰の部分を業としています。いわば原罪として五欲を挙げています。人間には眼、耳、鼻、舌、身の五官があります。この五官により、色、音、香、味、触の五つの境地に対する欲望が起こります。これらの感覚の欲望とともに、金銭財物、男女の色欲、飲食欲、権勢地位を求める名誉欲、それに睡眠欲も生じます。仏陀は、これらの人間の持つ欲望からの解脱のほか。先ほど申した病気や死の恐怖、飢餓、貧困、別離などの苦悩からの解脱、つまり魂の救済を説かれたのです」

坂上郎女が質問した。

「神道とは何か随分違うように感じますが」

憶良がにこりと微笑んだ。

「その通りです。要約して申せば、神道は自然を神と崇(あが)め、国家や国民の安泰を祈り、収穫を感謝することを根本としている宗教です。天皇家の安泰、即国家の安泰を願う宗教です。これに対して、仏教は個々人の苦悩、心を救済することを根本とした宗教です。それがしは、この二つの宗教は別々のものであり、併存して差し支えないもの、いや併存した方が補完し合ってよいとさえ思っています」

（そうなのか……）

一家は納得した。

「さて、最後の空白箇所に、蘇我は仏教、物部と大伴は神道と記入しましょう」

氏と氏上	姓と政事	氏族出自	皇室との婚姻	宗教
蘇我 稲目、馬子	大臣 政権の中枢	渡来系（百済）	妃、夫人を出せる大貴族	仏教
物部 尾輿、守屋	大連　国造 軍事、祭祀、物管理	在来系	妃、夫人を出せぬ大豪族	神道
大伴 金村、咋子	大連　伴造 宮廷守護、伴管理	在来系	妃、夫人を出せぬ大豪族	神道

（なるほど、憶良殿はこのように簡潔明瞭にまとめ、首皇太子（聖武帝）に進講されていたのか。前東宮侍講に直接対面指導を受ける家持、書持は幸せ者よ……）

旅人は家持、書持によき師を得て感無量であった。

「退屈でしょうが、もう少し仏教を語ります。蘇我・物部戦争の見方が変わるでしょう」

（蘇我・物部戦争の見方が変わる？　まさか……）

旅人も坂上郎女も一瞬疑った。

「それがしは唐に参りました時、現地で仏教の高僧に接し、基礎から経典まで学びました。その時、最も感銘を受けたことを申します。仏陀すなわち釈迦牟尼は、入滅の際、弟子たちに『わが像を刻んではならぬ。寺を造ってはならぬ』と遺言されました」

「えっ、それは真実か！……」

「はい。弟子たちは像を作らず、寺を建てず、仏陀の教えを口伝で民に示し、魂の救済を行っていました。しかし、時が経つにつれ、仏陀の教えを分かりやすく実感させるため、仏像を造り、壮大な寺院に安置し、曼荼羅を描き、経典を編んできました。民衆は寺に行き、仏像に手を合わせ、経文を唱えることで、人間の最も関心の深い病気や死の恐怖から救われようとしてきました。庶民は来世への極楽往生を願い、仏教はあちこちの国で多くの信者を得ました」

（なるほど。そうであったか……）

「多くの庶民が熱心に信仰する点に眼を付けたのが、俗界の権力者である王や政治家です。仏陀が教えます五欲からの解脱とは正反対の、欲望の塊のような者たちが、政事に仏教を利用するようになりました」

四人は、憶良の説く仏教論を良く理解できた。

「百済から渡来した庶民たちが、小さな鋳造物を大事に安置し、手を合わせている段階は、ごく自然な宗教です。しかし、この仏教を政治権力の増大強化に利用しようと画策したのが蘇我氏でした。蘇我氏は、百済王国の倭国大和での侵略拠点でした。当時の倭国は、文字もなく、農工土木、すべての面で百済よりも遅れていた後進国でした。ただ、大王家を政祭の頂点として、自然神崇拝で国民の精神世界が統一されていた、気位の高い国でした」

（なるほど……憶良殿の論理は筋が通っている）

「蘇我稲目は母国百済の聖明王と謀って、仏教を外交の道具に使いました。欽明十三年（五五二）冬十月。百済王から欽明帝へ、燦然と金色に輝く柔和なお顔の金銅仏と、彩色きらびやかな天蓋および若干の経典が献上されました。仲介は稲目です。天皇は黄金仏と見間違うほどの釈迦の姿に驚きました。経典にも喜ばれました。当時、文字は経典から学ぶ外に術はなかったからです」

（そうか。百済の日本侵略の方策は、武力でなく精神面だったか。仏教は道具だったか）

「稲目は滔々と論じました。『西の諸国は皆仏法を礼っています。わが国だけこれを容れないのはいかがなものか』と。これに対して尾輿が反論しました。『わが国では天皇が祭司となって神々を拝んでいます。今、外国の神を拝めば、古来の神々はお怒りになるであろう』と。有名な話ですからご存じでしょう」

一家四人は、――分かっている――という表情で頷いた。

「欽明帝は妥協案として、金銅仏を蘇我に預け、しばらく様子を見ることにしました。宗教が政事の舞台に表面化しました。崇仏の蘇我と排仏の物部は、いろいろな局面で衝突しました。蘇我の本拠地は朝廷のある飛鳥です。この周辺に、蘇我派の新しい渡来人が、優れた土木工芸の技術を持って住み着きました。東漢（やまとのあや）です。かれらは鋳造技術に優れ、蘇我の領地である東出雲の砂鉄の玉鋼（たまはがね）を使い、密かに強い鉄剣を造り、武芸を磨いていました。一方、物部は、河内国渋河（東大阪市布施）を本拠地としており、外交や商いをする百済渡来人が周辺に住み着きました。西漢（かわちのあや）です」

（そうか。東漢は強い鉄剣を鋳造していたか……）

「馬子の代になった時、百済の昌王は、『わが都・扶余（ふよ）に在る自慢の王興寺に匹敵する規模の大寺を、飛鳥に造営すべし』と、謀りました。そのための建築大工、鋳物師、仏師らを東漢に送り込みました。馬子は彼らを駆使して、壮大な寺院を建立しました。通称飛鳥寺、正式には法興寺です。寺の名は百済の『王興寺』に似せています」

（寺の名も百済風であったのか。初めて知った……）

家持は百済と蘇我の結びつきの深さに驚いた。

「有名な止利（とり）仏師が、巨大な仏像を鋳造しました。今、飛鳥大仏と呼ばれている釈迦如来像です。金色に輝く大仏に、天皇も人々も圧倒されました。朝廷は、この優れた東漢（やまとのあや）の技能集団を抱えている蘇我一族を重用しました。蘇我氏は着々と勢力を拡大し、古来の豪族たちを圧倒していきました」

「確かに飛鳥大仏は、当時の人々には驚きであったろう。神道にはあのような偶像はない。法興寺のような大寺院の建築もない。三輪山はお山全体がご神体だから、勝負にならぬな」

「帥殿と同様に歯軋りしたのが、物部守屋です。このような仏教施設、仏像などの作戦と平行して、蘇我は女を利用しました。美女を妃や夫人として次々と後宮に送り込みました。皇子を産ませ、大王家を牛耳る策謀です。この蘇我の外戚戦略に一矢を報いようとしたのが、守屋の穴穂部皇子擁立でしたが、失敗しました。馬子は『倭国征服を成すには、物部を抹殺しなければならぬ』と考え、巧妙な戦略を煉りました」

「何と申した？——蘇我の倭国征服策——とは驚いた。しかし実態はその通りだな。で、その戦略とは何ぞ」

家持、書持よりも旅人が熱心であった。

（三）虚構の伝説

「ずばり申せば、厩戸皇子の抱き込みです」

厩戸皇子。父は用明帝、母は穴穂部間人皇女である。父方の祖父は欽明帝。祖母は蘇我稲目の女、堅塩媛。母方の祖母は、稲目の女、小姉君。（聖徳太子は後世の尊称につき、本書では厩戸皇子に統一した）

「前回の系図をご覧ください。華麗な血統です。厩戸皇子は、有力な将来の大王候補でした」

（その通りだ）

と、兄弟は理解した。

「父君用明帝が崩御の直前に、仏教の信者になられた話は、前回しました。その影響もあって、皇子も仏教に帰依しました。ところでどうして『厩』という汚い名が皇子に付けられたか、ご存じか」

弟の書持が答えた。他の三人も――愚問だ――との顔つきである。

「知っております。亡き母上から教わりました。皇子が生まれそうになったとき、母君の穴穂部間人皇女は産屋に間にあわなく、近くの馬小屋でお産をされた。それで厩戸と命名された」

「伝承はその通りです」

「伝承と申されますのは、命名にも秘められたお話がおありですか？」

と、坂上郎女が怪訝な面持ちを示した。

「真の由来は、後日第五帖『女帝』でお話しましょう」

（そうか……憶良様はこうして学ぶ楽しさを心待ちさせる……）

「さて、前置きが長うなりました。いよいよ蘇我・物部戦争に入ります。朝廷から物部守屋討伐の詔勅を得た馬子は、早速、皇族と蘇我氏の連合軍を組みました。参加した主な皇子を書き出しましょう」

そう言って、憶良は木簡に三人の皇子を書いた。

泊瀬部皇子　欽明帝と小姉君の皇子　誅殺された穴穂部皇子の弟

竹田皇子　敏達（びたつ）帝と炊屋姫（かしきやひめ）皇后の皇子
厩戸皇子　用明帝と穴穂部間人（はしひと）皇女の皇子

「この頃は、わが国はまだ律令国家ではありませぬ。連合の軍団は、皇子たちの家臣や、蘇我氏配下の東漢（やまとのあや）たちでした。しかし皇族の家臣や、蘇我兵は戦闘経験がありませぬ。これまで朝廷の軍事や警備を掌握していた物部軍団には、人数でも、戦力でも到底太刀打ちできませぬ。馬子は知恵者です。自分は上に立たずに、崩御された用明帝の御子、厩戸皇子を総指揮官に推戴したのです。そして皇族方より、それぞれ懇意の群臣たち、いわば中小の豪族たちに参戦を呼びかけさせたのです。いかに大貴族であるとはいえ、蘇我は渡来人です。古来の豪族には親近感がありませぬ。蘇我は崇仏であり、群臣たちは物部氏同様に神道です。厩戸皇子を最高指揮官とすることにより、天皇家と物部氏の戦いのようにすり替えたのです。群臣も民衆も錯覚しました。皇族の呼びかけで、紀（き）、平群（へぐり）、巨勢（こせ）、大伴（おおとも）、阿倍（あへ）などの諸豪族が参加することになりました。この時参加した大伴氏は……」

「はい。大伴連咋子（くいこ）、吾らの玄祖父になります」

と、兄家持が明快に即答した。

「左様。大連だった金村殿の嫡男です。金村殿が物部氏により失脚したので、咋子殿は連の姓（かばね）に落とされ、領地も小さくなっていました。物部との戦いは、父上の仇討ちとのお気持ちもあったでしょう」

旅人は、一つ一つ無駄のない憶良の教授に感心して聴いていた。

（四）戦の真実

「さて物部守屋は名だたる武将です。屈強な軍団を率い、領地渋川に強固な砦を築き、連合軍を待ち受けていました。守屋自身も木の上に座り、雨のごとく矢を射て、皇族や蘇我の兵を三度破った話はご存じでしょう」

「はい」

「皇族、蘇我、群臣寄せ集めの連合軍が、物部軍団を破った勝因は何だったのでしょうか？」

「それは厩戸皇子が仏を守護する四天王、すなわち東を守る持国天、南の増長天、西の広目天、北の多聞天の四武神に勝利を祈願されたからです。厩戸皇子は『守屋討伐の成功は、四天王のご加護である』と、後に難波の御津（みつ）に四天王寺を建立されました」

と、家持が自信を持って説明した。

「日本書紀ではそう書かれています。しかし、それは真実ではありませぬ」

「えっ。書紀が間違っていると！」

旅人も坂上郎女も驚いた。

「書紀は皇族方が作られた国史だから真実だ——との錯覚が国民にあります。謎解きを致しましょう」

憶良は木簡に次のように書いた。

四月　用明天皇　仏教帰依（きえ）　崩御（ほうぎょ）
六月　蘇我馬子　穴穂部皇子　誅殺（ちゅうさつ）
七月　厩戸皇子　最高指揮官　守屋討伐

「厩戸皇子が仏の教えを学び始めたのは、崩御直前の父君、用明帝が仏道に帰依されてからです。皇子は仏徒として七日ごとの法要など喪に服されました。僅か三カ月で、四天王に祈願の経典を読まれ、かつ、満願の祈祷力を得ることは、皇子がいかに聡明でも不可能です。これは、蘇我が、物部との権力闘争に、朝廷を利用した戦略を誤魔化すために、厩戸皇子を超能力者に仕立てたものです。皇子の存在と帰依を利用し、氏族間の権力闘争を、神仏戦争のごとく粉飾したのです。見事な集団催眠術です」


旅人一家は唖然としていた。

(厩戸皇子の必勝祈願の成果ではないと……集団催眠術？……)

「勝因は単純です。大伴氏をはじめ、諸豪族の将兵の活躍と、東漢の部隊の武具です」

武将旅人は憶良の分析に引きつけられていた。

「皇族の兵は戦い慣れていませぬが、諸豪族の兵士は訓練ができておりまする。しかし各豪族がばらばらでは戦力になりませぬ。烏合（うごう）の衆です。実戦では多くの兵士を指揮した経験のある武将が必要です。大伴咋子（くいこ）殿は、父君金村殿の失脚前には、宮廷を護衛する役割を担って、三千の兵を指揮していました。群臣たちは、公には厩戸皇子が総指揮官であっても、僅か十四歳では無理と分かっていました。群臣たちは咋子殿に戦闘の指揮を要請しました。実戦の指揮を引き受けた咋子殿は、作戦を練りました。まともに攻めては、守備を固め、地の利を知る守屋の軍団に有利です。相手の戦力を削ぐには、負けて逃げる振りをして、相手をおびき出し、適宜反撃する作戦をとりました。三度負け逃げして、物部軍が矢を使い果たした頃を見計らって、全軍で押し包んで殲滅したのです」

（祖父長徳より口伝で聞いていた戦いは、書紀とは異なるが、やはり真実であったか。だが、――厩戸皇子の祈願での大勝は虚構であった――とはな……驚きだ。吾は皇親舎人親王の編まれた日本書紀、わが国初の国史の記述を、これまで何の疑いを持たずに鵜呑みにしすぎていた……）

旅人は、憶良の冷徹な分析に目を醒まされた思いであった。

「この戦いの功績により、咋子殿は父上金村殿の不名誉を挽回しました。軍事を預かる物部氏が滅亡したので、大和朝廷の軍事、宮廷の警備は再び大伴一族が主になって引き受けることになりました。日本書紀には書かれていない裏話です。大伴は復活したのです」

家持と書持は、祖先の金村の朝鮮外交の失態で少し気落ちしていたが、咋子の活躍で喜色満面であった。

「して、東漢の武具の話は？」

と、旅人が武人らしく催促した。

「咋子殿は馬子率いる東漢の兵士の武具に目を留めました。兵士の数は多くはありませぬ。しかし物部の矢は、彼らの甲冑を通しませせぬ。接近戦では東漢の剣がよく切れ、折れませせぬ。これは物部の兵の戦意を喪失させせました。咋子殿はすぐに察知しました。――東漢は飛鳥大仏を鋳造できる工場と技術を持っている。最も硬く強い鉄剣、甲冑を鋳造できるのは東漢以外にない。戦いが終われば、大伴はこれに匹敵する武具を入手せねば――と」

（そうか、わが大伴の強さは、この時から最新の武具を備える家法があったからだ）

「戦いは必勝の祈願という精神論では勝てませせぬ。蘇我・物部戦争は、謀略と、兵員と武具の数量やその質の差でした」

坂上郎女は、武将の本家の女ゆえに、軍話（いくさばなし）は聞き知っていたが、実戦の舞台裏の凄まじさをまざまざと感じ取った。

「余り知られておりませせぬが、この合戦で注目すべき大事なことがございます。炊屋姫が将来の天皇にと想定していた愛息竹田皇子の戦死です。皇子の死因はなぜか書紀には書かれていませせぬ。炊屋姫は茫然として悲嘆に暮れました。――なぜわが皇子が最前線に立たねばならなかったのか？――炊屋姫は、物部氏のみでなく、物部の血を引く小姉君の血統の皇子や皇女たちをも、心の底で嫌悪されました。さらに――叔父馬子は、なぜわが皇子を戦場に出したのか？　他の皇子たちはなぜ無傷なのか？――と、疑念を持たれました。この炊屋姫の深層心理は、第五帖『女帝』で詳しくお話し致します」

（そうか。炊屋姫のご心中をお察しすると……）

坂上郎女は、二人の幼児を連れて西下していた。母性愛から炊屋姫に同情していた。

「以上のように、蘇我・物部の抗争を神仏戦争と評するは過ちです。その証拠に、排仏崇神派の物部氏が滅びたとて、わが国が仏教国に転じたわけではありませぬ。朝廷は今なお天照大神を主神とする伊勢神宮を崇拝しています。民は、全国津々浦々、山河森岩を崇敬し、自然を神として信仰していま す。神道は、物部氏が滅んだとて、いささかも変わっていませぬ。『神か仏か』ではなく、『神も仏も』併存し、信仰されています」

「渡来の蘇我、在来の物部の権力争いか」

「その通りでございます。蘇我は日本征服の野望を隠蔽し、崇仏の厩戸皇子の祈祷物語を前面に出して、宗教戦争にすり替えたのです。そして……藤原不比等殿は日本書紀で……おっと、これは後日語りましょう。話が本論から逸れますので……」

坂上郎女は、憶良の学識に圧倒されていた。今は学ぶことを喜びとしていた。

「蘇我は、物部に大伴を失脚させ、次に蘇我が物部を潰して、天下を独占した経緯がよく分かりました」

家持が深々と頭を下げた。書持も続いた。

(賢い兄弟だ。少年ながら家持殿にはすでに大器の風格がある。教え甲斐がある)

教職にある者しか分からない快感である。

「馬子は守屋を討ち滅ぼしました。しかし、厩戸皇子をすぐには皇太子にはしませぬ。馬子の独裁政治が始まります。次回をお楽しみに」

「憶良殿、息子たちへの講義を陪聴してみると、いろいろ考えさせられることが多い。口惜しいが、物部も大伴も、造として帝に忠実に仕えてきた。領地の農民や軍団を支配してきた。だが、文化芸能、農工土木技能など、知の面までは配慮が及んでいなかった。その欠点がよく分かった。渡来人・蘇我の知の統率力に、武力のみでは対抗できなかったのだ」

今、旅人の頭の中は、蘇我と藤原が重なっていた。

「家持、書持。大伴は今後、知の分野でも広い視野を持たねばならぬ。賢者に学び、かつ、自らも深く考えることを心掛けるがよい」

「心得ました」

（旅人殿は、なぜ吾が、古い蘇我の話から始めたか、真意をお分かりになられた……）

憶良は親子の対話を、わがことのように嬉しく思った。

「憶良様、対馬の国司から玄界灘の鰤が届いています。脂が乗っていて、刺身、照り焼き、鰤大根、いずれもおいしゅうございます。次の間に用意させました。どうぞ召し上がってください」

「大隅隼人から唐芋の酒、日向の蕎麦の酒もある。蕎麦ならぬ蘇我を肴に蕎麦酒を飲もう。ははは」

呑兵衛の男女三人は別室に向かった。

第四帖　弑逆(しいぎゃく)

五年冬十月四日、猪(いのしし)をたてまつる者があった。天皇は猪を指しておっしゃった。「いつの日かこの猪の頸(くび)を斬(き)るように、自分がにくいと思うところの人を斬りたいものだ」と。
（日本書紀　巻二一　崇峻(すしゅん)天皇）

（一）空手

憶良の館から坂本の丘は、緩やかな登りの坂道である。愛馬に跨(また)がる憶良の目には、堂々たる威容の山城のある大野山が目に入る。

晩秋ともなると、黄葉(こうよう)が進む。奈良と異なり太宰府は暖かい。気温の差であろうか、此の地では紅葉よりも黄葉の表現が似合う。

「権、黄葉の季節となると、鹿や猪、茸などの山菜の味を想い出すのう」

「懐かしゅうございますな」

主従二人は生まれ育った大和国の山奥、山辺郷の山峡（やまかい）に想いを馳せていた。子供の頃から山に入り、山菜を採り、山鳥、鹿、猪、兎を追った。渓流や淵に泳ぐ川魚を矠（やす）で突いた。柿や栗、あけびなど果物もたわわに実った。遊びながら獲物を探り、捕らえ、自然に体を鍛えた。

七〜八歳になると、この山奥の郷にのみ伝わる独特の武技を学んだ。生きるために、上古から狩人の視力、聴力、嗅覚力、筋力が遺伝されていた。大和朝廷の落人が匿（かくま）われ、時には韓半島の渡来人も逃れてきた。倭の武技も、唐の武技も、忍びの技も加わった。

東に山を越えれば伊賀の郷、北へ進めば甲賀に出る。いずれもこの頃は隠里（かくれさと）であった。

憶良も権も、郷里の集落に伝わる武技を、表だって他人に見せたことは、これまで一度もない。山辺衆は、危険な情報をいち早く知り、争いになりそうなときには逃げた。誰にも負けぬ武技は、己（おのれ）の命を守るための最終手段であった。まるで山の獣のようである。


山辺衆の存在と行動について、憶良や配下の者が他人に語ったことはない。ただ一度の例外は、今年の春正月、憶良は旅人に打ち明けていた。

（吾ら山辺衆の総力を、公益に尽くすお方のために提供する。秘技もまた伝授せねばならぬ時がきた——）

首領の憶良は決断をしていた。

「権よ、助と共に、そろそろ家持殿、書持殿に、吾らの武技、特に唐剣法と拳法を、人目を忍び、密かに手ほどきを始めよ。今夜は崇峻帝暗殺の講話だが、暗殺や謀殺は昔話ではなく、現実に、この太宰府でも起きるやもしれぬ。京師（みやこ）では起こっている。若二人の訓練は、終生必要だろう。よろしく頼むぞ」

「かしこまりました」

権は憶良に永年仕え、手足となっていた。憶良が何を考えているか瞬時に分かる。いずれ山辺衆の首領を継ぐ男であった。

憶良が唐剣法と言ったのには理由がある。暗殺者として雇われ、襲ってくる忍びの者、候が渡来人のこともある。敵の候（うかみ）が唐の武技を使ってきた場合の防衛策である。

（将来、家持殿が大伴の家督を継ぎ、貴族として参内する日は近い。参内すれば無刀になる。手にするは牙笏（げしゃく）のみだ。この一尺ほどの象牙の板を武具として刺客の剣を避けねばならぬ。さらには刺客の剣を奪い、野獣のごとく敏捷に逃亡できるほどの技を想定せねばならぬ。空手拳法が身を守る必須の手段だ……）

二人は暫く黙っていた。坂本の館に着いた。

（二）傀儡（かいらい）

家持と書持の案内で奥座敷へ入った。旅人と坂上郎女が待っていた。

憶良は前回同様に、大王家と蘇我の家系図を卓上に拡げた。（69頁参照）

「第二回では、物部守屋の推す穴穂部皇子の炊屋姫皇后強姦未遂事件と、蘇我馬子に誅殺されたことを、前回は、神仏戦争に偽装した蘇我と物部の権力闘争を解説しました。勝利した蘇我馬子は、政事の中枢を完全に独占しました。戦いが終わると、用明帝の後継問題が、群臣の間で話題になりました。馬子は姪になる前皇后炊屋姫と諮って、戦いに参加した泊瀬部皇子を大王として即位させました。崇峻帝です」

「先生、厩戸皇子は先の帝・用明大王の皇子であり、この戦いの総指揮官でした。聡明さは皆に知れ渡っています。何故即位できなかったのですか」

「泊瀬部皇子は炊屋姫が嫌っていた穴穂部皇子の弟なのに……」

と、二人が述べた。

「非常に核心を突いた質問です。実は馬子は厩戸皇子を優先して推したのですが、炊屋姫が強硬に反対されました。反対の背景には複雑な問題を孕んでいますので、次回第五帖でお話しします。今回は崇峻帝に絞って講論します。よろしいですね」

四人は頷いた。

「家系図をご覧ください。泊瀬部皇子の生母は蘇我小姉君です。馬子とは異母兄妹ですが、蘇我の血統を大王とする野望は達成しました。翌崇峻元年春三月、帝は大伴糠手子の女・小手子を妃としました。泊瀬部皇子は大王に即位することなど夢想もしなかったので、大伴の女を娶り、すでに蜂子皇子と錦代皇女がいました」

「糠手子は一族ゆえ小手子の話は存じております」

と、坂上郎女が応えた。

「父稲目が女を差し出したように、馬子は女の河上娘を嬪として後宮に入れました。序列は皇后、妃、夫人の次になり低い地位です。馬子は河上娘に皇子を産ませ、将来大王の候補にし、外戚として権勢を確固たるものにしたい野望を持っていました。馬子にとっては嬪でもよい、帝の胤が欲しかったのです」

（この系図は実に分かりやすい……）

一家全員がそう感じていた。

「馬子は得意の絶頂にありました。――前皇后炊屋姫は血の通っている姪。崇峻帝は自分の意見で即位させた傀儡。女河上娘を嬪に入れ閨閥とした――。今や政事は馬子の意のままでした。蘇我一族の専横が目に余るようになりました。馬子によって思いも掛けず大王に即位した崇峻帝ですら、逆に腹立たしく感じるようになりました」

憶良は湯飲みを手に取り、咽喉を潤した。

（三）猪の頸

「崇峻大王になって五年（五九二）十月四日、帝に大きな山猪が献上されました。帝は頭髪を掻く笄刀を抜いて、猪の目を刺し、こう独り言を呟きました」

憶良は一呼吸、間を置いた。四人は憶良の言葉を待った。

『いつの日かこの猪の頸（くび）を斬（き）るように、自分がにくいと思うところの人を斬りたいものだ』

少年二人は、崇峻帝の言葉に驚いた。

「若たちが驚いたように、帝の背後に控えていた妃の小手子と、嬪の河上娘も吃驚（びっくり）しました。今、帝が嫌っている人物は、専横を極めている蘇我馬子であることは、誰の目にも明らかでした。河上娘は『父の一大事だ』と、馬子に通報しました」

「馬子に密書を届けさせたのは、小手子妃の方ではなかったですか。たしか日本書紀にはそうなっていると記憶しますが……」

と、才女坂上郎女が異議を挟んだ。

「その通りです。書紀では河上娘に帝の寵愛を奪われた小手子妃が、馬子に告げ口したとなっていますが、事実は河上娘です。当時大伴一族は政事の面では蘇我氏に冷遇されていました。わざわざ馬子に知らせる必要はありません。河上娘が父に知らせたのです」

「事実はそうであったか。それが自然だな。大伴一族として肩身の狭い思いがあったが、よかった」

旅人が納得していた。

「馬子は崇峻帝の憎しみの言葉に、慄然（りつぜん）としました。実は馬子は政事を操っていましたが、軍事の方は、国造の佐伯氏や、伴造の長（おさ）・大伴氏が握っていました。佐伯も大伴も天皇の命令で動きます」

「その通りだ。主は帝よ」

「更に大きな要因がありました。この時機は韓半島の任那の国を、わが国の領土に取り戻そうと、崇峻大王は約二万の兵を筑紫に集めていました。もし崇峻帝が、この大軍を大和に呼び戻せば、蘇我の軍団だけでは到底勝ち目はありませぬ。真っ青になった馬子は、直ちに取り巻きの重臣たちを集め、密談しました。蘇我の一族でも『本宗家の馬子殿の専横は行き過ぎだ』と、批判していた者は除きました。馬子はこう切り出しました」

四人は憶良の講談に注意力を集中していた。

「『十一月三日、東国より調が朝廷に納められる儀式がある。調が宮廷に運び込まれたら、直ちに全ての門を閉じる。儀式の途中で、わが刺客が天皇を斬殺する。筑紫にはわが部下の伝令を走らせる。——宮廷内に小さな乱があったが大事ではない。対外防衛のため、軍団は筑紫を動くでない——と、足留めさせるのじゃ』。馬子の提案に参加者は息を呑みました。次に馬子は一人の男に目を遣りました」

家持、書持は目を輝かせて聴いていた。

「馬子の重臣たちは一斉に目を移しました。『刺客は東漢直駒に命じた』。参加者は納得しました。直駒は比較的新しく大和へ移住してきた東漢の一人でした。武芸達者で怖いもの知らずの剛の者でした。この腕を買われ、馬子の警備隊長の職に就いていた腹心でした」

憶良は木簡に東漢直駒と書いた。二人が目で覚えるためである。

「畏れ多くも大王を刺殺する、つまり臣下が主、それも国家元首を、あるいは、子が親を殺害する行為を『弑逆』と申します。この発想は、馬子が渡来人であり、かつ、直駒もまた倭の民でないゆえに、汚れ役を引き受けたのでしょう。直駒以外に適役は見当たりませぬ。参加の重臣たちは、自分が指名されなかったことに、内心安堵していました。背筋に冷たい汗をかきながら、馬子の冷酷な弑逆の提案に同意するほかありませんでした」

坂上郎女は、昔話とはいえ馬子の恐ろしさに慄然としていた。

「渡来人の東漢直駒にとっては、主は馬子です。大王といえども他人であり、親近感も尊敬の念もありませぬ。主の命を忠実に実行することによって、新参の部隊長から重臣の一員へと道が拓けます。それとは別に、直駒には思惑がございました」

「ほう、それは何でございますか」

と、家持が尋ねた。

「実は、河上娘は崇峻帝に入内する前に、直駒と密通していたのです。しかしこれは父の馬子の知らない秘め事でした」

坂上郎女は目を丸くしていた。

「さて、十一月三日。予定通り東国辺境の民が調を運び込むと、宮廷の門が閉じられました。宮廷の警備は、その日に限り、東漢直駒の私兵が担当していました。馬子の策謀です。宮廷の中にいる者は佩刀していませぬ。儀式が進んでいる途中、突然、直駒が隠していた刀で崇峻帝を斬殺しました」

四人は眉を顰め、不快の意を示した。

「馬子と直駒の密約では、直駒はそのまま宮廷を逃亡し、事件が落ち着くまで、馬子が用意した隠れ家に身を潜めることにしていました。ところが直駒は、返り血を浴びた白衣のまま、血の滴る刀をかざして、河上娘の部屋に行き、采女（うねめ）たちを脅して、河上娘を連れて逃亡しました」

「何と非道い奴だ」

と、書持が怒りを口に出した。

「直駒は、自ら殺害した帝の嬪、河上娘と、隠れ家で情事を愉（たの）しんでいました。『天皇殺害は主の馬子殿の命令である。弑逆（しいぎゃく）の罪で自分が罪人になることはないとの馬子殿のお約束を頂戴している。気にすることはない』と、高（たか）を括（くく）っていました」

坂上郎女は呆れていた。

「一方、馬子は筋書きが違って驚き、慌てました。――帝に嬪として差し出した自分の愛娘と、暗殺者の直駒が密通していた――と初めて知り、怒りがこみ上げてきました。咄嗟（とっさ）に、わが身を守る悪巧みを考えつきました。『東漢直駒（あたいこま）は極悪人だ。奴を引っ捕らえよ。罪名は畏れ多くも天皇殺害と、天皇の嬪を偸隠（ぬすみかく）して、妻としたことだ』と、命を下しました。逮捕された直駒は、『話が違う』と反論しましたが、馬子は無視しました。寒風吹き荒れる野辺で、直駒の頸（くび）は刎（は）ねられました」

「蘇我馬子は何とも凄まじい男だな」

と、旅人が率直な感慨を述べた。少年二人はただただ息を呑んで聴いていた。

（四） 出羽鎮霊

「憶良先生、崇峻帝のお妃や皇子、皇女はどうなったのですか」

と、書持が尋ねた。系図が役に立った。

「帝を殺害された小手子は、急いで皇子、皇女を連れて東国へ逃げました。――馬子に帝のことを密告したのが小手子妃でないこと――がこれで証明されます」

「なるほど」

「それがしの調査ですが、大和周辺はもとより、西の方には蘇我と関係の深い韓人が多い。調を運び込んだ東国辺境の民は、内心朝廷には反発していました。妃や幼い皇子、皇女を庇って、逃亡を助けました。小手子妃は、宮廷で蚕を飼い、布を織る趣味を愉しんでいました。それゆえ逃亡の途中、奥羽の村人たちに養蚕の技術を教えたようです。その返礼に、村の名を小手郷と変えた所もあります。錦代皇女は、旅の途中、病で薨じられました。蜂子皇子は東国の修験僧たちに助けられました。出家をされ、僧たちと更に北へ逃げました。大和朝廷の影響の及ばぬ出羽の奥山に入りました。出羽三山、すなわち、月山、羽黒山、湯殿山を開かれ、無惨な死を遂げられた父崇峻帝の霊を鎮めました。この三山は神の山ではなく、東北の民の霊を祀る仏道の聖地となりました。その背景が理解されましたか」

蜂子皇子の運命を心配していた少年二人は深く頷き、安堵していた。

「憶良様、大変暗いお話でございましたが、最後にわが大伴の血統の小手子妃が生き延び、東国の一帯に養蚕を伝えたことや、蜂子皇子が出羽三山を開かれたお話に、少しは救われた気がしております」

と、坂上郎女が女性らしい感想を述懐した。

家持が頸を傾げ、憶良に質問した。

「先生、今回のお話には前皇后の炊屋姫や厩戸皇子が登場しませんでした。お二方は、この暗殺には関係なかったのでしょうか。また馬子の対応をどう観ていたのでしょうか」

憶良は驚いた。

（利発だ！　いや、怜悧だ。首皇太子（聖武帝）とは比すべくもない……）

「まことに核心を突いた質問です。推古女帝の即位とも絡み、多くの未公表の問題を含んでいます。それ故、次回で詳しく解説しましょう。この系図を作ったそれがしの意図もお分かりいただけると思います」

「そうか。それは楽しみじゃ。憶良殿、それでは非業の最期をとげられた崇峻帝の霊を鎮めるため、別室で献杯しよう」

「父上たちはどのようなお話でもお酒の名目になるのですね」

と、弟の書持が冷やかした。

「そうだよ。権勢の座に就けば、夜でも光るようなこの上もない宝玉を得るかもしれぬが、吾らは酒を飲み、悲運の方に情けを掛ける方が似合っている。こんな歌はどうじゃ」


　夜光る玉といふとも酒飲みて情をやるにあに若かめやも

（大伴旅人　万葉集　巻三・三四六）

「その通りでございます。崇峻帝に献杯致しましょう」

（滅多にない弑逆の講話が、旅人殿の酒の歌で締めくくられてよかった――）

憶良は救われた気持ちで酒席へ足を運んだ。

第五帖　女帝

> 豊御食炊屋姫天皇（とよみけかしきやひめすめらみこと）は……幼少の時は額田部皇女（ぬかたべのひめみこ）と申し上げた。容色端正で、立居ふるまいにもあやまちがなかった。
>
> （日本書紀　巻二二　推古天皇）

（一）時雨（しぐれ）

夕方、大野山から街の方に時雨（しぐれ）が走った。

「権、久しぶりの慈雨だのう。『時待ちて　降りし時雨の　雨止みぬ……』と、詠われている。暫く出発を待とう」

雨はすぐ止んだ。

「見よ、大野山の黄葉（もみじ）も瑞々（みずみず）しゅうなった」

「左様でございます。山辺の郷（さと）を想い出しまする。今頃は深山から鹿や猪が降りてきて、吾ら幼き日は、親どもの生計（くちすぎ）のために、毎日狩りに行きましたな」

「京師（みやこ）では、『時雨を急ぐ、紅葉（もみじ）狩り……』だが、古里では『時雨を待とう、獣（けもの）狩り』だったな。では吾らも獲物を持って坂本へ参ろうか。若たちも楽しみに待っていよう。助、剛、ご苦労だが荷を頼むぞ」

助は下男であるが、裏の顔は権に次ぐ山辺衆の幹部である。剛は、権の息子で二十歳。若手の候（うかみ）として憶良は目を掛けていた。

「よっこらしょ」

二人が太い樫の棒を担った。括（くく）りつけられて、ぶら下がっているのは、大きな猪と、茸（きのこ）の籠であった。前回、山猪を講話に出したので、憶良は下男たち山辺衆に、近くの山で猟をさせていた。いずれも屈強な候である。得たりや應とばかりに喜び勇んで、大物を二頭仕留めた。そのうちの一頭である。

「館に着いたら、すぐに捌（さば）きの技を若たちにご覧に入れよ。猪はご存じでも、実際の捌きは知るまい。これも野戦の場合の武人の心得ぞ。上に立つ者は自ら手をくださずともよい。実際を一度でも観ておくことが肝要だ。さらにそちらが牡丹鍋（ぼたんなべ）を作れば、膳夫（かしわで）たちは骨休めができて喜ぼう。今宵も鬱陶（うっとう）しい内容の講話だ。気分転換に、話の前後に視覚と味覚の楽しみも必要ぞ。わしは帥殿と鍋を突きながら酒も愉しもうぞ」

（さすがは吾らの首領よ。見事な気配りだ）三人の配下は心服していた。

（二）四者の確執

権たち三人が大猪をてきぱきと解体する様子を見学した家持と書持は、興奮まだ醒めやらぬといった表情で、講義の席に着いていた。

「いかがでございましたか」

「面白かった。内蔵を一つ一つ説明を受け参考になった。血を流さずに捌くと感心した」

「憶良先生、書持は牡丹鍋を早く食べたい」

「分かりました。講義は早く切り上げますぞ」

二人が拍手した。まだ子供である。

憶良が咳払いした。途端にいつもの雰囲気になった。

「今回は崇峻帝が暗殺された後の、皇位の駆け引きについて語ります。まずは系図を」

憶良は前回使用した系図を卓上に拡げた。（69頁参照）

「崇峻帝の次の大王に誰が即位するのか。皇族や諸豪族は、実権者である蘇我馬子の采配を、固唾を呑んで注目していました」

「次の帝は群臣の会議で決めるはずだ」

「その通りでございます。新しい帝の候補として、二人の人物が話題に上がりました。敏達帝の皇子、押坂彦人大兄（おしさかのひこひとおおえ）皇子と、用明帝の皇子、厩戸（うまやと）皇子です」

憶良は系図の押坂彦人大兄皇子を指差した。

「押坂彦人大兄皇子は敏達帝と広姫の間に生まれています。母方は、歴代大王と縁の深い、近江の名門息長（おきなが）氏です。皇子はすでに大王候補に与えられる大兄の称号を得ていました。お年は二十五歳であり、血統、人物面で何ら問題がありませぬ。古くからの豪族が支持していました」

憶良は指を上宮（じょうぐう）王家に移した。

「上宮（かみのみや）とも申しますのは、厩戸皇子が斑鳩宮（いかるがのみや）に移られる前に住まわれていた地名です。皇子は第三帖でお話した蘇我・物部戦争では、少年の身でありながら総指揮官として勝利に貢献されました。頭脳明晰で十九歳。適齢でした。ご生母は穴穂部間人（あなほべのはしひと）皇女、祖母は蘇我出自の小姉君（おあねのきみ）です」

四人は系図により理解が容易であった。

「本来ならばもう一人、最有力の候補がいました。敏達帝と皇后炊屋姫の間に生まれた竹田皇子です。しかし皇子は蘇我・物部戦争で戦死していました。炊屋姫は母方は蘇我の血統ですが、愛息を失った心の傷は深く、その原因を作った蘇我と物部は許せない存在でした。理性では割り切り、納得していても、感情では消えませぬ。この点を記憶しておいてくだされ」

母としての共通の立場から、坂上郎女は炊屋姫の心中が良く理解できた。

憶良は懐（ふところ）から半紙を出した。筆を取って五人の名と血縁関係を加えた。

炊屋姫――義母・義子の関係――押坂彦人大兄皇子（息長系候補）
姪　実子の竹田皇子戦死
｜
叔父
蘇我馬子――伯父・甥の関係――厩戸皇子（蘇我系候補）

「五人の相関図をご覧ください。息長氏を母系とする押坂彦人大兄皇子のみ、蘇我の血は一滴も入っていませぬ。古来の大王家（天皇家）の血統です」

「なるほど」

「それ故に、押坂彦人大兄皇子にとっては、神仏戦争に託（かこつ）けた蘇我・物部の争いには全く興味がありませんでした。――ばかばかしい権力闘争だ――と、醒めた目で傍観されました。蘇我にも物部にも肩入れ致しませんでした。冷静に観れば、非戦を貫いた皇子の態度は立派です」

「同感じゃ」

「しかし、生きるか死ぬか、一族の存亡を賭けた蘇我馬子や、愛息を戦場に送り出した炊屋姫、戦陣で指揮を執った厩戸皇子にとっては、不参戦は許しがたい態度に映りました。戦いが終わると、馬子は炊屋姫に、押坂彦人大兄皇子の処罰を強く要求しました。竹田皇子を失った炊屋姫は悲嘆のどん底にありましたから、すぐに同意されました。とはいえ、血は繋がっていなくとも、義理の親子になります。兵を差し向け皇子を逮捕し、炊屋姫の許で緩やかな軟禁状態にして、庇護下に置きました」

「そうであったか。本来ならば用明帝ご崩御の時に、押坂彦人大兄皇子が即位されて然るべきだったのだな。崇峻帝の即位はなかったはずだな」

「その通りです。崇峻帝は、馬子が厩戸皇子を大王にするまでの、短期間の繋ぎでした」

（崇峻帝は馬子に排除される運命の帝であったのか。押坂彦人大兄皇子ともども可哀相に）

　坂上郎女の頭は混乱していた。


「在来の豪族たちは、軟禁されている押坂彦人大兄皇子の即位を望んでいました。一方、馬子は厩戸皇子の即位を強く推しました。蘇我・物部戦争の時は少年でしたが、すでに十九歳となっておりました。崇峻帝暗殺の計画は、炊屋姫、厩戸皇子ともに、事前に馬子から説明を受け、了承していました。厩戸皇子は、この時馬子を諌めることはしておりませぬ」

「天皇を宮中の儀式の場で斬殺する大それた計画の立案者、馬子が処罰されなかったのは、やはり前皇后炊屋姫や皇太子の厩戸皇子が事前に承認されていたからか。日本書紀には書かれていないな……」

「その通りです。後日説明しますが、藤原不比等は、厩戸皇子を美化する必要がありました。そのため崇峻帝暗殺への関与は一切隠されました。また書紀は押坂彦人大兄皇子や息長氏の存在を殆ど無視し、除外しています」

（厩戸皇子の美化？　書紀の粉飾？　何と藤原の権力志向は凄まじい……）

坂上郎女は呆気（あっけ）にとられていた。

家持、書持は怜悧（れいり）である。憶良の講話を十分咀嚼（そしゃく）し理解していた。

（三）炊屋姫（かしきやひめ）の抵抗

「本論に戻りましょう。竹田皇子は戦死。押坂彦人大兄皇子は軟禁状態です。群臣の会議では馬子の推す厩戸皇子の即位はすんなり決まると予想されていました。ところが意外な事態になりました」

家持、書持はもとより、旅人も坂上郎女も、憶良の言葉を待った。

「炊屋姫が強く反対したのです」

「厩戸皇子は聡明で仏教への信仰篤（あつ）く、民にも人望あったと教わりました。何故ですか？」

と、家持が怪訝（けげん）な顔で質問した。

「確かに厩戸皇子は立派な方です。だが、炊屋姫にとっては、同じ蘇我系とはいえ、すんなりと認めがたい事情が五つありました」

「初耳だな。五つの事情とは何ぞ？……」

子供のための講義に陪席しているはずが、いつしか父親旅人がのめり込んでいた。

「第一は、厩戸皇子の祖母小姉君の子女の淫乱の性癖。第二は厩戸皇子に対する馬子の異常な支援と在来豪族の沈黙。第三は、愛息竹田皇子の戦死についての疑惑。第四は蘇我一族の神道軽視、第五は息長系譜と押坂彦人大兄皇子のお人柄の見直しでございます」

　憶良は五本立てた指のうち、親指を折った。

「炊屋姫は小姉君の血統を極端に毛嫌いしていました。女性特有の生理的嫌悪感と表現した方が分かり易いでしょう」

「ほう、生理的嫌悪感か、何故だ？……」

「夫敏達帝崩御の折、殯宮に強引に押し掛け、炊屋姫皇后を奸そうとした穴穂部皇子と、厩戸皇子の生母・穴穂部間人皇女は姉弟です。更に炊屋姫には苦々しい悪夢があります。姫の姉君、磐隈皇女は伊勢神宮の斎宮でした。ところが穴穂部間人皇女の兄、厩戸皇子には伯父になる茨城皇子に犯されています」

「まことか？……」

「事実です。更に、穴穂部間人皇女は、用明帝と嬪の石寸名との間の皇子・田目皇子と姦通していたかもしれませぬ。帝の崩御後二人はすぐに結婚しました」

「穴穂部間人皇女にもそんな話が！……田目皇子とは義理の母子関係ではありませぬか」

　と、坂上郎女は驚いた。

「小姉君も、息女の穴穂部間人皇女も、日本人離れした容姿でした。彫りの深い目鼻立ち、乳房豊かで腰はくびれ、尻は大きく、豊満な肢体でした」

　書持がクスッと笑い声を洩らした。兄の家持が、弟を片手で突いた。

「実は、小姉君は、蘇我稲目と、西域の胡人の血の濃い物部の女との混血児でございます」

「何と、胡の血と？……」

「西域の商人たちは貧しき者より美少女を購い、老女が閨房の秘技を教え込み、隋や唐の朝廷や高官に献上し、利権を得る術を心得ています。渡来人系の蘇我稲目は、混血の小姉君を大王家へ差し出したのです。それ故に、小姉君系の皇子や皇女は淫乱が多いのです。穴穂部皇子に奸されそうになった炊屋姫皇后は、穴穂部の一族を本能的に受容でき難かったのです」

「炊屋姫のお気持ち、女としてよく分かります。憶良様、小姉君が胡人の血統というのは真実でございますか？……」

「それは厩戸皇子のお名前でも推測できます。西域の胡人たちは、隋、唐の都、長安でも、仏教とは異なる『神の御子』を信仰していました。景教と申します。それがしが在唐の折に学びました知識では、彼らが礼拝する『神の御子』は、羊飼いの両親が旅の途中、薄汚い厩で生まれた由でございます」

「西方の『神の御子』が厩で生まれたのか？……」

「そうです。更に『神の御子』を産んだ女人は、『聖母』として崇敬されています。胡人の血を引く小姉君と穴穂部間人皇女は、この説話を伝承していました。それ故に、賢き御子であれかしと期待を籠めて、厩戸皇子と命名されたのです。わが国では汚い印象の名でありますが、この宗教を信ずる者にとっては、『神の御子』の別称になるのです」

旅人一家は初めて聞いた憶良の解説に驚嘆し、言葉を失っていた。

「第二の事由は、馬子の厩戸皇子に対する異常な偏愛にあります。系図をご覧ください。血筋から申せば、同じ蘇我でも、馬子・堅塩媛と小姉君とは異腹です。それ故、馬子は小姉君系の皇子たち、穴穂部皇子、崇峻帝（泊瀬部皇子）を次々と抹殺し、茨城皇子は疎外しています。血が繋がっていないからできたのです。ところが穴穂部間人皇女と厩戸皇子は抹殺しようとしていません。抹殺どころか、逆に厩戸皇子の即位を強く支援しています。馬子の支援に比し、不思議なことに古来の豪族たちは、誰も厩戸皇子の立太子や即位について意見や支援を表明していませぬ。――何か不自然だわ――炊屋姫は女として直感で悟りました。――馬子は、異母妹の息女、すなわち血の繋がっていない義理の姪になる穴穂部間人皇女と密通されたのではないかな――と」

「何と？……馬子と厩戸皇子のご生母が不義を？……」

「馬子は穴穂部間人皇女の美貌と肉体に魅せられたのです。英雄色を好む実例です。炊屋姫の実兄、用明帝が病弱ゆえに、穴穂部間人皇女は身を持て余していたのかもしれませぬ。馬子と皇女は男女の仲になったのではないかと疑いました。厩戸皇子が用明帝の御子か、馬子の不義の子か、神のみぞ知る問題です。それがしにも断定はできませぬ。炊屋姫も同様でした。しかし、――馬子の厩戸皇子に注ぐ目は、父の目だ。群臣たちが厩戸皇子を尊敬はするが、皇太子にも大王にも推戴せずに沈黙しているのはそのせいではないか――と炊屋姫は確信し、赦せなかったのです」

（憶良様の分析は実に綿密だわ――今は女人の目で歴史を見直されている……）

坂上郎女は、憶良の鋭い論考に、ますます興味を深めていた。

「では第三の事由、竹田皇子の戦死をお話しましょう。書紀では竹田皇子は蘇我・物部戦争に参加された皇子として記載されていますが、以後お名前はありませぬ。崇峻大王の時代に、厩戸皇子が馬子の後ろ楯で活躍するにつけ、炊屋姫皇后は——竹田皇子が生きていたら——と想っておりました。崇峻帝の暗殺事件では、目の前で生々しい血を見ました。一瞬ではありますが、殺されたのが竹田皇子と錯覚しました。フッと思い当たる節がありました。——叔父馬子は冷酷非情だ。もしや……——と不審に思われた炊屋姫は、五年前の蘇我・物部戦争での竹田皇子の戦場や、厩戸皇子その他の皇子たちの戦闘状況を、密かにお調べになりました。その結果に、姫は怒りと疑念に身を震わせました。厩戸皇子たちは、安全な後方陣地にいました。竹田皇子のみが第一線の戦闘場面を担当していました」

「うーむ。あの戦いは物部守屋が守りを固めた防戦だった。確かに、次の大王の候補になる皇子が、蘇我のために最前線に赴く必要はなかったな」

「炊屋姫は、参戦しなかった押坂彦人大兄皇子を馬子が幽閉したこと、厩戸皇子以外の小姉君系の皇子たちを次々と抹殺したこと、厩戸皇子を最前線に出さなかったことをじっと思案しました。——もしや……叔父馬子は、わが子・竹田皇子を戦場で消したのではないか？——確証はございませぬ。馬子が偏愛する厩戸皇子のみが有力な大王候補として残ったことが、炊屋姫には心の奥底で納得できなくなったのです」

憶良は、系図で×印を付した皇子たちを、一人ひとり指差した。

一家四人は、憶良が語る馬子の策謀に慄然としていた。

「賢明な炊屋姫は、このことは心の中に秘めて、誰にも語りませぬ。——厩戸皇子は、馬子の不義の子だ！——と、ますます確信しました」

「そうか。第二と第三は同じ理由だな。して、第四の蘇我の神道軽視の件は？」

「茨城皇子が炊屋姫の姉、磐隈皇女を犯したことは、私的には男女間の性欲の問題です。しかし公的には、国家宗教の聖地、伊勢神宮の斎宮を犯したことは、神道の冒涜です。同様に、穴穂部皇子が殯宮で喪に服している炊屋姫皇后を七度も犯そうとした行為もまた大王家の神道の無視であります。炊屋姫皇后は蘇我一族の神道軽視を許せなかったのです。厩戸皇子の人格も政事の処理能力も評価していましたが、厩戸皇子はあまりにも崇仏心が深いので、神事を行わねばならぬ倭国の大王にはいかがかと判断されたのです」

「なるほど。して第五の押坂彦人大兄皇子の件は？」

「炊屋姫は、蘇我・物部戦争の直後、押坂彦人大兄皇子を、馬子の要請で軟禁したことは前に申しました。当時は愛息竹田皇子の戦死もあって、錯乱していましたが、静謐に過ごされる皇子を観察しているうちに、心の片隅に反省の念が湧きました」

――神仏戦争というが、蘇我・物部戦争は何だったのか。蘇我の権勢欲、いや叔父馬子が厩戸皇子を大王にする策謀の一つではなかったか。古来大王家の母系である息長氏族は政事に容喙しない家訓と聞く。蘇我・物部両豪族の権力闘争に加わらなかった押坂彦人大兄皇子の態度こそ、真の勇気ある君子の行動ではなかったか――

「炊屋姫は押坂彦人大兄皇子に対する評価を変えました。――妾は蘇我の血を引くが、立后できたのは先の皇后広姫様が薨じられた結果である。わが父君欽明帝、わが夫君敏達帝は蘇我の血ではない。在来の諸群臣が押坂彦人大兄皇子を推すのは筋が通っている。叔父馬子の国政改革の実力は認める。だが冷血残酷過ぎる。権勢欲、蓄財欲が目立つ。蘇我は国家宗教の神道を軽視し過ぎている。皇位は蘇我の影響の強い崇仏の厩戸皇子の上宮王家ではなく、倭国本来の皇統である神道の息長系に戻さねばならない――との大決断をされました」

（四）女帝誕生

「以上五つの事由は、炊屋姫の個人的な見解です。馬子には何も申さずに『厩戸皇子の即位には同意しない』とだけ主張されました。在来の諸豪族は押坂彦人大兄皇子を期待しています。もし馬子が実権を嵩に、厩戸皇子の即位を実行すれば、国が二分され、内乱になりかねませぬ。困惑し、思案を重ねた馬子は、炊屋姫に想定外の提案をしました」

「想定外の？……」

「はい。馬子はこう告げました。『押坂彦人大兄皇子も厩戸皇子も大王にはしない。その代わりに炊屋姫、そなたを帝にする。この国では初の女帝だ』。さすがに炊屋姫は驚き、辞退しました。しかし、馬子は『いつまでも空位にしておくわけにもいくまい。これしか解決策はない。それに、この国の大神は女人の天照大神だ。昔は神功皇后が政事を行ったという故事もある。女帝であっても不都合なことはない。聡明で人望のある厩戸皇子は、そなたの許で皇太子にしよう。大臣の吾と共に、蘇我の三人で国政を仕切ろうぞ。押坂彦人大兄皇子は引き続きそなたの庇護下に置き、吾らの政事に不平不満を持つ輩とは切り離す。皇子には風雅の世界にのんびり遊んでいただけばよかろう』と弁じました。炊屋姫にとっては叔父であり、時には恐怖の冷酷政治家である馬子にはこれ以上反発はできませぬ。こうして日本で初の女帝、推古帝が誕生しました」

「憶良様。女の妾にも、どうして推古女帝が誕生したのか、何故終生厩戸皇子が即位できなかったのか、その背景が、今の今、明快に分かりました」

「厩戸皇子は遂に大王に即位されなかったが、……よく我慢されたのう」

「大王家の系図では用明帝の御子ですが、いつしかご自分の出自を知り、皇位を望まれなかったのです。推古女帝は、皇太子厩戸皇子に実質大王として執務をお任せになり、皇子の才を遺憾なく発揮させました。このご配慮もお見事です。女帝の心境は澄んでいました」

「なるほど」

「推古女帝は、皇太子・厩戸皇子、叔父で大臣の馬子と共に、豪族の寄り集まりである倭の国を、先進国隋のように法令国家にしようと務められました。ところで女帝、厩戸皇子、馬子の具体的な功績はご存知ですか？」

「はい。亡き母上より教わりました。冠位十二階の制度や、十七条の憲法……」

「遣隋使の派遣や、天皇記、国記などの国史の編集などです」

と、兄弟が得意げに応じた。

「その通りです。推古女帝の時代は飛鳥に文化の華が咲きました。名女帝でした。付言しますと、馬子の女帝登用人事は、その後藤原一族にそっくり模倣されました」

憶良は木簡にこう書いた。

皇位	皇太子	黒幕（実権者）
㉝推古女帝	厩戸皇子	蘇我馬子
㉟皇極・㊲斉明女帝	中大兄皇子（㊳天智）	中臣（藤原）鎌足
㊶持統女帝	高市皇子（太政大臣）	藤原不比等
㊸元明女帝		藤原不比等
㊹元正女帝	首皇太子（㊺聖武）	藤原不比等

「これは妾にもよく分かります」

「では皇位継承について、推古女帝の断固たる決断と実行についてお話しします。推古女帝は、次の大王は皇太子・厩戸皇子の上宮王家ではなく、押坂彦人大兄皇子の息長系に戻すと決心されました。そのため押坂彦人大兄皇子に、ご自分の皇女たちを次々と嫁がせました。一方、厩戸皇子には山背（やましろ）皇子が生まれ、大兄の称号を得ていました。推古女帝は――夫敏達帝の血統に譲位するまでは、何年でも在位する――と覚悟されました。これが三十五年の長期在位の事情です。しかし、残念なことに推古女帝は将来大王に相応しい資質の皇孫に恵まれませんでした。女帝はさらに新たな決断をされました。――自分の血は一滴も流れていないが、押坂彦人大兄皇子と、敏達帝の皇女糠手姫の間に生まれている田村皇子に譲る――と。田村皇子と山背大兄皇子はほぼ同年でした。皇太子・厩戸皇子は大王に即位することなく、推古三十年（六二二）病没されました。厩戸皇子を追うように、四年後（六二六）、馬子が薨じ、二年後（六二八）女帝は崩御されました。女帝の念願であった田村皇子の即位と晩年の女帝の遺言は次回にお話しします」

兄弟二人が姿勢を正し、深く礼をして終わった。

「いやあ、面白かった。厩戸皇子が即位されなかった皇統の裏事情が明快に分かった。推古女帝の長期在位のご決断、さらに『進止軌制』（立居ふるまいにはあやまちがなかった）と称賛された真の事由がよく分かった」

「それがしは人格にも政治能力にも優れた厩戸皇子のご心中を察し、今回と次回の講論はいささか気が重うございますが、学者は事実から目を背けてはいけないと、心を鬼にしてお話しています。くれぐれも他言無用にお願いします」

「そうであったか。吾らもこの場限りに致そう。家持、書持、坂上郎女よいな」

三人は深く頷いた。

こってりとした肉汁の匂いが鼻孔をくすぐる。

「兄上、隣の部屋に牡丹鍋が運ばれてきたようですわ。今宵は憶良様のご家中の手料理が楽しみですわ。家持、書持。さあ、山の幸を頂き、精をつけましょう」
と、今は氏族の家刀自（いえとじ）、坂上郎女が女帝のように男たちを促した。

第六帖　上宮王家抹殺

家にあらば妹が手まかむ草まくら旅に臥せるこの旅人あはれ
（聖徳皇子　万葉集　巻三・四一五）

（一）異例の真実

私服に着替えてゆったりと馬の背に揺られている老人を、初めて見た者の目には、その男が筑前国の国守とはとても信じられなかった。憶良が筑前守となって、この太宰府の国府に着任した頃は、町人たちは戸惑った。従五位下の官服を纏った時の憶良は、国守に相応しい威厳と風格があった。しかし職場を退出し館に戻り、普段着になると、町中の何処にでも見かける老人と変わりなかった。候の首領と見破る者はいなかった。

憶良の乗った馬の轡を取っている下男頭の権もまた、誰が見ても平凡な口曳きにしか見えない。武術に長(た)け、才知ある忍びの名人とは想像もつかない。

　太宰府の住人たちは、官人も町人も、女房も子供たちも、この三年間、一風変わった老人の国守と中年の下男の、夕刻の乗馬の散策を見慣れていた。主従の散歩はいつしか街の景観に融け込んでいた。見事な騙(だまし)であった。

　家持、書持へ講論をする日を除き、人気のない郊外に出ると、夕闇に紛(まぎ)れ、憶良は馬を巧みに操り、権は疾走して追った。誰も知らない主従の武道の鍛錬の一つであった。

　今日は第六回目の講義である。主従はのんびりと坂本の丘へ向かっていた。

「権。吾らが渡唐したのは大宝二年（七〇二）であった。神亀五年（七二八）の今年まで、二十六年もの年月が経っている。随分長いと思ったが、推古女帝の在位三十五年にはまだ十年近くも及ばぬのう」

「女帝は相当長うございましたな」

「女帝の即位も在位期間も異例じゃ。この間、政事(まつりごと)は殆ど蘇我馬子と厩戸皇子に任せながらも、頑として太子を即位させなかった。これも異例よ。有能で信望ある厩戸皇子が、何故即位できなかったか。太子のご嫡男、山背大兄(やましろのおおえ)皇子ご一家、つまり上宮王家が何故抹殺されたか。鬱陶(うっとう)しい話だが、真実を若たちに伝えねばならぬ。炊屋姫(かしきやひめ)こと推古女帝の信念を貫かれた姿勢は見事だ。男以上かもしれぬ」

「容色、知能、胆力の三つを備えられた女人は稀でございましょう」

「うーむ。待てよ、権。いるぞ、『灯台もと暗らし』だ……坂上郎女(さかのうえのいらつめ)様よ」

「左様でございますな」

「坂上郎女様は『牡丹鍋はなかなか美味しかった』と申され、『若たちを一度猪狩りに連れていってほしい』と頼まれた。武将の大伴本家を継ぐに相応しい御子として、一日も早く育てたいご意向だ。助と機会を作り、狩りの厳しさ楽しさを身に覚えさせるがよかろう」

「心得ました」

「人生は順風ばかりではない。若たちが生き延びるため、自ら狩りをし、飢えを充たさねばならぬ苦難の事態もあり得よう。少年時代に山野で遊びながら身につけた体験こそ、生涯忘れずに身に付く」

「同感でございます」

「厩戸皇子は『徳を以って貴し』と説かれた。その御子・山背大兄皇子も徳を重んじ、仏教に深く帰依された。だが、上宮王家は悪徳の輩に一族全員が自害をさせられた。上宮王家には吾ら俗人のごとく、野に生きる逞しさが欠けていたかもしれぬ」

丘の坂道にさしかかった。

「首領、そのお話今宵も庭先で……」

「ちと長話になろう。中大兄皇子と鎌足の密計にも触れるつもりだ。警備の気は抜くな」

「勿論でございます」

主従はゆったりと旅人の館に入った。

（二）厩戸皇子の光と翳

白湯を頂くと、憶良は軽く一礼した。頭を上げたとき、老翁が碩学の顔に変わっていた。

「今回は厩戸皇子の栄光と、御子・山背大兄皇子ご一家の悲劇を話します。ご承知の通り厩戸皇子は聡明でした。表立っては用明大王の遺児のご身分であるのに、大兄の称号も与えられず、大王に推戴されない出自の事情を、いつしか察知されていました」

旅人一家は前回の講義を想起していた。

「太子は――自分が皇位を望めば、押坂彦人大兄皇子を支持している古来の豪族と、わが母方の蘇我馬子は対決する。国内は在来の豪族と渡来人の内乱になりかねない。自分は摂政皇太子として、あたかも大王の如く、思うがまま政事を執行できれば十分満足だ――と、悟りきっていました。仏教の言葉で申せば、諦観、諦めの悟りでしょう。別の表現をすれば、地位への欲望を捨て、徳の政事を大事にされました。分かり易いように、推古帝の即位から崩御されるまでの間の、主な出来事を列挙してみましょう」

四人の目が、半紙の上を走る憶良の筆先を追った。

推古　元年（五九三）　摂政皇太子となる　（二十歳）
〃　二年（五九四）　三宝（仏法）興隆の詔　（二十一歳）

〃　十一年（六〇三）　冠位十二階の制定　（三十歳）
〃　十二年（六〇四）　十七条の憲法制定　（三十一歳）
〃　十三年（六〇五）　斑鳩宮への転居　（三十二歳）
〃　十五年（六〇七）　遣隋使（小野妹子）派遣　法隆寺建立　（三十四歳）
高市池、藤原池、肩岡池、菅原池を造る
山背国栗隈（宇治市大久保）に大溝（用水路）を造る
各国に屯倉を置く
〃　二十一年（六一三）　難波から飛鳥までの官道の大道（竹内街道）を造る　（四十歳）

〃　二十八年（六二〇）　天皇記、国史編纂　（四十七歳）
〃　三十年（六二二）　斑鳩宮で病没　（四十九歳）
〃　三十四年（六二六）　蘇我馬子没　蝦夷が大臣となる
〃　三十六年（六二八）　推古女帝没

「この年表で明らかなように、厩戸皇子は二十歳で摂政皇太子になられると、四十歳まで、実に精力的に政事に取り組まれました。倭の国を隋のように、法令で治める先進国にしようと努められました。個々の業績については、平城京に帰られて大学寮で詳しく学ばれるでしょうから、省略します。この席では別の視点で皇太子を見直します」

（別の視点？……）

旅人も坂上郎女も、憶良の観る皇太子像に興味を持った。

「まず注目すべきは飛鳥の上宮から、斑鳩（現在の法隆寺の地）へ転居されたことです。上宮は用明帝の池辺宮の南にあった宮殿です。蘇我馬子の館の近接地です。この頃、厩戸皇子は、ご自分が大王になれない真の理由を知ったと思います。庇護者か実父か分からぬ馬子の存在も鬱陶しく、蘇我を嫌い、飛鳥を離れたのではないかと、推測しています」

「なるほど。そのお気持ちは分かるぞ。ところで斑鳩の地を選ばれたのは何故か」

と、旅人が尋ねた。

「皇太子は、――飛鳥の地は倭の都としては手狭であり、いずれ遷都が必要――と、先見の明がありました。斑鳩には広大な領地がありました。緊急の時には、領地の農民は斑鳩の宮を守る兵となります。さらに、斑鳩は佐保川、富雄川と竜田川に囲まれ、大和川へ合流し、水運、陸運いずれにも恵まれております。皇太子は馬子と組んで、政事を次々と改革されましたが、冷酷な蘇我一党を信用せず、むしろ嫌悪や恐怖を懐かれていたのでしょう」

「確かに斑鳩は三方が川、裏は生駒山だ。前は拓けている。襲撃は難しい地だ。皇太子のお気持ちよく分かった」

「法隆寺の建立も、物見の塔の役割もあったかと思います」

坂上郎女は、これまで伝え聞いていた皇太子の聖人訓話にはない内容に驚いていた。

憶良は、年表の二十一年、「官道の大道を造る」の次に――線を引いた。

「二十代、三十代前半の血気盛んな時は、推古女帝に代わりお仕事をされていても、永遠に大王に即位できないので、政事（まつりごと）に嫌気が差したのでしょう。四十歳を過ぎてからは目立った功績はございませぬ。政事から離れ、気の病になられ、鬱々（うつうつ）としていられたと思います。法隆寺の諸々の堂の建立が進むにつれ、多くの仏像が安置されました。この頃、斑鳩の里に近い龍田（たつた）山に遊ばれた時、行き倒れの死人を見て悲しまれた歌がございます」

「皇太子が和歌を……恥ずかしながら存じませんでした」

と、坂上郎女が素直に述べた。

憶良は寂し気な音調で披露した。


家にあらば妹が手まかむ草まくら旅に臥（こや）せるこの旅人（たびと）あはれ

「こうしたこともあって、皇太子は仏の世界に入り浸りました。庇護者の馬子以外の蘇我一党の暗殺から身を守る術（すべ）でもありました」

「そうか。気の病と暗殺の回避であったのか……」

旅人が同情した。

「皇太子の逼塞（ひっそく）を心配した馬子は、皇太子に倭国では最初となる歴代大王の記録と、国史の編纂の仕事を提案しました。もともと学問好きで聡明な方です。四十代の数年はこのお仕事に没頭されました。完成した天皇記と国記は、朝廷ではなく、甘樫丘（あまかしのおか）にある蘇我馬子の邸宅に保管されました」

「ほう。馬子の進言と資金で作られたのか。それで甘樫丘の館にあったのか……」

「馬子は朝政を私物化していたからです。皇太子はこの両書の編纂に生命を懸けました。精根尽きて上梓の二年後、遂に病で薨じられました。御年四十九歳でした。輝ける青年期と、即位の希望を失った壮年期。そのご心中を察しますと、有能な皇太子が皇位への欲望を無理に抑えなければならなかった無念さや悲痛さに、それがしは同情を禁じ得ませぬ」

坂上郎女は目尻に一筋の涙を流していた。

「誰にも打ち明けられない皇太子の悩み、いや無念の怨みは、もう一つございました」

皇太子の胸中を次々と読み解く憶良の講論を、権は濡れ縁の下に潜んで聴いていた。

(厩戸皇子様もまた吾ら庶民と同じ、悩める人間であられた……)

旅人の声が、……権の耳に届いた。

「さらなる無念の怨みだと?……」

「はい」

憶良はいつも使っている系図を拡げた。(69頁参照)

一家四人の目が、この見慣れた系図に注がれた。

「皇太子の妃は馬子の女(むすめ)・刀自郎女(とじのいらつめ)です。お二人の間に山背(やましろ)皇子が産まれていました。皇籍では厩戸皇子は用明帝の皇子ですから、山背皇子は直系皇孫になります。早くから皇位継承権者である大兄の称号を頂いた皇子でした。正確には山背大兄王ですが講義では敬称をつけ皇子とします。しかし皇太子は、――わが子山背大兄皇子もまた推古女帝から疎(うと)まれ、大王位に就くことは難しい――と思っていました。一方、山背大兄皇子は父厩戸皇子が即位できない秘密を知りませぬ。皇位の希望を持たれて、職務や勉学に励まれていました」

「残酷なことよ……そうか……馬子と、生みの母・穴穂部間人皇女の不義を恨むわけにもいかず、悶々と悩まれていたのか……」

「それ故に仏陀に心の救いをお求めになられていたのですね。晩年法隆寺にお籠もりになられた事情が、よく分かりました。皇太子は公私両面で無念の裡(うち)に崩御されたのですね」

才媛の坂上郎女はもとより、怜悧な家持、書持兄弟も、皇太子の怨念を理解していた。

(三) 遺詔(いしょう)

「一方、蘇我は馬子が没すると蝦夷が跡を継ぎ大臣(おとど)となりました」

憶良は系図面の蝦夷の箇所を指でなぞった。

「推古三十六年(六二八)、女帝は病床に二人の皇子を呼ばれました。田村皇子(たむらのみこ)と山背大兄皇子です。女帝は、叔父の馬子が逝去し、やっと自分の意のままに皇位を譲れる時が来たのです。女帝は田村皇子に『天子の位を嗣ぎ、国の基をととのえ、政務を統べて、人民を養うことはたやすいことではない。私はお前をいつも重くみてきた。それゆえ行動を慎んで、物事を見通すように心がけなさい。何事も軽々しく言ってはなりません。しっかりとやりなさい』と申されました」

憶良は間をとった。

「一方、山背大兄皇子には『お前は未熟であるから、もし心中に望むことがあっても、あれこれ言ってはいけません。必ず群臣(まえつきみ)の言葉を聞いて、それに従いなさい』と、訓示されました。本来なれば、その場で詔勅をだされるところ、間もなく崩御されました」

「なるほど微妙な差だが、女帝は田村皇子を優先されたのだな」

「大臣の蘇我蝦夷は直ちに群臣たちを招集しました。亡父馬子と同様に、蝦夷の独断で決めてもよい程の権力を持っていました。しかし蝦夷は沈着冷静かつ老獪でした。――まずは群臣に意見を述べさせ、その旗色を観て、己が決めよう――と、腹を固めました」

　憶良は系図面の左端、蘇我の分家筋を指差した。

「蝦夷は、甥になる倉山田石川麻呂(くらやまだのいしかわまろ)と、叔父になる境部麻理勢(さかいべのまりせ)に意見を求めました。石川麻呂は田村皇子には消極的である旨の発言をしました。麻理勢は、山背大兄皇子への支持を強く表明しました」

「蘇我の同族だから当然だな」

「群臣の大夫たちは、――蘇我分家の二人が、蘇我腹の山背大兄皇子の支持を表明したのは、本宗家の氏上・蝦夷の意向を受けての発言であろう――と推測しました。蝦夷は在来豪族たちの憮然(ぶぜん)とした顔と、凍ったような場の雰囲気を察知しました。蝦夷はいささかも顔色を変えずに、悠然とした態度で、彼らの方を向きました。視線の先に名門豪族、大伴一族の長老鯨(くじら)がいました」

　一族の「鯨」の名が出たので家持兄弟は緊張していた。

「鯨はやおら立ち上がると、蘇我一族の席を見据えました。武将らしい凄みのある低音でこう論じました。『推古帝の遺詔、すなわち田村皇子擁立を遵守(じゅんしゅ)すべきが臣の道であろう。今更論議するまでもないことだ』と。在来系で崇神派の豪族たちが、一斉に拍手をして同調しました。朝堂の空気が真二つに割れたのです」

旅人一家は、髭の鯨の風貌とその場の有様を想像し、軽い興奮を覚えていた。

「蝦夷は腕を組み、目を閉じていました。一言も発しませぬ。群臣たちは蝦夷の言葉を待ちました。蝦夷に決定権が委ねられた雰囲気になりました」

家持には、間を置いた憶良が蝦夷のように見えた。

「蝦夷は強かでした。目を開き、ゆっくりと朝堂の隅から隅へと見渡しました。重々しく群臣に告げました。『それがしも、遺詔に従い田村皇子を支持する』。驚きの響めきが朝堂を充たしました。蘇我が宗本家と分家で割れたのです。倉山田石川麻呂は黙って下を向き、境部麻理勢は蒼白な顔色をして、口をへの字に枉げ、憤然として席を立つと、足早に退出しました」

「かくして息長系の田村皇子が即位され、舒明大王となられました。皇位に就けなかった山背大兄皇子は、政事の場を去り、亡父厩戸皇子と同様に斑鳩宮に引き籠もりました。その後、境部麻理勢は、蝦夷の策謀で自殺に追い込まれました」

「皇位継承争いの犠牲者だのう」

「その通りです。大臣の蝦夷は舒明大王と息長系皇族、それに在来豪族に大きな貸しを作りました。また蘇我本宗家は、有力な分家・境部を潰して所領を奪い、権勢はますます大王家を圧倒していきました。名目では大王家が上位にありますが、財力と権力を持つ蘇我本宗家が大王家のように見えました。ここで注目すべきは、舒明帝と蘇我蝦夷が大臣の時代の十年余りは、国内情勢は安定していたことです」

憶良の断定した口調に対して、家持が疑問を口にした。

「先生、舒明帝の御代が安泰であったことを示す資料は何かあるのですか」

（何と鋭い質問か。まるで大学寮の学生のようだ。教え甲斐がある……）

（四）安寧の御代

憶良はゆっくりと頷いた。

「和歌や童謡はその時代の有様を反映しています。舒明帝ご在位の頃に、帝や皇后が詠まれた歌を数首ご披露しましょう」

「ほう、舒明帝の御代の歌とは約百年も前か。その頃すでに和歌があったのか。古歌だな」

「はい、和歌の黎明期でございましょう。まずは舒明帝が大和三山の一つ、天の香具山に登られて、望国をなされました時の御製を」

大和には　群山あれど　とりよろふ　天の香具山
登り立ち　国見をすれば　国原は　煙立ち立つ
海原は　かまめ立ち立つ　うまし国ぞ　あきづ島　大和の国は
（舒明天皇　万葉集　巻一・二）

「このままで誰にでもよく分かる、のびのびした歌です。『とりよろふ』とは、『取り仕切っている格調高い』と解釈すればよろしいでしょう。その香具山に登って、国見をしたら、民の竈(かまど)には炊飯の煙があちこちに立っている。平和で豊かな暮らしぶりが『煙立ち立つ』で示されています。一方、当時海原のように見えた湖や湿地帯には、鴎(かもめ)が安心して飛来している。『美しい佳き国だ、吾が日本は』と、実感を述懐されています」

「なるほど。安寧な治世でなければ、これほどおおらかに詠めないな」

と、旅人が同感した。

「実は舒明帝は皇后宝皇女(たからのひめみこ)を深く愛されていました。皇后を大和近郊での遊猟(ゆうりょう)にお連れし、紀伊国や遥か遠くの伊予国まで、温泉の湯浴みにも誘われています」

「まあ、伊予の温浴にまでも！　羨ましいほど睦まじいご夫婦仲ですこと」

坂上郎女が女性特有の軽い嫉妬の声を発した。

憶良は、やおら木簡数枚を取り出し、次々と歌を書いた。音吐朗々と歌唱した。

たまきはる宇智(うち)の大野(おほの)に馬竝(な)めて朝ふますらむその草深野(くさふかの)

(中皇命(なかつすめらみこと)　万葉集　巻一・四)

「この歌は舒明帝が宇智の大野、すなわち大和国宇智郡の野原に狩りをなされた時、随行された中皇命が詠まれ、帝に献上された歌です。中皇命は、皇后・宝皇女の別名です。舒明帝がご在位の頃から、倭の国では和歌が次第に詠まれるようになりました。世の中が落ち着いていた証拠の一つです。この歌の光景は若たちにもお分かりでしょう」

二人が頷き返した。

「少し解説しましょう。『たまきはる』は魂が極まるところから、心、内、命に懸かる飾りの枕詞(まくらことば)です。『宇智の大きい野原に多くの馬を並べて、その草深い野で天皇は朝露を踏んで狩りをなされる。草深い野には鹿や猪や山鳥などが潜んでいるので、獲物はさぞかし多いでしょう』と、夫君の帝を讃える、おおらかな秀歌です」

「なるほど。穏やかな御代でなければ皇后を伴い、軍馬を引き連れた狩りなどできぬわ」

「次に、紀伊国に湯浴み旅行に出かけられた折に詠まれた一首を示しましょう」

君が代もわが世も知るや磐代(いはしろ)の岡の草根(くさね)をいざ結びてな

（中皇命　万葉集　巻一・一〇）

「磐代は紀伊国です。磐代の岡では生きている草を結び、代すなわち寿命や、旅の安全を祈る習慣が古くからありました。余談になりますが、第十二帖で有間皇子の悲劇を話しますから、この地名と慣習を心の隅に覚えておいてくだされ」

（さすがは首領だ。このように関連づけて、少年たちの記憶力を鍛えられるのか……）

と、庭に潜む権は感服していた。

「さて、皇后は実に伸びやかに詠われており、実に佳い歌です。と同時に、素晴らしい治世の時期であったことを後世に示しております」

（そうか和歌も歴史の資料か。憶良様の解説は奥が深い。世相まで見通しされている）

坂上郎女は毎回感嘆していた。

「文芸を愛でる天皇、歌心豊かで情感溢れる皇后、これらは安寧の治世であったから生まれた歌の数々でございます。しかし、残念なことに、舒明帝と蘇我蝦夷の見事な政事の代は長く続きませぬ。舒明帝は病に冒され、十三年（六四一）崩御されました。再び皇位継承が群臣の間で論議され、時代は大きく転換します」

憶良は、白湯を口にした。それだけの動作で、座の空気がしんみりとなった。

旅人一家は憶良の言葉を待った。

「少し休みましょう。それがしも気分転換を致したく……」

と言い残して、憶良は厠（かわや）へ立った。

庭から松虫の澄んだ音が流れてきた。憶良も松虫の音を権に返した。

（五）弥縫（びほう）の女帝

「舒明帝の十三年の治世の間に、新旧三人の皇子が候補者として浮上していました」

憶良は和紙に四人の皇子名と出自を書き、候補の三名に○印を付した。

○山背大兄皇子　厩戸皇子の御子で用明帝の嫡孫。

○古人大兄皇子　舒明帝と法提郎媛（馬子の女）の皇子。

蘇我入鹿が支持。

○軽皇子　舒明帝の甥で息長系皇親。舒明皇后・宝皇女の弟。

鎌（中臣鎌子）が顧問。

葛城皇子（後の中大兄皇子）舒明帝と皇后宝皇女の間の皇子。

十六歳でこのときは候補外。

旅人一家四人は、憶良の書いた注記に注目していた。

「厩戸皇子のご業績やご遺徳もあって、山背大兄皇子は仏教崇拝の民や、一部の渡来系豪族に隠然たる人望がありました。しかし、民の声は、所詮、民の声。力にはなりませぬ」

腕組みをした旅人が大きく頷いた。

「舒明帝の血統に連なる三人の皇子では、古人大兄皇子が有力でした。下世話に申す蘇我腹です。蝦夷の嫡男・入鹿が強く支援していました。しかし皇后の弟・軽皇子や、年若い葛城皇子も無視できませぬ。四皇子とも微妙な立ち位置にありました」

（天皇を選ぶのは難しいことだな……）

と、家持は大人の世界を否応なく理解してきた。

「大臣の蝦夷は、皇位争いで国内が分裂し、内乱になることを危惧しました。――舒明帝と余が組んだ十三年の平和な世を乱してはならぬ――と考えた蝦夷は、亡父馬子が行った推古女帝擁立の前例に倣い、舒明帝の皇后である宝皇女を即位させることに決めました。女帝・皇極帝の出現です」

「まことに安易な手を打ったものだな」

憶良は旅人に頷き返し、続けた。

「皇位は無難に継承されました」

「山背大兄皇子はこれで二度機会を逃されたのですね。ご父君・厩戸皇子が早逝されたことを、さぞかしご無念に思われましたでしょう」

坂上郎女は同情の念を吐露した。

「仰せの通りです。山背大兄皇子は斑鳩宮に隠栖されていたとはいえ、仏門に入られた訳ではありませぬ。皇位に未練がありました。――皇極女帝の即位は一時凌ぎであろう。後継問題は未解決だ――と考えられて、政事を傍観されていました」

(六) 悪魔の囁き

「大臣の蝦夷は、皇極女帝の即位と同時に、嫡男・入鹿を執政として朝政に参画させました。実質的に皇太子の役割を与えたのです。老齢となっていた蝦夷に代わり、執政の入鹿が大臣の職務を司りました。新しい実権者となった入鹿に、言葉巧みに擦り寄った無位無冠の男がいました」

「無位無冠の者が、執政の入鹿に？　誰ぞ……」

「鎌です」

「鎌？……」

と、書持が怪訝な声を出した。

「鎌こと中臣鎌子、死の直前『藤原姓』を賜った鎌足です」

予想もしなかった人物の登場であった。

「話は脇道に逸れ、時代は遡りますが、少し留学僧のことを話します。大事なこと故お聞きください」

（憶良様のお話は幅が広い。あちこち飛ぶので、理詰めの講話についていくのは大変だが、本筋が鮮明に分かるので面白い……）

第六回ともなると、才女の坂上郎女は、憶良の講論の進め方に馴染んできていた。

「推古十六年（六〇八）、二回目の遣隋使・小野妹子に従って、高向玄理、南淵請安、僧旻ら八名の学問僧が、隋へ留学しました。その中で僧旻が舒明四年（六三二）帰国しました。僧旻は新漢人と呼ばれた漢系の帰化人でした。先進国隋の知識文物を持ち帰った旻の学堂で学んだのが入鹿と鎌子でした。両名は特に秀才で、『わが学堂で蘇我太郎（入鹿）に勝る者は、鎌の外になし』と、旻自慢の愛弟子でした」

（そうか、入鹿と鎌は学友だったのか、それも秀才同士であったのか……）

四人は納得した。

「入鹿は暦学や周の易学に興味を持ちましたが、鎌は黙々と六韜を読み耽っていました」

「六韜とはどういう書物ですか」

と、家持が好奇の目色で尋ねた。

「中国の兵法書です。『六韜三略』とも申します。文、武、龍、虎、豹、犬の六巻です。内容は敵をいかにして戦わず倒すか、その権謀術策を詳しく説明しています。鎌は仕官をせずに、この書を暗記しました。鎌は心中密かに、――後日、己が天下を取る、いや操る――と考えていたのです。彼は六韜の内容を一つ一つ実行に移したのです」

「そうか、入鹿と鎌の関係はよく分かった。して、入鹿に無職の鎌は何を策したのか」

と、旅人が憶良に先を促した。

「鎌はある日、執政・入鹿を私邸に訪れ、こう申しました。『入鹿殿、本日は学友ではなく軽皇子の名代として参上しました。お人払いを』と」

憶良は、入鹿と鎌の口調になっていた。変身の術である。

入鹿『何事ぞ』
鎌『ずばり申し上げます。軽皇子と組まれ、山背大兄皇子を討たれよ。蘇我氏は百済と密接な外交関係を方針とされております。しかし上宮王家はこれに反して、隋はもとより韓三国とも等距離友好の外交政策であります。山背大兄皇子は今回も大王には即位できませぬが、依然として蘇我に対する大勢力です。入鹿殿が将来、古人大兄皇子を大王として戴き、その大臣として政事を掌中にするには、息長系の軽皇子や在来豪族とも連合せねば、実現は難しい。軽皇子と組めば、巨勢も大伴も動きましょう』

「鎌は理路整然と弁じました。『山背大兄皇子を抹殺せよ――』との予想もしない提案に、さしもの入鹿も一瞬たじろぎました。しかし、執政入鹿の政事には上宮王家が目障りだったことは事実でした。有力な豪族が山背大兄皇子を担げば、天下は覆る懸念もあります。入鹿は軽皇子と組んで、上宮王家抹殺を決断しました」

「なるほど裏で鎌が仕掛けたのか。その謀計は日本書紀には書かれていない。だが疑問があるぞ。鎌は官人でもないのに、軽皇子にいかにして近づき、その名代となれたのじゃ」

「ご質問ごもっともでございます。もともと軽皇子は、大王の御子ではございませぬ。それゆえ、大兄の称号はなく、皇位継承の候補ではありませぬ。――舒明帝の甥、皇后宝皇女の弟――という高い身分でございますが、人物は軽く、格別信望があるという皇子ではありませぬ。政事の能力も実権もないので、人は近寄りませぬ。その皇子に近づいたのが鎌でした。――軽皇子を御輿に担ぎ、一旗揚げて、一挙に高官の地位を得よう――と策したのです。軽皇子は、最初は鎌の訪問を警戒しました。しかし、僧旻の学堂で学び、さらには舒明十二年（六四〇）に帰国した南淵請安に、隋・唐の世情や儒学を学んだ鎌の話は面白く、軽皇子は次第に鎌を重用しました」

旅人一家四人は、身を乗り出すように聴講していた。

憶良は、一呼吸間を置いた。

「鎌は頃合いを見計らい、軽皇子にこう申しました。『皇子をいずれ大王に即位させます。ついては、まずは入鹿と組まれ、山背大兄皇子を討たれませ。ここは人生に一度の決断の時でございます』と。軽皇子は驚愕し、蒼白になりました。しかし、天下の秀才にこうまで担がれては、心を許します。鎌の忠誠心に感動した軽皇子は、愛妃小足媛を鎌の夜伽に差し出しました。鎌は無位無冠の身でありながら、高貴な姫君と、しばしば閨房の夜を満喫したのでございます」

「まあ、軽皇子はお妃様を鎌の夜伽に！……本当でございますか。信じられませぬ。鎌足は、若いときから何と狡賢い女好きの男でございましょうか」

と、坂上郎女は、鎌と小足媛が臥所で絡む姿態を想像し、眉を顰めていた。

少年の家持、書持は、色事よりも青年期の鎌足の策謀に興味津々であった。

「そうか。鎌は軽皇子を籠絡し、入鹿を裏で扇動したのか。それで話の辻褄が合う」

と、旅人は異色の連合を納得した。

（七）法隆寺燃ゆ

「かくして何の大義名分もなく『皇位継承の邪魔者は殺せ』といった程度の名目で、執政の入鹿と軽皇子は、皇極二年（六四三）十一月、突如、軍を動員し、斑鳩宮を襲撃しました。入鹿と軽皇子の兵のほか、巨勢、大伴などの豪族が参加しました」

憶良は、旅人一家に遠慮することなく、淡々と事実を述べた。
（わが祖先もこの大義なき襲撃に参加していたのか。恥ずかしい）
家持は下を向いていた。
憶良は半紙にこう書いた。

上宮王家抹殺劇

脚本	中臣鎌子	（蘇我入鹿とは僧旻(みん)の学堂で学友）
主犯	軽皇子	（皇極女帝の弟。鎌子が扇動）
共犯	蘇我入鹿	（蝦夷の嫡男。執政で実権者）
襲撃部隊長	巨勢徳太(こせのとくた)	（軽皇子派の豪族）
参戦	土師娑婆(はじのさば)	（軽皇子派の豪族。襲撃戦で戦死）
〃	大伴馬飼(うまかい)	（別名長徳(ながとこ)　皇極帝の直臣(ちょくしん)）
〃	塩屋枚夫(ひらぶ)	（中臣姓、鎌子派）
計画不知	蘇我蝦夷	（大臣(おとど)ながら老齢で隠栖）
計画不知	古人大兄皇子	（舒明帝の皇子で生母は馬子の女(むすめ)、法提郎媛(ほてのいらつめ)。入鹿が支持）
不参加	高向国押(たかむく)	（蘇我入鹿の家臣）
仕掛け人	黒幕の皇子	

「なるほど、これは面白い。それぞれの立場がよく分かる。ところで舒明帝の皇后であった宝皇女、当時の皇極帝はこの襲撃計画をご存じであったのか」

「弟の軽皇子より聞いていました。皇極女帝にとっては、蘇我腹の山背大兄皇子は実弟軽皇子や、ご自分がお腹を痛めた葛城皇子の競争相手ですから、上宮王家抹殺に暗黙の承認をされたでしょう」

「皇位継承はどろどろしている血の闘争よ、のう。それで天皇の直臣であるわが大伴家も加担させられたのか……」

「御意。皇極帝の指図なくしては、大伴は動くことはできませせぬ。形ばかりの参戦だったでしょう。戦闘の記録はありませぬゆえ」

(祖先がこの非道い抹殺劇に参戦しても実際に戦ってなく、よかった！——)

家持は少し救われた気がしていた。憶良に質問した。

「最後の『黒幕の皇子』はどなたでございますか」

「それは文字通り最後のお楽しみで……」

(まさか。未成人の葛城皇子ではあるまい……)

「この斑鳩宮襲撃事件は諸説伝わっていますが、それがしの調査で経緯をお話致します」

四人は『黒幕の皇子』を脳裏に意識しながら、引き続き講義に集中した。

「山背大兄皇子の上宮王家ご一族の抹殺に最も積極的であったのは、軽皇子でした。巨勢徳太はかつては上宮王家と親しくしていました。しかし山背大兄皇子に天皇の目がないと読み、いつしか軽皇子に鞍替えをしていました。鎌の策謀で、軽皇子に即位の可能性が強いと確信し、積極的に襲撃の実行部隊長を引き受けました。徳太は同じ軽皇子派の豪族土師沙婆とともに斑鳩宮を急襲しました。不意打ちを受けた上宮王家の家臣数十名は必死に防戦しました。この反撃で土師沙婆は矢に射られ戦死しております。激戦でした。なかでも下男、奴(やつこ)の三成(みなり)が、後日、『一人当千(いちにんとうせん)』と語り継がれるほどの活躍をしました。この間に家臣は一計を案じました。馬の骨を宮殿に置き、火を付けました。山背大兄皇子たちの遺骨と見せかけたのです。その間に一族を裏の生駒山に逃亡させました。鎮火した後、灰の中に骨片を見た巨勢徳太は、――王家のご一家は亡くなった――と判断して引き揚げました」

　家持、書持もこの馬の骨の話は知っている。

「生駒山に逃げ込んだ山背大兄皇子に、家臣は『東国へ逃げ、兵を集めて反撃しましょう』と具体策を提案しました。王家の領地は東国にあったからです。しかし冬の寒さと食糧難に、お妃や王子王女が音を上げました。また皇子は徳の人でした。『国内を二分する内乱を起こすのは、民を傷つけるゆえ、望まぬ』と申され、斑鳩宮の隣の、焼けていない法隆寺に帰ってきました」

（妾なら東国へ逃れ、徹底して戦うものを……）

　坂上郎女は、大伴本家の息女である。山背大兄皇子の優柔不断さが納得できなかった。

「『山背大兄皇子ご一家はご存命で、法隆寺に帰られた』との報せに入鹿は驚きました。直ちに家臣の高向国押に襲撃を命じました。しかし国押は『宮廷警備中』と、出陣を断りました。やむなく入鹿は自ら一軍を率いて出撃しようとしました。そこへ古人大兄皇子が駆けつけてきて、こう忠告しました。『鼠は穴に隠れて生きる。穴を出ては死ぬ』と。そこで入鹿は自らの参戦を思いとどまり、兵のみ差し向けました。再び巨勢徳太らが法隆寺を取り囲みました。山背大兄皇子は寺に火を放ち、一族の王子王女たちは自害されました。国民的に人望の高かった厩戸皇子の上宮王家は、一瞬のうちに抹殺されました」

「酷（ひど）い仕打ちでございました」

坂上郎女は、合掌して頭を下げた。家持兄弟も続いた。

「斑鳩宮および法隆寺襲撃の報せは、甘樫丘の邸宅に隠栖していた大臣の蝦夷に届きました。蝦夷は『誰に嗾（そその）されたのか知らぬが、入鹿は何と愚かなことに加担したのか、これで蘇我家の未来はなくなった』と、天を仰いで慨嘆しました。と申しますのは、先ほど語りましたように、舒明帝と蝦夷の十三年間の治世は、まことに穏やかであり、山背大兄皇子は斑鳩宮に引き籠もられて、何の問題も生じていなかったからです。入鹿と軽皇子は、いとも簡単に、大皇族である上宮王家を抹殺して、得意になっていました。それが巨大豪族の蘇我本宗家を断絶し、分家分裂に導く罠とは気付いていませぬ」

「蘇我本宗家断絶や分家分裂の罠だと？……では、仕掛け人の黒幕の皇子は誰じゃ？」

今度は旅人が待ちきれずに質問した。

憶良がにやりと笑った。

「今回は長話になりましたので、黒幕の皇子の名は次回に申し上げましょう。ところで人々は、この非道い事件を童謡として語り継ぎました」

岩の上に　小猿米焼く　米だにも　喫げて行ら去　山羊の老翁
（童謡　日本書紀　巻第二四　皇極天皇）

「少し説明しましょう。『岩の上に』は上宮王家。『小猿』は蝦夷の子、入鹿。『焼く』は斑鳩宮の焼き討ち。山背大兄皇子ご一族は、一旦は生駒山に逃げ込まれたが、食物もなく帰ってこられました。そこで――『喫げて行ら去』つまり、食べていきませんか『山羊の（顔をした）老翁さん』――と揶揄ったのです。山羊は当時の山背大兄皇子の風貌を表現しております」

　坂上郎女が憮然とした顔つきで口をとがらせた。

「前にも申し上げましたが、妾なら東国で挙兵し、蘇我や軽皇子に一矢を報いてから自害しますわ。勝つ見込みだってあるのですから。幼い王子や王女まで道連れにされたのは、仏心でしょうか。お子たちの未来までも潰される事はいかがかと思いますが……」

（痛いところを突かれたな……）

　憶良は暫く黙考した。

「山背大兄皇子は相当に悩まれたでしょう。ご一族の幼い王子や王女まで二十数名を連れての逃避行は無理と判断されたのでしょう。ご心中を察するに忍びない気が致します。地獄のお苦しみであったと思います」

「それにしても謀反を起こしたわけでもない上宮王家全員を、自害に追い込んだ入鹿や軽皇子、扇動した鎌こと後の藤原鎌足。それに憶良様の申される黒幕の皇子。これらの方は極悪人ですわ。法隆寺が怨霊鎮魂の寺と畏怖されている背景が、実によく分かりました」

坂上郎女は、上宮王家に同情し、興奮していた。

「同感じゃ。憶良殿。今宵は上宮王家、厩戸皇子と山背大兄皇子ご一統のご冥福のため献杯し、浄めの酒を酌み交わそうぞ」

「妾も献杯しましょう」

（坂上郎女様は女には惜しい器量だ……）

「では今宵の話はこのあたりで……」

憶良と旅人一家は再び合掌して重い雰囲気の講論は終わった。

旅人の館からは北東に聳える御笠山（宝満山）の上に半月がかかっていた。その月に濃く薄く、乱れ雲が流れていた。

庭の茂みで聴講していた権は、「南無阿弥陀仏」と唱えた。

第七帖　八佾（やつら）の舞

大和（やまと）の忍（おし）の広瀬（ひろせ）を渡（わた）らむと脚帯（あよひ）手作（たつく）り腰作（こしつく）らふも
（蘇我蝦夷　日本書紀　第二四　皇極紀）

（一）傀儡師（くぐつし）

坂本の帥館へ出向く日の朝、那大津に入港していた船長（ふなおさ）の甚から、珍味の肉塊と重要な情報が届いた。肉は玄界灘の小島の湾に迷い込んだ鯨であった。五島（ごとう）鯨、現在のごんどう鯨である。鯨の名がついているが、イルカである。荷物は二つあった。憶良と旅人の館にとの甚の気配りである。

水夫二人を従えてきた若者は、陽に焼けているがキリリと引き締まった顔付きである。甚の息子、健であった。

（唐に渡った頃の甚にそっくりだ……）と、憶良は健を可愛がった。

健は憶良に囁いた。

「首領。親父の船に難波津から乗ってきた夫婦風の傀儡師が、三日前那大津で降りました。一見柔和な人当たりのよい大道芸人に見えますが、親父の勘ではいずれかの候であろうと。『芸人が高い船賃を払って長旅できる訳がねえ』との推量でがす。手下にさりげなく見張らせておいたところ、昨日那大津からぶらぶらとこの太宰府へ来て、夕闇に紛れ少弐小野老殿の館の裏口で消えたとのことです。で、今朝こちらへ鯨と共にお知らせに参りやした。『ご油断なきよう』との親父の伝言でごぜえます」

傀儡師とは、人形を操って幾許かの銭を稼ぐ大道芸人である。時には大商人や貴族などにも呼ばれ、内々に子女に芸を見せる。売薬の行商人と同様に、全国の神社の祭礼などを目当てに、歩き回っていた。那大津や太宰府に現れてもおかしくはない。

「そうかご苦労であった。注意しよう。甚に珍味と情報の礼を伝えてくれ。事の次第では――玄界灘の藻屑――と始末を頼むやもしれぬ。水夫ともども二～三日館でぶらぶらしておれ」

(『首領の指図を受けてこい』との親父の言葉は、この事だったか……)

「分かりやした」

目は「任せてくだされ」と言っていた。憶良は過分の銭包みを渡した。

「権、助。藤原が蠢動を始めたようだ。当面はわが手の者に傀儡師夫妻を見張らせよ。帥殿ご一家の身辺警護も、さりげなく吾らの手の者を増やせ。今日よりは手裏剣を余分に持つように」

「承知しました」

(藤原は鎌足以来、武力ではなく六韜の策略で競合相手を斃し、権力を集中してきた。ゆめゆめ油断ならぬ……）

憶良もまた手裏剣三本を懐中に忍ばせていた。

「権、妙な符合だな。今宵の講論の内容は、葛城皇子こと中大兄皇子と鎌足だ。二人はわが国の政事を操った稀代の傀儡師だ。孝徳帝や斉明女帝を操ってきた。今はその子孫の藤原武智麻呂兄弟と光明子が聖武天皇を操っているわ。百年前も現在も変わりないのう」

「庭先での聴講楽しみにしておりまする」

「今宵は新月だ。件の傀儡師夫婦が、坂本の館の下見に現れるやもしれぬ。荷は健や水夫らに運ばせ、わが手の者二～三名を塀の外に潜ませておけ。塀に乗れば瞬時に討て」

「そのこと既に手配し、先手必勝心得ております。ご安心を」

（そろそろ権に山辺衆の首領の座を譲ってもよいな……）

憶良は満足げに頷いた。


「ほう、鯨の肉か。これは珍しいな。獲るのに苦労したろう。甚によろしく伝えてくれ」

と、旅人は健らを労った。

「この鯨はいかほどの大きさか」

書持が健に聞いた。

「獲れたのは海岸を泳ぐ、体長おおよそ三丈（約九米）ほどの五島鯨でごぜーます。鯨は種類によっては四丈も五丈もあるのがいますぞ」

「そんなでっかいのがいるのか、想像できぬ。見たいものよ」

と兄の家持が、興味を示した。

「家持、書持、三丈の鯨を捕るには、漁師たちは命がけぞ。なかなか簡単に獲れる動物ではないぞ。飛鳥や奈良では鯨の生肉は口に入ることはない。漁師に感謝しようぞ」

旅人一家はご機嫌であった。

「憶良様、今回は早めに切り上げて、鯨鍋で宴会を致しましょう」

坂上郎女はこの珍味にはや食欲をそそられていた。

「では講論を進めましょう」

（二）宿命の邂逅（かいこう）

「前回は蘇我馬子と厩戸皇子、蝦夷と田村皇子（舒明帝）、皇后宝皇女の皇極帝即位、更に入鹿による上宮王家抹殺に至るまでの推移をお話しました。今回は皇極女帝の御子、葛城（かずらき）皇子（後の中大兄皇子）と鎌（後の藤原鎌足）の二人に焦点を絞って講論致します」

憶良は、さりげなく旅人の一家に、蘇我三代の政事や政変を想起させていた。東宮侍講として数年間の経験が、家持の個人指導に見事に生かされている。

「復習になりますが、前々回、推古女帝の話の時、隋へ八名の留学生を派遣したこと、僧旻（みん）は舒明四年（六三二）帰国し、彼の学堂で入鹿と鎌が学友であったことを説明しました」

「覚えています」

と、書持がすぐに応じた。

「ご立派です」

少年の学習意欲づけには褒め言葉が何にも勝ると、憶良は心得ていた。

「それから八年後の舒明十二年（六四〇）には南淵請安が帰ってきました。請安は僧旻と異なり、隋及び唐の中央集権の政治体制や律令を研究していました。まさにわが国の朝廷で最も必要とする知識が豊富でした。この請安の学堂にいち早く入門した学生の中に、鎌と葛城皇子がいました。鎌は二十七歳の青年、葛城皇子は十五歳の少年でした。塾生十数名の中では最高齢と最年少の二人でした」

「ほう、皇子は家持とさほど違わぬ年齢だったのか」

「そうです。葛城皇子は極めて頭脳明晰の俊才でした。『士、自ら士を知る』との諺があります。二人はすぐに肝胆相照らす仲になりました。互いに惹かれる霊感があったのでしょう。まず共通しているのが桁違いの頭脳の回転の速さであり、翳りのある生い立ちです」

才女、坂上郎女が憶良の言葉尻を捉えた。

「憶良様、ちょっとお待ちくださいませ。舒明帝と皇后宝皇女の間にお生まれになった葛城皇子に、何か出自の問題がおありでしたか？」

（やはりな――）

憶良は頭を大きく深く上下させた。

「はい。これはそれがしの講論『まほろばの陰翳』での最も重要な部分でございます。皇統の諸問題を解く鍵ゆえに、第九帖『韓人の謎』で詳しく説明致します。しかし今日は、このまま、――異才二人の宿命的な出会い――としてお聞きくだされ」

（妾の知らない、相当深い秘め事がありそうだわ。憶良様にはいつも次回を期待させられる。出自の謎の世界が楽しみだわ……）

坂上郎女の好奇心は掻き立てられていた。

憶良は木簡に二行書いた。

僧旻――鎌――入鹿
請安――鎌――葛城皇子

「先生、鎌は実に勉強熱心だったのですね。また凄い方を学友にされていますね」

と、書持が感心した。

「それにしても無位無冠の鎌がよく弟子になれたな。学資はどうしたのだろう」

兄らしい思慮深い呟きであった

「若たちの申す通りです。鎌にも出自の秘密があります。鎌と葛城皇子に共通しているのは、才能と出自の翳りだけではございませぬ」

「まだ他にあるのか」

「人並み外れた知的好奇心と権勢欲。それに……」

憶良は口籠もった。

「何でございましょうか」

と、勝ち気な坂上郎女が督促した。

「異常な色欲でした」

「その通りだ。明快じゃ、ははは」

と、旅人が笑った。


「師殿はお分かりですが、若たちのために、まず葛城皇子の知的好奇心を説明しましょう。頭脳明晰の才子は、師や書籍の教えを良く理解し、記憶する受動型が多く見られます。しかし、更に能動的に師や書籍に接し、貪欲に、自らの知識欲を求める型の才子がいます。鎌は僧旻の講義ではなく六韜という書籍に好奇心を充たしていました」

「なるほど。鎌は受け身ではない」

「十五歳の葛城皇子は、当時は大兄でも皇太子でもありませぬ。しかし、内心密かに決意していました。――いつの日か、自分が皇位について、国造などの豪族に左右されぬ隋・唐のごとき国家を作りたい。そのためにはあらゆる策を煉り、冷酷非情にもなる――と。師請安に学びたいと思ったのは、隋や唐の法制や律令の知識を増やすことだけではなく、己が大王として倭の国を治める時の、具体的な律令体制や方策でした。請安は、すぐに葛城皇子の秘めた野望を見抜きました」

一家四人は真剣に聴いていた。

「請安は、葛城皇子に密かに、こう説明しました。――厩戸皇子が蘇我馬子と律令の政事を進めたとはいえ、当時も今も、わが国は、蘇我を始め豪族が群雄割拠し、膨大な世襲の私領を所有しています。隋や唐の中央集権国家とはほど遠い後進国です。今は舒明大王の許に統一されているように見えても、真の律令の国家ではありませぬ。蘇我をはじめ豪族たちの私領を禁じ、領地を国家に献上させ、大王が豪族に官位と給付を行って、初めて律令の先進国家に脱皮できるのです――と」

四人の目には、憶良が請安のごとく映っていた。山辺の候の変身の術であった。

「請安は、鎌の野望もまた、見抜いていました」

「鎌の野望とは?……」

「豪族でもない鎌本人が、大王になることはできませぬ。しかし、大王の側近となって、傀儡師(くぐつし)の如く大王を操り、あたかも大王の如く、己の意のままに天下を治めることは可能です。豪族としての門閥も閨閥もなく、無位無冠の一学徒にできることは、隋・唐のごとき帝王を夢見る細心剛胆の貴公子を探し、その右腕となることでした。――そのためにあらゆる権謀術策を使ってみたい――という捻(ねじ)れた権勢欲を心中に秘めていました」

「――捻れた権勢欲――か。なるほど……」

旅人は、憶良の簡潔明瞭な人物表現に感嘆していた。

「請安は鎌にこう申しました。『葛城皇子は少年ながら、そなたと同様に、革新的な国家建設の大望を秘めている。露見したら二人とも蘇我に消されよう。そなたが旻の塾で易学などを学び、蘇我太郎と並ぶ俊秀であることも承知している。そなたの宿命は葛城皇子を守り、輔佐し、大王として即位させ、本格的な律令国家をわが国に実現することだ。そのためなら二人に吾が知識経験を全て伝授しよう』と」

（そうか。請安は二人に本格的な律令国家建設の夢を託していたのか……）

家持には、自分に文武両道の成長、特に歌人としての成長を期待している憶良が、請安と二重写しに見えた。

「こうして青年の鎌と少年の葛城皇子は、男の生涯を賭けて、中央集権の律令国家を建設する主従、いや刎頸（ふんけい）の友として、固い握手をしたのでございます」

「ふんけいの友？……」

「相手のためなら吾が首を斬られても後悔しないほどの親友——という意味だよ」

家持が横の弟に説明した。

「史記という書物には『士は己を知る者の為に死す』という言葉もあるぞ」

漢籍に詳しい旅人が子供二人に補足した。

憶良は続ける。

「葛城皇子と鎌は、請安の学堂の往き帰りの途中、誰も立ち聞きできない場所で、将来の構想を語り合いました」

「先生、少し待ってください。鎌すなわち中臣鎌子と葛城皇子すなわち中大兄皇子は蹴鞠（けまり）の会で知り合ったと聞いていますが……」

と、家持が疑義を挟んだ。

「それは日本書紀を実際に編纂した藤原不比等の造り話です。不比等は、これから何回かの講義で述べます鎌足と中大兄皇子が仕組んだ数々の殺人事件を、正当化するために、書紀の記述を枉(ま)げています。古代中国に、帝王と忠臣が蹴鞠の会で知り合った故事があります。――この故事はわが国の民は知らぬだろう――と、不比等が盗用したのです」

「えっ、蹴鞠の会の故事は嘘だったのですか……」

坂上郎女は殆ど絶叫していた。

憶良は声を出さず、目尻を緩めて笑った。

「これまでの知識を捨ててくだされ。皇子と鎌は舒明十二年（六四〇）以来、請安の塾での学友であり、親友です。上宮王家抹殺事件よりもずっと前からです。この史実こそ重要です。史書や資料や情報の虚を捨て、実を見抜き、推論する事が肝要です。分かりますな」

（憶良殿は、家持に具体的ないい指導をしてくれる。ありがたい……）

「ある時、葛城皇子は砂の上に五名の名を書きました。『鎌よ、余が大王に即位するまでには、排除せねばならぬ障害物よ。人と思うな。物体と考えようぞ。鬼となる覚悟はよいな』と、鎌に申しました。鎌は、蛇の目のような冷たい皇子の視線に、一瞬怯(ひる)みました。少年とは思えぬ厳しい言葉に、身を竦(すく)ませました。だが、鎌もまた悪(わる)です。にやりと笑い返して『御意』と応えました」

坂上郎女は、二人の顔付きを想像して、身震いしていた。

「本席では砂ではなく、木簡の上に書き連ねましょう。あとで削り捨ててくだされ」

山背大兄皇子　古人大兄皇子　軽皇子　蘇我蝦夷　蘇我入鹿

「葛城皇子は、年上の鎌にこう説明しました。『天下の人気は、政治力はなくても、厩戸皇子の嫡男であるということだけで、山羊（かましし）――の綽名のある山背大兄皇子が一番だ。所領も広い。わが母が便宜的に女帝として即位しているが、山背大兄皇子はその後釜を狙っていると聞いている。したがって、第一に排除すべきは山背大兄皇子だ』」

「やはり……上宮王家抹殺の仕掛け人、『黒幕の皇子』は葛城皇子でございましたか」

坂上郎女は驚きを抑えきれなかった。

「鎌は葛城皇子と入念に策を煉り、学友の入鹿と、やや疎外されていた軽皇子に、巧みに取り入ったのです」

「そうか葛城皇子が傀儡師で、鎌が傀儡だったたか。それで前回の上宮王家抹殺事件の表裏全部が明快に分かったぞ」

旅人も理解の意を口にした。

「葛城皇子は鎌に告げました。『山羊の次は大物の鹿だ。鹿を斃（たお）せば老病人はどうにでもなる。そちは六韜三略を参考に、妙策を考えよ。脚本を書け』。青年鎌は、皇子を操るつもりが、操られている自分に、快感を味わったようでございます」

(三) 八佾の舞

「葛城皇子が、執政の蘇我入鹿とその父である大臣の蝦夷暗殺を決断したのは――蘇我が、中央集権国家建設の最大の障害物だ――という理由だけではありませぬ。――二つの許しがたい事情――がございました。更に追加すれば、――殺さねば殺される――という本能的な恐怖、危機感をひしひしと感じていたことも事実です」

(――許しがたい事情――はうすうす知っているが、――本能的な危機感――は聞きたい。氏上の吾も、心せねばならぬ)

旅人は、中納言・大宰帥・大伴氏族の氏上として、好むと好まざるとに係わらず、政争の渦中にある。碩学憶良による家持への特訓は、同時に己の学習でもあった。

憶良の論述を待った。

「蘇我と葛城皇子との軋轢を話題にします関係で、話を若干遡り、舒明帝と蝦夷との治世から始めます。前回講論しましたが、蝦夷は大臣として実権を握り、安定した政事を行いました。専横ではあったかもしれませぬが、悪政ではありませぬ。それがしは、この十三年間の蝦夷の実績は評価しております」

「なるほど。――書紀に事件の書かれていない時期は平和だった――ということだ……」

「問題は舒明帝崩御後です。皇后・宝皇女を皇極帝として即位させた蝦夷は、得意の絶頂にありました。山背大兄皇子を二度も皇位継承から排除し、意のままに大王を誕生させたのです。蝦夷は、亡父馬子が推古女帝を操ったように、舒明帝と皇極女帝を操る傀儡師でした。人には自信が大事ですが、過ぎると身を誤ります。蝦夷は理性のある男でしたが、老齢になるとついつい、自らをあたかも帝の如く錯覚するようになりました」

憶良は、少し間を取った。噛みしめるように、ゆっくりと理解させる方針であった。

「前に述べましたように、上宮王家抹殺事件の二年前、皇極元年（六四二）春正月。蝦夷は女帝即位と同時に、嫡男入鹿を執政という新しい職務に任命しました。群臣には入鹿が皇太子のごとく見えました。その十二月、蝦夷は蘇我本宗家の祖廟を葛城の高宮（御所市森脇）に建てました。祖先の霊廟を建立するのは、どの豪族も行うことですから、これは問題ではありませぬ。蝦夷が天下を驚かせたのは、祖廟竣工の祝典に、『八佾の舞』を演じさせたからです」

「『八佾の舞』とは？……」

家持がすぐに質問した。

「これは雅楽の舞です。八人ずつ八列になって方形を作り、雅楽の音色に合わせて、六十四人が一斉に群舞します。まことに雄大で華麗な舞です。大王のみが催行できる特権があります。この舞を、臣下である蝦夷が、先祖を祀る霊廟の前で行ったのです。軽皇子や古人大兄皇子、葛城皇子など皇族はもとより、古来の豪族はじめ官人たちは、驚きました。想像を絶する蝦夷の振る舞いであったからです」

旅人一家も同様であった。

「それだけではござりませぬ。蝦夷はその時、このように詠みました」

大和の忍の広瀬を渡らむと脚帯手作り腰作らふも

「忍の広瀬は、大和国葛城川の広い瀬です。この川を渡ろうと、足許を紐で結い、腰帯を締めて大刀を差したとの意です。八佾の舞とこの歌は、――蘇我が天下を乗っ取る意思を、天下に公表した――と人々は受け止めました」

純真な家持、書持は、蝦夷の横暴な行為に怒りを湧かせていた。

「余りにも大胆不敵な蝦夷の行動でした。心ある群臣は眉を顰めました。『蘇我は物部を滅ぼし大臣の地位を独占しているが、もともとは渡来人ではないか……』『女を次々と後宮に差し入れて外戚となり、権力を操る曲者よ……』『そこまでは致し方ないとしても、八佾の舞を催行するとは許しがたい……』などと陰口を囁きました。しかし、今や大王家をはるかに上回る財力や権力を持つ蘇我を怖れ、誰も面と向かって口にしませぬ」

「世の中はさようなものよ……」

旅人の呟きには実感が籠もっていた。

「皇極女帝の即位と同時に、国の執政という新しい肩書きを得た入鹿は、老父蝦夷に代わって大臣の職務を執行することになりました。巷には、『蝦夷が甘樫丘の私邸で息子の入鹿に紫冠を授けた』との噂が流れていました。紫冠は大臣が頭に戴く冠です。これを授けるのは大王と決められています。事実であったかどうか、確かめようがありませぬが、このように伝えられるほど、政事は蘇我に牛耳られていました」

（蝦夷は大王のつもりだったのか——）

「この時葛城皇子は十七歳でした。——まずは蘇我腹の皇親上宮王家を抹殺する。次はこの驕れる蘇我本宗家を斃す——と決心されたのです」

「蘇我の驕りと皇子の意思はよく分かりました。もう一つの恐怖は何でございますか」

家持が憶良を督促した。

（四）皇極女帝の密通

「執政となった入鹿は、しばしば皇極帝と二人で政事（まつりごと）を取り進めることになりました。蘇我太郎あるいは鞍作（くらつくり）とも呼ばれた入鹿は、男前でした。頭脳明晰なことは師である僧旻（みん）の激賞で衆知です。剣の技も抜群な貴公子でした。腰には、蘇我氏族を示す見事な金装飾の環頭（かんとう）の太刀を帯びていました。その姿はまさに絵のようで、宮中の女官たちは見惚れていました」

（確かに蘇我の環頭の太刀は美しい。古い豪族たちの差す無装飾の実用的な柄頭に比すれば、それだけでも女心は燃えますわ）

坂上郎女は女であった。

「一方皇極女帝は十五歳ほど年上の五十前後でした。女盛りです。夫君舒明帝とは仲睦まじい日々でした。死別して毎夜、舒明帝との閨房の秘技のあれこれを想い出し、孤閨のわびしさを嘆いていました。女帝の熟れた体の中には、熱い血が滾っていました。てきぱきと精力的に政務をこなす逞しい壮年と、蠱惑的な容姿の熟年の美女が、お互いに惹かれあい、男と女の深い関係に陥るのに日時はかかりませんでした。二人は公務をそこそこに済ませると、あたかも永年連れ添った夫妻の如く、いや野獣の如く、飽くことなく房事に耽りました」

少年家持と書持はすでに色気づいている年頃である。下を向いてクスリと笑っていた。

「家持、書持。お前たちもそのうち分かることだ」

父親の旅人も、憶良の端的な性生活の描写に照れ笑いをしていた。最近馴染みになった遊行女婦の児島を、ちらと想っていた。

憶良は顔色を変えず、平然と続けた。

「この席で閨房のことを申し上げましたのは、この後述べます入鹿暗殺の際の、女帝との切ない会話のやりとりがあるからです。したがって、もう少しどぎつく申し上げましょう。表向きでは執政として振る舞い、御簾の奥では裸体の女帝を組み敷き、意のままに操る入鹿は、まさに実質夫であり、大王として天下を掌握した気分になっていました」

三人の夫との男性遍歴で性の奥義を知り尽くし、今は女帝同様に寡婦となっている坂上郎女は、頬を赤らめ、下を向いて聴いていた。

(憶良様は、まだ女体を知らぬ家持、書持の前で、何という猥らなお話を……でも、男に惹かれる皇極帝のお気持ちは、妾には痛いほどよく分かるわ……）

複雑な気持ちであった。

「皇極帝と執政入鹿の情事は、いつしか宮中に知れ渡りました。当然葛城皇子にもご生母の不倫は耳に入りました。葛城皇子は入鹿を憎み、身を震わせて激怒しました。母を嫌悪しました。すぐに鎌に怒りを吐露しました。『蝦夷は八佾（やつら）の舞を公然と催し、天下を取る出陣のような歌を詠んだ。子の入鹿は、吾が母上、皇極帝を、己の妻のごとく弄（もてあそ）ぶ。親子共々天下を乗っ取ったつもりか』と」

坂上郎女と少年二人は顔を上げて、憶良の口元を見ていた。兄弟には十六～七歳の葛城皇子の憤怒の心境がよく分かった。皇子に同情していた。

「鎌は葛城皇子の激怒の言辞が終わると、こう申しました。『皇子、自らを蘇我の立場に置き換えてみなされ』」

「ほう、立場の置き換えか、なるほど。なるほど」

と、旅人は感心した。

「葛城皇子は、背筋が凍るような危機感に襲われていました。皇子の憤怒は一瞬にして消え去り、恐怖の表情に代わりました。葛城皇子の鋭い本能は、蘇我父子の本心を見抜きました。直ちに鎌にこの恐怖を打ち明けました。『鎌、分かったぞ！　蝦夷・入鹿の秘めたる目的は、奴等が大王となり、倭国を百済の属国、蘇我の国家に変えることだ。入鹿はわが母を籠絡した。奴等の次なる手は、……女帝の子の余を抹殺し、女帝に入鹿への譲位をさせるのだ。譲位は群臣の同意と帝の詔（みことのり）があればよい。どうだ、余の読みは？』。鎌はにやりと笑い、頷きました。鎌と皇子の見解は一致していました」

四人は、憶良の講論の展開と、鎌と皇子の凄まじい会話の内容に圧倒されていた。

「書紀にはそこまでは書かれてないぞ。気がつかなかったな……」

と、旅人が驚愕していた。

「葛城皇子は『鎌、母上を入鹿に寝取られた恨みは大きい。だが、より重要なことは蘇我を大王家にしないことだ。私憤よりも公憤だ。余は蘇我腹でない。奴等に殺られる前に、奴等二人を消さねばならぬ。急がねば殺られる。すぐに策を練れ』と、命じました」

「先生、『八佾の舞』や女帝との密通の他に、蘇我が大王家になろうと考えていた物的な証は、何かございましょうか」

と、冷静さを取り戻した家持が、憶良に問いかけた。

(物的な証とは……。若は何と核心に触れる質問をなさるか。よき弟子よ!)

憶良は、成長の速い植物を観るように感嘆し、内心驚喜していた。

「ございます。覚えておいででしょうか。厩戸皇子が編集されました国記と天皇記を、馬子は朝廷ではなく甘樫丘の私邸に保管しておりましたことを」

「覚えておるぞ」

弟の書持の方がすぐに応じた。兄家持も頷いている。

「馬子や蝦夷は遠大な計画を持っていました。もし皇極女帝が、愛人、いや実質夫となっている入鹿に譲位をすれば、国記や天皇記を、蘇我の都合のよいように書き直して、蘇我王朝史をいとも簡単に編纂できまする」

「なるほど。入鹿が女帝と男女関係になったのは、単に色欲を充たすためだけではなく、将来、女帝より譲位の詔を出させ、蘇我王朝にする布石であったか。たしかにその手はあったな。詔は一旦発せられると、取り消し不能であり、不可侵だ」

と、旅人が膝を叩き絶句した。

坂上郎女は言葉もなく、憶良の講論、いや推論の奥深さに息を呑んでいた。

(男たちの権勢欲、権力争いは何と凄まじいものか……)

余談ながら、後に弓削道鏡が、独身女帝の孝謙天皇を籠絡し、この方法で皇位簒奪を謀る様を、家持は目のあたりにする。


憶良は話を本論に戻した。

「鎌と葛城皇子は、入念に、長期及び目先の短期計画を練ったのです。その第一幕が、前回お話した上宮王家抹殺劇です。冷酷非情な野望家の二人にとっては、事件というよりも、仕組んだ活劇――の脚本をしっかりと胸中に書いたと表現した方が妥当でしょう」

「そうか、『事件というよりも仕組んだ劇』か」

「この脚本の筋書き通り、鎌は軽皇子や学友入鹿を懐柔しました。さらに、上宮王家抹殺の功労で、皇極女帝にも中臣鎌子として認知され、無冠ながら宮廷に出入りでき、情報を得るようになっていました。さて第二幕は、いよいよ蘇我蝦夷・入鹿の抹殺劇です……おっとと、今宵はちと長話になりました。若たちお腹も空いたでしょう。あとは次回に致し、鯨鍋を賞味しましょうか？」

と、憶良は少年二人に聞いた。

「先生、大丈夫です。面白いから続けてください。書持よいな……」

「はい」

「では、小休止して続けましょう」

憶良はおもむろに白湯の茶碗を取り上げた。

第八帖　乙巳の変

六月八日、中大兄はひそかに倉山田麻呂臣に語って、「三韓の調を貢る日に、お前にその上奏文を読む役をして欲しい」といい、ついに入鹿を斬ろうという謀をのべた。麻呂臣は承諾した。

（日本書紀　第二四　皇極紀）

（一）乙巳の変

「葛城皇子はすぐに暗殺に走ったのではありません。入念な事前の根回しを行いました」

「ほう、根回しとな……」

「六韜三略に通ずる策謀家の鎌は、――事を起こすには徒手空拳の吾ら二人では何もできませぬ――と忠告しました。最初に取った対策は婚姻でした」

「何と、婚姻？」

坂上郎女は意表を突かれていた。

「鎌は、成人前だが適齢期になっていた皇子に、有力豪族の息女との婚姻を勧めました。閨閥による勢力の拡大です。鎌が選んだ相手は蘇我の分家・倉山田石川麻呂（くらやまだいしかわまろ）家でした」

「前回の講義で、田村皇子（舒明帝）の即位には消極的で、山背（やましろ）大兄皇子を支持したため、蘇我本宗家の蝦夷と不仲になったと記憶しております」

と、家持が応じた。

憶良は、これまで何度も使っている大王家と蘇我家の系図を取り出し、卓上に展げた。

「そうです。倉山田石川麻呂は、蘇我宗本家で大臣の蝦夷とは冷たい親戚関係にありました。しかし、倉山田家は、『倉』の名が示すように、宮廷の税収や、会計、物品の管理を仕切っていたので、裕福な資産家であり、隠然たる発言力ある大豪族でした。本拠は『山田』の里です」

「それで倉山田の家名なのか」

兄弟は一つ一つ納得していた。

「皇極三年（六四四）鎌が提灯（ちょうちん）持ちとなって、倉山田石川麻呂の長女・造媛（みやつこひめ）を葛城皇子の妃（みめ）に欲しいと申し入れました」

「提灯持ちって何ですか」

と、書持が憶良に尋ねた。

「お前はまだ子供だな、男と女の間を取り持つ役だよ」

家持が兄ぶって説明した。

「石川麻呂は、『女が皇極帝の御子である葛城皇子様の妻となるのはこの上もない名誉でございます』と、すぐに応諾しました」

兄弟は——さもありなん——と頷いた。

「ところが、一族の蘇我日向という男が、こともあろうに、婚礼の日に花嫁の造媛を横盗りしました。面目を失ったのは石川麻呂です。葛城皇子に大きな負い目ができました。この窮地を救ったのが、妹の越智娘でした。『皇子様、私でよろしければ姉に代わり嫁に参ります』と申し出たのです。皇子は越智娘を妻としました」

面白い婚姻話に、兄弟は目を輝かせて聴いていた。

「家持、書持。越智娘は、後に持統天皇となられた鸕野讃良皇女のご生母ですよ」

坂上郎女が口を挟んだ。

「さすがは……よくご存じでございますな」

憶良はにこりと笑った。女も男も褒め言葉に弱い性であると承知していた。

「越智娘との婚姻により、葛城皇子は有力豪族、倉山田家の後ろ楯を得ました。鎌の第一の根回しは成功しました」

四人は納得して頷いた。

「次に鎌は、暗殺者になれる、身分のある、剣技に優れた若者をそれとなく探しました」

「身分のある者？　何故だ」

「皇子と鎌は、いかに倉山田石川麻呂を味方にしても、上宮王家抹殺劇のように、甘樫丘の蘇我本宗家の邸宅を襲撃して、蝦夷と入鹿を同時に殺害する戦は至難と考えました。甘樫丘には堀があり、柵が打たれていて、あたかも城塞のようでした。――取るべき手段は、馬子が崇峻帝を暗殺したように、宮廷で入鹿斬殺以外にない――と、二人の意見は一致しました。蝦夷は病気がちで甘樫丘の私邸に籠もっています。――入鹿を殺害すれば、老病人の蝦夷は自滅する――と読んでいました。入鹿を宮廷で暗殺するには、暗殺者は参内できる身分の者でなければなりませぬ。暗殺者として二人が白羽の矢を立てたのは、佐伯連子麻呂（さえきのむらじこまろ）と稚犬養連網田（わかいぬかいのむらじあみた）でした。いずれも古くからの豪族の若者であり、反蘇我派でした」

「なるほど。そういう背景があって子麻呂と網田が選ばれたのか。納得した」

「入鹿は用心深い男でした。馬子、蝦夷、自分と、渡来系ながら三代にわたって政事の実権を振るっていますから、古来の氏族に好感を持たれていないことは承知です。特に上宮王家を抹殺以来、何か不穏の雰囲気を感じていました。それ故、堀を深くし、柵を増やしておりました。宮廷では原則として佩刀（はいとう）は禁止です。しかし執政として最高の地位にいる入鹿は、強引に大刀を帯びていました。蘇我一門は環頭の太刀です。特に入鹿の太刀は見事な飾りで、切れ味は抜群でした。東出雲で産する砂鉄の玉鋼（たまはがね）を鍛えた名刀でした」

「その通りだ。物部の太い束頭の太刀の比ではない。さらに入鹿は剣豪だった」

「したがって葛城皇子と鎌は、――入鹿から、誰が、いつ、いかにしてこの太刀を取り上げるか――

様々な案を検討しました。蘇我馬子が東漢直駒（やまとのあやのあたいこま）を使った崇峻帝斬殺とは比較にならない難しい暗殺です。二人は入念に計画を練りました。『手品のように上手く、気づかれずに佩刀を取り上げねばなりませぬ』と鎌は奇策を提案しました」

(奇策とは何だろう……)

少年二人はのめり込んでいた。

憶良は、間を置いて、

「『喜劇俳優（わざひと）を道化師として使いましょう』と申しました」

「しかし、道化師は参内できませぬが……」

書持が疑問を口にした。

「朝議ではその通りです。しかし、例外があります。儀式の後に宴会などが催される時には、宮中に入れております」

「分かった」

「鎌は、三韓の使節が皇極帝に挨拶に見える接見の儀典に焦点を絞りました。三韓とは朝鮮半島の百済、新羅、高句麗の三国です。鎌は葛城皇子にこう申しました。『この三国は互いに緊張関係にあります。宮中では相互を意識して固い雰囲気になるでしょう。折角三国の使節が揃うおめでたい機会ですから、式典の前から道化師を入れて、柔らかい雰囲気にしておいた方がよいでしょう』と理屈を付けて、『皇子より母上・皇極帝に、接見の儀典前に、道化師を入れることをお願いくだされ。暗殺のことは絶対に気づかれないように、にこやかにまとめなされ』と、葛城皇子に指図しました」

「さすがは六韜三略（りくとうさんりゃく）の達人だな。発想が奇抜だ。その上皇子をも平気で使うとはな」
「鎌の策定した脚本の役者を、一覧表で示しましょう」

蘇我鞍作太郎（入鹿）暗殺劇
脚本および現場指揮者　中臣鎌子
日時　皇極四年（六四五）六月。三韓使節　皇極帝接見の儀典
場所　宮廷大極殿
被暗殺者　蘇我入鹿
入鹿佩刀奪取役　喜劇俳優　お笑い芸人　某
暗殺用刀剣運搬手渡し役　海犬養連勝麻呂（あまのいぬかいのむらじかつまろ）
襲撃者　佐伯連子麻呂
〃　葛城稚犬養連網田
協力者　使節歓迎挨拶口上役　倉山田石川麻呂
現場監督　葛城皇子

旅人一家は、この歴史的な大事件を耳学問や日本書紀で知っている。しかしこれほど複雑な背景があったとは知らなかった。憶良が暗殺の現場をどう説明するか、講論を待った。

「入鹿斬殺の推移は、おおよそ日本書紀に書かれている通りです。佩刀して参内した入鹿に、鎌の筋書き通り、参内の許可を得ていた道化師が近づきました。暗殺劇の成否を決める最初の関門です。喜劇俳優はお笑い芸の名優でした。すでに三韓の使節らをさんざん笑わせて、宮中の雰囲気を和らげていました。道化師はこう申しました
「それは吾が真似をしよう」

と、書持が立った。

「『執政様、女人の帝がお出ましになる前に、お腰にぶらぶらしているなーがい一物を、それがしに預からせてくださいませ』

「お上手でございます。三韓の使節を含め、一同がどっと爆笑しました。一物には女帝と入鹿の情事も懸けられています。入鹿も場の雰囲気に気を緩め、苦笑いしながら佩刀を道化師に手渡しました。道化師は見事な環頭の太刀を股間にぶらぶらさせ、またまた爆笑を誘いました。入鹿は照れ笑いしながら着席しました。皇子と鎌は『上手くいった！』と、心中快哉を叫びました。執政が着席し、大極殿の雰囲気が静まると、御簾の向こう側に皇極帝がお出ましになる衣擦れの音がして、伽羅の香が漂いました。お姿は見えませぬ」

(さすがは憶良様。臨場感に満ちている)

坂上郎女は宮中の様子を脳裏に描いていた。

「葛城皇子は母皇極帝へさらに巧妙な根回しをしていました。病で欠席の大臣蝦夷に代わり、群臣の最年長者である倉山田石川麻呂が、三韓の使節を歓迎する挨拶文を奏上する手はずになっていまし

た。石川麻呂には、――奏上と同時に子麻呂と網田の二名が入鹿に斬りかかる――と打ち合わせ済みでした。蘇我分家の石川麻呂にしてみれば本宗家の打倒です。歳は取っていますがいざ本番となると事の重大さに緊張を押さえきれませぬ」

憶良はぶるぶると震える石川麻呂を演じながら続けた。

「――おかしい。吾が挨拶文を読み始めたら、すぐに子麻呂と網田の二人が入鹿に斬りかかる手はずだが、なぜ斬りかからぬか？――奏上文を持つ手が震え、不覚にも額には汗を流し、声が乱れました。入鹿は咄嗟に異変を感じ、『石川麻呂殿、どうなされた？』と声を掛けました。『いやいや、玉座が余りに近いので、畏れ多くて……』と誤魔化しました」

憶良迫真の演技である。

「――駄目だ！　子麻呂も網田もびびっておるわ――と、葛城皇子は唇を噛みました。――吾が殺るほかなし――と決断しました。咄嗟に飛び出て、隠し持っていた剣で、入鹿の頭と肩を切りつけました。皇子に続き子麻呂らも抜刀し、足に傷を負わせました。……暗殺は難しいものです。いずれも致命傷ではありませぬ。入鹿は転倒しながら玉座に近づき、女帝に『お助けくだされ。私に何の罪があるのでしょうか』と絶叫しました。女帝は『葛城！　何をなさるのか！　そなたは執政を斬るため妾を欺いたな！』と、厳しい目つきで皇子らの暴挙を咎めました」

家持、書持は、具体的な展開に目を輝かせ、身を乗り出していた。

「葛城皇子は『母上、目を醒まされよ。冷静にお聞きくだされ。入鹿こそ母上を誑し、皇位を狙っているのです。蘇我本宗家が天下を盗もうと策しているのです。執政を殺さねばならぬ事情お分かりくだされ』と、大声を上げました。……皇極女帝は驚愕と憤怒と愛憎と自戒で動転されました。すっくと立ち上がり、黙って御簾の奥に消えました。その瞬間、子麻呂と網田が、入鹿に留めを刺しました。暗殺は成功しました。愛人入鹿を見捨てたのです。しかし、女帝は自分の産んだ葛城皇子に、深い不信と憎悪を持ちました」

身の毛もよだつ斬殺と、初めて聴く女帝の心境に、兄弟は慄然（りつぜん）としていた。

「一瞬の惨劇に、群臣たちは凍りついていました。返り血を浴びた二十歳の葛城皇子の顔付きは凄まじく、その鋭い眼光に、軽皇子、古人大兄皇子など皇族や、同席していた群臣たちは怖れおののきました。皇子は血刀を振り上げました」

憶良はまるで皇子のように右腕を挙げていた。

「『皆の者、よく聴くがよい。余は法興寺（飛鳥寺）を本陣として、蝦夷のいる甘樫丘を攻める。余に従う者は直ちに軍備を整え、法興寺に集合せよ』と、叫びました。大きな賭でした。この瞬間、群臣たちは一斉に宮殿から走り去りました」

（まるで絵巻物を見ているような、分かり易く、お見事な語りだわ……）

「入鹿の屍体は庭先に運び出され、一夜雨（ひとよ）に打たれました。権勢の絶頂にあった執政、蘇我鞍作入鹿も、命を失っては一個の物体でした」

「葛城皇子は倉山田石川麻呂や鎌らと、直ちに法興寺に入りました。反蘇我の群臣たちは武装して次々と参りました。法興寺は飛鳥宮の東にあります。宮殿を挟んでその西には甘樫丘の蘇我本宗家が見えます。私邸とはいえ、堀を作り、柵を巡らしていました。あたかも飛鳥宮を睥睨（へいげい）し、見下ろすような城塞でありました。入鹿の佩刀外しと、暗殺に続き、残った蝦夷との一戦が第三の難題でした。しかし、老齢の蝦夷は、群臣たちが葛城皇子に従ったと知り、覚悟しました。自ら館に火を放ち、自決しました」

　憶良は合掌していた。一同も手を合わせていた。

「書紀では蘇我は悪人の如く書かれています。しかし、これまで講義しましたように、仏教や文物の輸入、先進技術の普及、律令の導入など、倭の国の文明化に大きな役割も果たしました。功績は客観的に評価しないと片手落ちになりましょう」

「その通りだ」

「その功績の一つが、馬子が厩戸皇子に著述させました国記と天皇記です。甘樫丘の館から煙が出ているのを見て、鎌が慌てました。『皇子、蘇我の財宝は燃えても惜しくありませぬが、国記と天皇記だけは、皇子に必要です。すぐに手の者を派遣して、救出の確認を』と、要請しました。船史恵尺（ふなのふひとえさか）と申す者が火中に飛び込み、半焦げの国記のみは搬出していました。恵尺は国記や天皇記の編集者の一人で、蝦夷の側に居ましたが、実は鎌の密偵でした。この国記がなければ、古事記や日本書紀などもできていたかどうか分かりませぬ。日本書紀の記載は虚実様々ですが、この厩戸皇子の国記編纂と、船史恵尺による救出の功績は特筆に値します。乙巳（いっし）の変を、壮絶な暗殺劇とだけ見るのではなく、このような面も記憶に留めてくだされ」

（憶良様はいろいろな角度から観られ、客観公平に評価される。女、子供にも分かり易い語り口で説明してくださる。碩学ぶらないのが素晴らしい……）

「さて、乙巳の変により、大王家を凌ぐ巨大豪族の蘇我本宗家は呆気なく消滅しました。わが国の政事は新しい局面を迎えます。随分長話になりましたがこの辺で終わり、鯨料理で一献楽しみましょう」

憶良がそそくさと話を打ち切ったのには理由があった。庭先で空気を裂く、微かな音を耳にしたからである。旅人一家には聞こえていない。

塀の外で、どさっという音がした。

雨戸の向こうから権の微かな声がした。候の憶良でなければ聞き取れない。

「狐が塀を越えようとしたので、仕留めました。ご休心あれ」

土塀の外では傀儡師（くぐつし）の心の臓に手裏剣が刺さっていた。その傍らに女傀儡師が横たわっている。息はなかった。憶良の下男二人が見下ろしていた。女は山辺衆の二人に囲まれ勝ち目はないと、毒を飲んでいた。

大宰帥は天皇の名代である。その館に忍び込む者は、容赦なく、断罪は当然であった。

庭にいた権が、いつの間にか健や水夫を伴って、傀儡師夫妻の屍体の側にいた。

「健、すぐ菰に巻き、夜中の内に那大津へ運べ。後の処理は甚とそちに任せる」

「合点致しやした」

（宗像海人部衆が味方で、吾ら山辺衆は随分助かる）

権は、三十年ほど前渡唐した時の嵐の夜、甚の命を救った憶良の姿を想い出していた。

（人の縁は不可思議だ。清濁併呑する首領の器量、技、決断。吾はなお学ばねば……）

「帥殿、今夜は京師の狐が近くに出て、先刻、権が仕留め。処分しました。太宰府も少し物騒になりました。今後は警備を手厚くなさりませ。専守防衛の気配こそ大事でございます。わが山辺の若者を、どなたにも分からぬように、夜の警備につけましょう」

武将の旅人は事情を察していた。

「相分かった。明日、百代に指示する。では鯨の刺身や鍋でゆっくり飲もうぞ」

（大監大伴百代殿は帥殿の腹心だ。これで太宰府や坂本の館の警備は締まろう）

今は、打てば響く剛胆な盟友二人であった。

第九帖　韓人の謎

古人大兄は私宅に走り入って人々に、「韓人が鞍作臣を殺した。われも心痛む」といい、寝所に入ってとざして出ようとしなかった。

（日本書紀　巻第二四　皇極紀）

（一）國栖

十月ともなると、西国の太宰府でも日によって夕刻は随分冷え込む。憶良の乗っている愛馬の吐く息も白い。

「権、吾らは幼少の頃より雪山の狩りや、長じては吉野の國栖の里で寒の修行などをしておるゆえ、この程度の寒気はいささかも苦ではない。とはいえ講論を始める前に、熱燗一本引っかけたいのう」

「あっしはそれほど寒いとも思えませぬが……」

（やはり歳のせいか。権は若いな……）

旋風（つむじかぜ）が、乾いた土埃とともに、枯れ葉五～六枚巻き上げて去った。


「憶良様、妾には初めての筑紫の冬ですが、九州というのに今夜は結構冷え込みますわね」

「はい。それがしは三年ほど過ごしておりますが、北部と南部では、特に冬場は大違いでございます。ここ筑紫は、冬になると大陸の寒気が玄界灘を越えて、那大津から太宰府へ吹き込んできます。風は大野山に当たって、山麓へ吹き下るのでございます」

「権は庭でご苦労様ね。兄上から『お話の前に二人に熱いものを差し上げよ』と命ぜられました。ちょうど佐保の実家から吉野の葛粉が届きましたので、葛湯を召し上がってくだされ。この筑紫の蓮華の蜂蜜を入れておきました」

「ほう蜂蜜入りの葛湯とはかたじけない。懐かしい味でございますな」

「奈良を想い出されますか」

「いや國栖（くず）の里です。若い頃、暇があると、吉野や熊野の深山を登りました」

（國栖の里？……そうであったか）

國栖は吉野川の上流、奥吉野の村落の総称である。村人たちは葛（くず）の根を掘りあげ、葛粉を作り、飛鳥や奈良の住人に売って生計を立てていた。

坂上郎女は、今は、兄旅人とともに、憶良が山辺衆という候の首領と知っている。

（國栖の山人も憶良様の配下なのか）

憶良は坂上郎女の心を読んでいた。黙って頷き、ふうふうと葛湯を啜った。

「至福の味でございました」

一礼して、豊後の山里で焼かれたという厚地の素朴な湯飲みを返した。

「さて、結構な吉野の葛湯を頂戴しましたが、今夜の講論をはじめ、今後は吉野の地名がたびたび出て参ります。わが国の歴史では飛鳥、奈良とともに重要な土地でございます。吉野は、登ってみれば山全体に霊気を感じます。吾ら歌詠みにとりましては感興大いに湧き出る神秘の地でもあります」

「その通りだ」

いつの間にか旅人が来ていて相槌を打った。

(二) 動転

「では前回の乙巳(いっし)の変を、簡単にお復習(さら)いして、本論に入りましょう」

憶良はいつもの系図を卓上に展げた。毎回見ている家持、書持兄弟は、大王家と蘇我の絡(から)みを視覚ですっかり諳(そら)んじていた。(69頁参照)

(将来、大伴の一族を背負い、大宮人としても要職に就くであろう家持殿には、好むと好まざると、人脈を脳裏にたたき込む癖を付けねばならぬ。上に立つ者の背負う宿命だ——)

憶良は家持兄弟の聡明さに、教え甲斐を感じていた。次第に負荷を掛けていた。

「飛鳥板葺宮(あすかいたぶきのみや)で三韓の使節が皇極帝に貢ぎ物を献上する儀典が催された皇極四年(六四五)、古人大兄皇子は三十一歳でした。葛城皇子より十一歳年上です。系図で明らかなように、古人大兄皇子は舒明帝と蘇我馬子の女・法提郎媛の間にお生まれになった第一皇子でした。蝦夷には甥、入鹿には従兄弟になります。山背大兄皇子も蘇我腹の従兄弟です。だが前にお話しましたように入鹿は山背大兄皇子を嫌い、上宮王家を抹殺しました。蝦夷と入鹿父子は温和な古人大兄皇子を、皇極帝の後の大王に推戴する計画でした。古人大兄皇子の後ろ盾になって政事を操るのです。しかし、皇極帝と密通した入鹿は、古人大兄皇子を差し置いて、自分が譲位を受けることも選択肢の一つに考えるようになっていました」

　四人は一斉に頷いた。

「さて、今日は古人大兄皇子の立場から、乙巳の変の現場を再現してみましょう。進調当日、古人大兄皇子は、玉座の左隣、皇族王族方では最高の席にいました。玉座を挟んだ右隣には、臣下筆頭の執政、蘇我入鹿がいます。玉座の真正面には三韓の使節団が坐っていました。葛城皇子は古人大兄皇子の近くに居ました。奏上文を読み上げる倉山田石川麻呂の態度に不審を懐いた入鹿は、葛城皇子が隠していた太刀を抜いたとき、出口に逃げず、玉座の皇極帝の方に走りました。愛人の女帝に助けを求めたのです。追いついた葛城皇子は背中の方から入鹿の後頭部と肩に斬りつけました。だが致命傷にはなりませぬ。この間に鎌も抜刀して葛城皇子を守るように立っていました」

　四人は憶良の現場描写に引き込まれていた。弁舌も候の技の一つである。滔々と、

「古人大兄皇子は、親密な入鹿が目の前で斬殺、いや嬲り殺しのように数太刀受けて首を刎ねられたのです。余りのおぞましさに、金縛りに遭ったように身動きできず、腰を抜かさんばかりに驚きました。葛城皇子が血刀を振り上げ『余に従う者は法興寺に参れ』と叫んだ声に、やっと吾に返りました。

――これまで吾を支持してくれた蝦夷をどうして攻撃できようか。しかし今の葛城皇子は恐ろしい。吾はどうすればよいのか？――と、逡巡しました。その時です。葛城皇子が振り向いて古人大兄皇子を凝視し、にやっと薄笑いしました。蛇に睨まれた蛙とはこの時の古人大兄皇子でしょう。皇子の背筋に寒気が走りました。――殺される！――と、直感しました。葛城皇子が首を反対側に向けた時、古人大兄皇子は沓を脱ぎ、脱兎の如く宮殿を出て、自邸へ一目散に走りました」

「日本書紀には――古人大兄見走入私宮――と、端的に書かれているな」

学識の深い旅人が父親の顔で口を添えた。

「ほぼ史実通りの記述でしょう。群臣が見ていましたから。自邸に着くと、家族家臣全員が耳にするように大声で叫びました。『韓人が鞍作の入鹿を殺した。わが心は痛む。ここも襲撃されるかしれぬ。すぐに門を閉じよ』と、命じました。門を閉じたところで気休めにしかなりませぬ。古人大兄皇子は生きた心地がしませぬ」

家持、書持は、いつしか追い詰められた古人大兄皇子の心境になっていた。

「動転しながらも、皇子は生きる思案をしました。――できるだけ早く、剃髪して仏門に入り、吉野の里に逃げて隠栖する――と、決断しました」

（三）皇位の行方

「翌日、法興寺に陣を敷いた葛城皇子の許へ群臣たちが参集したと知り、蝦夷が甘樫丘の自邸に放火し、自害したことは申しました」

兄弟は大きく頷いた。

「宮廷で流血の惨事が起きた責任をとって、皇極女帝は退位をご決心されました。群臣たちは、――次の大王には入鹿を殺害した葛城皇子を指名されるであろう――と推測しました。しかし、皇極女帝の心中は怒りに荒れ狂っていました。三韓の使節や群臣の面前で、愛人入鹿との情事をわが子に詰問され、入鹿を斬殺されたのです。――葛城や鎌は妾を欺き、鞍作の太刀を取り上げた。入鹿を殺さなくても政事を掌中にする手段はあったはずだ。わが子ながら、葛城に皇位を譲るわけにはいかぬ出自の事情もある。将来も決して譲らぬ――と、固く心を閉ざしました」

（おやっ？……譲るわけにはいかぬ出自の事情？……はて……）

坂上郎女が尋ねる間もなく、憶良の話は進んでいた。

「策略家の鎌は実に賢明でした。『急いては事をし損じるとか、急がば回れとの諺がございます。皇子はまだ二十歳で、お若い。群臣におだてられても、暫くは待たれよ』と、葛城皇子の即位を事前に制止しておりました。天皇の候補は舒明帝の第一皇子である古人大兄皇子と、皇極帝の弟・軽皇子の二人に絞られました」

（憶良様の講論は、なんと分かりやすいことか――）

「鎌は、山背大兄皇子抹殺事件に積極的であった軽皇子の、皇位継承意欲をよく知っていました。したがって、葛城皇子の名代として軽皇子に打診しました。ところが予期に反して辞退されました。『皇統の系譜から申せば舒明帝の御子であり、年長の古人大兄皇子が優先されないと、世間の筋が立ちますまい』との口実でした。これは葛城皇子と鎌にとっては想定外でした」

「なるほど。軽皇子は、一旦は断ったのか……」

「それ故、鎌は直ちに古人大兄皇子に打診しました。皇子は身を震わせて『私は皇位や政事に興味は毛頭ございませぬ。すぐに法興寺へ参り、太刀を献上し、剃髪して仏門に入ります』と申され、実行し、そのまま家族と家臣を連れて吉野へ隠栖されました。かくして、軽皇子が即位され、孝徳大王と称されました。ここまでは理解されましたか」

と、憶良は家持兄弟の顔を見た。

「はい」

「このどさくさの皇位継承の機に紛れ、葛城皇子は『中大兄皇子』と僭称（せんしょう）されました」

「先生、『せんしょう』と言うのはどういうことですか」

と、書持が訊いた。

「朝議などの正式の手続きをふまずに、勝手に肩書きを名乗ることだよ」

と、兄の家持が説明した。

「その通りです。鎌の入れ知恵で、ご生母皇極帝・宝皇女の別称である『中皇命（なかすめらみこと）』の『中』をつけて、皇位継承権があるかの如く表明されたのです。同時に、『中』は鎌の姓の中臣、つまり地方神官たちを統べる皇子の印象を、民に与える広報の効果を狙ったのです」

（それで憶良様は舒明帝と宝皇女の仲睦まじいお歌の時に、さりげなく、『中皇命』のお名を出されたのか。憎らしいまでの布石だわ……）

「まことに巧妙な僭称(せんしょう)でございますわね……」

「実は『中』は異母兄古人大兄皇子と実弟大海人皇子の中間の皇子という意味かと思っていたが、……そうであったか」

と、旅人が納得していた。

(首領は中大兄皇子の仮面を、少しずつ、剥(は)いでいるな……)

と、庭の権は感じていた。

(四) 吉野の惨劇

憶良の講義は佳境に入っていた。

「剃髪出家し、家族家臣を連れて吉野の山奥に逃げた古人大兄皇子は、――これで一命は助かった――と安堵しました。しかし皇子は大きな誤算と失策をしていました」

憶良は一息、間を置いた。聴き手に一瞬でも考えさせる憶良流の指導法であった。

「何が誤算と失策なのか吾には分かりませぬ」

と、弟の書持が応えた。

「古人大兄皇子は、中大兄皇子と鎌の二人が共有する、『蛇のような執念深さ』までは気がついていませんでした。――まさかこの山奥まで、出家した吾が命を取りに来ることは、まずなかろう――と、自分に甘い判断をしました。中大兄皇子と鎌、二人の残虐性は分かっていても、何を企んでいるのか、本心までは読めなかったのです」

「なるほど。で失策は？」

「多数の舎人を引き連れたことです。主な家臣の名を書きましょう」

憶良は木簡に墨書していった。


蘇我田口川堀（そがのたぐちのかわほり）、吉備笠垂（きびのかさのしだる）、倭漢文直麻呂（やまとのあやのふみあたいまろ）、朴市秦造田来津（えちのはたのみやつこたくつ）、物部朴井椎子（もののべのえのいのしいのみ）

「氏族名をよくご覧ください。吉野へ随行した舎人は、いずれも大小名門豪族の子弟でした。この中で朴市秦造田来津（たくつ）の名は、後日第十六帖『白村江惨敗』にも登場しますので、頭の片隅に記憶しておいてくだされ」

「はい。分かりました」

（憶良様は興味の関連付けがお上手だわ）

坂上郎女は感心しながら「田来津」の名を頭に入れた。

「さて——仏門に入った——と公言されても、大勢の舎人を引き連れては、猜疑心の強い人間には通用しませぬ。案の定、中大兄皇子と鎌は、ほくそ笑みました。策謀家の鎌は、罠を仕掛けました」

「罠だと……」

家持、書持は、まるで物語を聞くような興味で、憶良の講論にすんなりと付いていた。

「鎌は、古人大兄皇子の舎人（とねり）の中で、最も立身出世を望んでいた若者を選びました。吉備笠垂（きびのかさのしだる）でした。

鎌は手下の候を使い、密かに垂に接触しました。『古人大兄皇子は謀反を企んでいる』と偽の密告をすれば、垂に恩賞を与え、身分の保障と出世を約束したのです」

「それは密告というよりも誣告――でっち上げの密告――ではありませぬか」

と、家持が異を述べた。

(密告と誣告の差異をご存じとは、少年なのに驚くほど博識だ!)

憶良は舌を巻いた。

「その通りです。温和で小心な古人大兄皇子は、吉野で家族や家臣と身を縮めるように暮らしていました。謀反など毛頭考えていませんでした。――あの中大兄皇子の冷たい蛇の眼のような妖しい光が恐ろしい――と、恐れていました。しかし、身の回りの世話とはいえ、舎人やその兵十数名を連れていたのが仇になりました。中大兄皇子や鎌につけ込まれる原因となったのです」

「鎌は他の家臣には働きかけなかったのですか?」

家持がすぐに疑問を口にする。

「いいご質問です。鎌は頑固者の蘇我田口川堀を除き、他の舎人たちにも、褒賞と生命安堵を餌に、離反を画策しました。具体的には『もし、襲撃されたら、防戦せずに逃げよ』と、打ち合わせました」

「まあ、鎌は何と汚い手を……それが六韜三略とか申す中国の兵法でございますか」

「そうです。六韜は実戦の兵法書ではなく権謀術策で相手を斃す書です。このように鎌は周到な根回しをして、入鹿斬殺の僅か二カ月後の十一月、古人大兄襲撃隊を吉野へ向かわせました。隊長は乙巳の変で活躍した佐伯子麻呂と阿倍渠曽倍。兵四十名ほどを付けました。突然襲撃してきた兵士たちを見て、側近の舎人たちは、鎌と打ち合わせの通り逃亡しました。残って戦ったのは、蘇我田口川堀とその兵若干名だけでした。古人大兄皇子や妃、王子、王女、召使いたちは次々と斬殺されました」

「何と酷いことを……可哀相に……」

女の坂上郎女は絶句し、顔を覆った。

「ただお一人、無傷で救出された方がおりました」

坂上郎女と家持兄弟がほっと息を吐いた。

「御年十二歳の王女、美少女で宮廷中に知られていた倭姫王でした。中大兄皇子は襲撃団全員に『倭姫王には、手を掛けるでないぞ。必ず無傷で連れて参れ。粗略にしてはならぬぞ』と、厳命していました」

「何故、倭姫王お一人だけ助けたのですか?」

「書持どの、大変重要な、よい質問です」

老練な憶良はまず弟書持を賞めた。

「答えは今回の講論の核心に絡むことなので後刻説明します。今はちょっとお待ちください」

(憶良様がこういう話し方をされる時には、何か相当の秘密がありそうだわ……)

坂上郎女は好奇心をそそられていた。

「こうして蘇我蝦夷、入鹿が後ろ盾になっていた蘇我腹の古人大兄皇子とご一家は、同じく蘇我腹の山背大兄皇子の上宮王家と同様に、地上から抹殺されました」

家持、書持は、両王家殺害の現場を想像し、中大兄皇子と鎌の残忍さに圧倒されていた。

（五）軽皇子（かるのみこ）の即位

「鎌は、以前、請安の学堂からの帰途、葛城皇子が砂の上に書いた五名を、半紙に書き出し、×符合を付けました」

×山背大兄皇子　×古人大兄皇子　軽皇子　×蘇我蝦夷　×蘇我入鹿

「鎌はニヤッと笑って、軽皇子の上に●印を付けました。中大兄皇子は頷くと、その紙を燭台の灯で燃やしました」

旅人一家は、この陰湿な光景を想像して、背筋が寒くなっていた。

「かくして軽皇子が、姉である皇極帝から穏やかに譲位される形で即位され、孝徳大王と名乗られました。中大兄皇子と鎌は、大臣蝦夷の後任人事を直ちに決めました」

左大臣　阿倍倉梯麻呂（くらはしまろ）　（在来系豪族）
右大臣　蘇我倉山田石川麻呂（くらやまだいしかわまろ）　（中大兄皇子の岳父）
内臣　　中臣鎌子
国博士　新漢人（いまきのあやひと）・旻（みん）　（留学僧旻　鎌の師）

国博士　高向玄理（留学僧）

「大きな事件が続いた後だけに、二人は在来豪族に気を配り、温厚な大豪族・阿倍倉梯麻呂を左大臣に登用し、渡来系との均衡をとりました。内臣と申す職位は律令の規定ではございませぬ。大王の側近とでも申しますか、参謀です。僧旻は鎌の師であり、高向玄理も留学帰りの学者です。高向姓は漢人です。孝徳帝と実質皇太子役の中大兄皇子は、この組閣で、『大化の改新』と呼ばれる律令政治に取り組みました」

旅人が怪訝な顔をして、やおら質問した。

「これは永年疑問に思っていたことだが、……律令政治であれば、僧旻や玄理よりも、南淵請安が国博士として適役であろう。皇子や鎌の師である請安の名がないのは何故か？」

「まことに核心を突かれています。中大兄皇子、当時の葛城皇子も鎌も、請安自慢の弟子でした。二人は請安に国博士の就任を懇請しました。しかし、請安は固辞しました。請安は、中大兄皇子と鎌が、権力を掌中に収めるためにとった陰険冷酷な、おぞましい殺戮の数々を嫌悪していました。――律令政治を始める前に、人間として人倫に反する行為だ。吾、請安が教える儒教の道ではない――と考えていたのです」

「そうか。よく分かった。旻とは大違いだな」

（何を質問しても、憶良様の解説は実に単純明快で気持ちがよい。兄上が全幅の信頼をされるはずだわ――）

坂上郎女だけではない。少年家持、書持も容易に理解していた。

(六) 韓人(からひと)の謎

「中大兄皇子が古人大兄皇子一家を抹殺した理由の一つは、古人皇子が皇位継承候補の第一順位であったからです。しかしそれより重大なもう一つの理由は、古人皇子が中大兄皇子の出自の秘密を公然と暴露したからです。触れてほしくない秘事ゆえ激怒させたのです」

「出自の秘密だと?」

「はい。乙巳の変で直接入鹿を斬ったのは中大兄皇子と佐伯子麻呂です。子麻呂は倭人です。三韓の使節たちは手をくだしていないことは群臣が見ております」

憶良はいつものように間を置いた。

「すると、古人大兄皇子が叫ばれた『韓人(からひと)が鞍作(くらつくり)を殺した』との『韓人』は中大兄皇子になるが……」

と、弟の書持が半信半疑の声を出した。

「その通りです。中大兄皇子は渡来人の子です。実は鎌子も韓人なのです」

「まっことか!」

と、旅人が驚愕した大声をあげた。

「はい……。これは皇統だけでなく、今を盛りの藤原の機密に係わることゆえ、皆様くれぐれも、ご内密にされてくだされ。第二十三帖『落胤』でまとめてお話します」

憶良は、四人の驚きと興奮を抑えながら、口止めを約束させた。

「人は、命の危険を感じたときには嘘は申せませぬ。古人大兄皇子は、入鹿殺害の一部始終を目の前でご覧になられ、これまで心の裡に秘めていた葛城皇子（中大兄皇子）出生の真実を、つい口走ったのでございます」

「ということは『韓人が鞍作臣を殺した』と大声をあげなければ、これほど短兵急に抹殺されなかった――ということか？」

「その通りです。皇位継承権を放棄した在家の剃髪僧、沙弥として処遇する手もあったのです」

旅人一家は、事件の暗い奥深さを予感し、緊張していた。

「次に、中大兄皇子が古人大兄皇子一家を殺害した中で、倭姫王を助命した背景を説明します。書持殿よろしいな」

前にこのことを憶良に質問した書持は、大きく頷いた。

「葛城皇子すなわち中大兄皇子は、皇籍では舒明帝と皇后宝皇女（皇極帝）の間の御子です。お望みになれば、どのような皇族や大豪族からでも妻を求めることができるはずです。いや皇族や大小豪族の方から競って妃に女を差し出す話があっても当然の筈です。……ところが十七〜八歳前後にそのような話は皆無でした。……乙巳の変の時には二十歳でした。すでに倉山田石川麻呂の女、越智娘を妃にしていましたが、これは鎌の仕掛けた政略結婚です。しかし、蘇我の出自では、皇后にはなれませぬ。皇位を狙う中大兄皇子には由緒ある皇族の皇女が正妻に必要でした。ところが、どの皇族や王族も、当時の葛城皇子をそれとなく忌避敬遠していたのです」

（血統からすれば、ご縁談がなかったのは、確かにおかしいわ……）

大伴氏族本家の女だけあって、坂上郎女には憶良の説明はすぐに理解できる。

「中大兄皇子は、倭姫王が美少女であるから――という理由だけで選んだのではありませぬ。見染めて愛情があったのではありませぬ。将来の皇后として政略的に必要だったのです。それは皇子のご生母が皇后宝皇女であっても、ご実父は舒明帝ではなく、渡来人、韓人（からひと）であったからです。したがって中大兄皇子が皇位継承候補となるためには、この弱点を補うため実母だけでなく、正妻も皇統に繋がる――と血統を補強する必要があったのです」

（血統の補強！　そうであったのか……）

旅人も坂上郎女も、唖然（あぜん）としていた。

「では……実の父はどなた……ぞ？……」

「高向王と申す百済王族です。高向玄理などの一族の長でございます。宝皇女は舒明帝と一歳違いで、幼なじみでございました。舒明帝は田村皇子の頃から宝皇女を正妻に迎えるつもりでいました。ところが婚姻の直前、宝皇女は、渡来人の高向王にぞっこん惚れて、同棲したのです」

一家四人は皇室の裏話を初めて知った。

「高向王と宝皇女の間には、長い間皇子は生まれませんでした。宝皇女が三十過ぎの時、やっと懐妊し、男児を出産しました。漢皇子（あやのみこ）と命名されました。しかし、ほどなく高向王は病没されました。

……その間、田村皇子はすでに蘇我馬子の女、法提郎媛(ほてのいらつめ)を妃とされ、お二人の間には古人皇子が生まれていました。田村皇子は宝皇女の面影が忘れられず、正妻はまだ迎えていませんでした。……幼馴染みの宝皇女が未亡人となったので、正妻に迎えたのです。その時漢皇子は三～四歳の幼児でした。まもなく田村皇子は舒明帝になられます。帝は心優しい方で、連れ子の漢皇子をわが子の如く育てられました」

（帝は純愛を貫かれた方だ——）

坂上郎女は感動して聴いていた。一言一言、脳裏に染みこんでいた。

「宝皇女は、初恋の人、舒明帝の御子を懐妊したので、漢皇子を乳母の里、葛城氏に預けました。その時漢皇子から葛城皇子と名を変えられたのです。一方、宝皇女にお生まれになったのは間人皇女(はしひとのひめみこ)です。宝皇女は舒明帝との間に、さらに男児もお産みになりました。大海人皇子(おおあまのみこ)です」

憶良は半紙を取り出して、次のように系図を書いた。

「憶良殿、この裏系図は真実か？」

「そうです」

旅人は腕を組み、しばらく黙考していた。余りにも衝撃的であった。

「宝皇女が漢皇子を連れ舒明帝と再婚された時、古人大兄皇子は何歳ぐらいだったのか」

「十四～五歳でございました」

「今の家持あたりの年頃だったか。すると、古人大兄皇子は、中大兄皇子の出自を、宮中で、よく知っていたことになる」

「その通りでございます」

「皇籍上は古人大兄皇子と中大兄皇子は異母兄弟になる。しかし実際には血の繋がりは全くない赤の他人だな。それ故に、中大兄皇子は古人大兄皇子一家を冷酷に惨殺できたのか」

家持、書持は、父と憶良の会話を十分咀嚼、理解していた。

「憶良様、無学の妾にも、乙巳の変とその後の古人大兄皇子ご一家の吉野惨殺、倭姫王のみ助けた事情……などがよく分かりました。それにしても、同性の身として、孤児になられて、父殺しの張本人である中大兄皇子に引き取られた倭姫王の、ご心境いかばかりでございましたでしょうか。年頃は家持、書持あたりの、世間を知らない初なお姫様でございましたでしょう……その年頃の妾では、とても耐えがたいことです……」

家持、書持の兄弟もまた同年配の倭姫王のことを気にしていた。憶良には表情で分かる。

(こうして倭姫王の存在が、若たちの脳裏に記憶される)

と、憶良は教育者として自己満足していた。

「倭姫王様は、後に天智帝の皇后となられましたが、皇子はお産みになっていませぬ」

「天智帝を愛されたと仄聞していますが……」

「表面上です。実は最期に天智帝を殺害されます。復讐でした」

「えっ！　真実か！……天智帝は病没されたのではないのか？」

憶良は、ゆっくりと首を横に振った。

皇籍系図

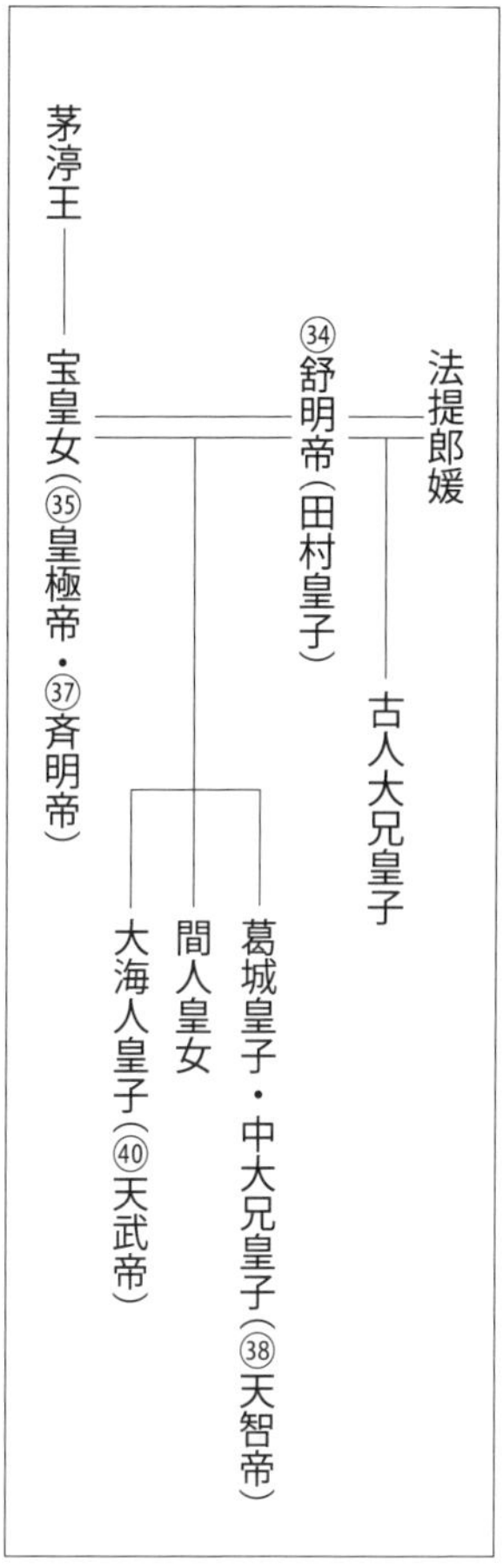

茅渟王
宝皇女（㉟皇極帝・㊲斉明帝）
㉞舒明帝（田村皇子）
法提郎媛
古人大兄皇子
葛城皇子・中大兄皇子（㊳天智帝）
間人皇女
大海人皇子（㊵天武帝）

裏系図

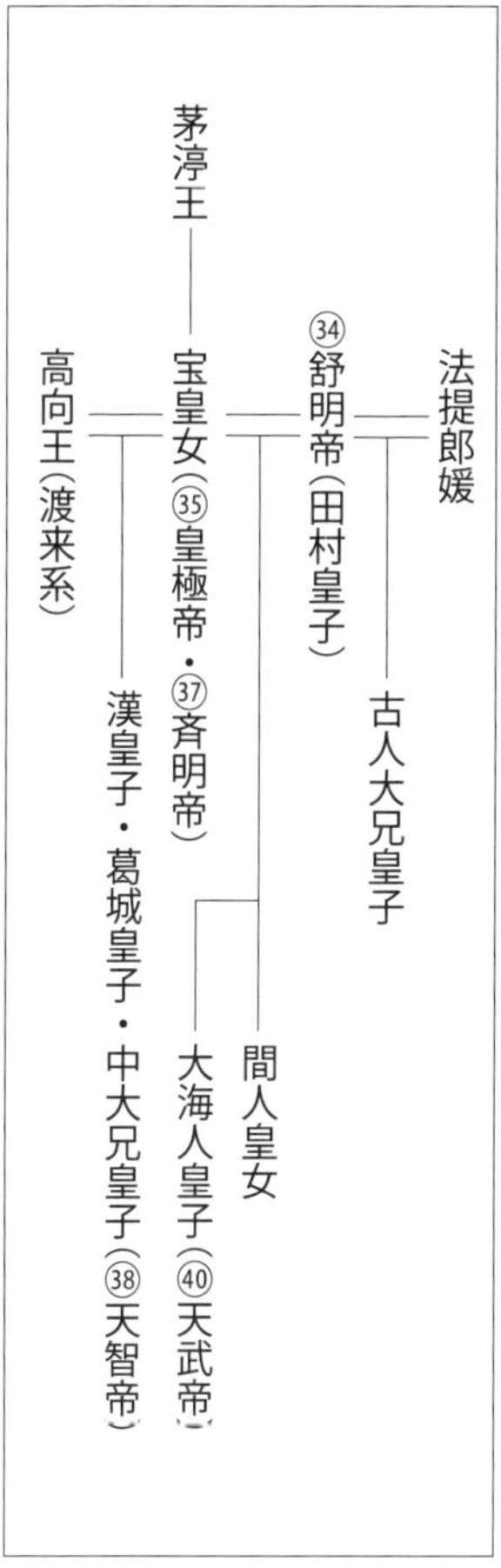

茅渟王
高向王（渡来系）
宝皇女（㉟皇極帝・㊲斉明帝）
㉞舒明帝（田村皇子）
法提郎媛
古人大兄皇子
漢皇子・葛城皇子・中大兄皇子（㊳天智帝）
間人皇女
大海人皇子（㊵天武帝）

次々と予期せぬ話題が提供され、坂上郎女の好奇心は燃えさかっていた。

「後日、第十八帖『木幡（こはた）の空』で詳しくお話します。この倭姫王の報復を手助けしたのが、実は國栖人たちだったのです」

「何だと！……まさか、……素朴な吉野の里人が！」

一家の驚きを横目に、

「ではこの辺で、今回の講論『韓人の謎』をお開きにしましょう。次回をお楽しみに」

憶良は平然として系図をたたみ、懐に入れた。

「またまた憶良様は、大きな謎を私どもに残されましたわ。最後の最後までお講義を欠席できませぬわ。それではお帰りの前に、もう一度熱い葛湯をお召し遊ばせ」

と、坂上郎女は憶良に流し目を送った。


庭の権は、にやりと笑って腹の中で呟いた。

——國栖の里人は昔から弱い者に心優しい者たちですぞ。その上、正義感は強く、候の修行者も沢山おりますぞ——

いつしか北風は収まっていた。

第十帖　禁忌の密通

> 梏着け我が飼ふ駒は引出せず我が飼ふ駒を人見つらむか
> （孝徳天皇　日本書紀　巻二五　孝徳紀）

（一）茅渟の海

憶良の到着を待ちかねていたように、坂上郎女が奥座敷に姿を見せた。

「憶良様のご指図とか申して、先刻、那大津から、船長の甚の水夫が、生きのよい黒鯛を沢山届けてくれました。今夜は鯛の刺身に潮汁でお酒を楽しめると、兄上もご機嫌でございます。当地でも黒鯛をチヌと申すのですね」

「はい。チヌは西海道でも使われるほど馴染みの呼び名でございます」

「水夫の言では、『必ず夕刻までに坂本の館に届けよ』と厳命されたようですが、今宵のお話と何か係わりがございましょうか」

「さすがは坂上郎女様。ちょうどよい機会ゆえ、講論の前に、若たちともに、茅渟にまつわる雑談を致しましょう。書持殿はチヌをご存知でしょうな」

書持が少しムッとして応えた。

「黒鯛の別称と知っています。和泉国の者から佐保の館へもよく届いていました。味も、旨い魚です。」

チヌがよく獲れるので、和泉の沖の海を茅渟の海ということも」

「お見事です。では和泉の国の黒鯛が、なぜ茅渟と呼ばれているか、家持殿はご存じか」

「詳しくは存じませぬが、神武天皇のご東征に関係があるやに聞いた覚えが……」

「その通りです。では、その神話伝説をお話しましょう」

憶良は空咳をした。それを合図のように、坂上郎女、家持、書持が姿勢を正した。


「古代の人たちは和泉国から遙か淡路島の間の海を、『茅渟の海』と呼びました。勿論、和泉という地名がなかった大昔です。海は川と関係が深いので、地理を考えてみましょう」

憶良は半紙右端に「奈良盆地」、左端に「茅渟の海」と書いた。

「奈良の盆地を流れる飛鳥川、初瀬川、佐保川、富雄川、生駒川などの水は、次々と合流して大和川となり、生駒山を横切って西へ流れ、茅渟の海へ滔々と注いでいます」

憶良は、三人がよく知っている奈良の川から始めた。地図に生駒山と大和川を入れた。

「大和川の河口が……」

「御津（堺）の港です」

書持がすぐに応えた。

「左様。瀬戸内から茅渟の海に入った大船は、難波津や御津に碇を下ろします。人や荷は積み替えられ、官道の竹内街道（たけのうちかいどう）を奈良に上がります。御津は古代から重要な港でございました」

三人は百も承知という顔付きである。憶良は平然と河口に「御津」と書き、話を続ける。

「御津の港から南へ続く白砂の濱が……」

「御津の濱松」

書持が元気よく声を出す。

「左様。さらに南下すると……」

「高師浜です」

今度は兄の家持が応えた。

「大和川から高師浜近くの大津川（泉大津）にかけての地域は、古代には沼や潟（がた）が多く、千沼（ちぬま）と呼ばれていました」

憶良は地図にこれらの地名を書き加え、

「沼や潟には小魚が育ち、これを追って黒鯛のような大魚も来ます。この豊かな千沼に糧を求め、海人部（あまべ）族が住み着きました。地名から茅渟（ちぬ）族と呼ばれました」

「茅渟は古代部族の名でございましたか……納得しました」

「伝説によれば、後に神武天皇と呼ばれました神日本磐余彦（かむやまといわれひこ）は、兄の五瀬命（いつせのみこと）と九州の日向（ひゅうが）（宮崎県）

を発ち、瀬戸内を経て、難波に上陸、大和を目指しました。若たちは、これとは逆の船旅をされて、ここ太宰府へ来られましたから、大昔の船旅の大変さは十分お分かりでしょう」

　兄弟は、憶良の発言に共感していた。

（この年頃で、これほどの長旅と、異郷の生活を経験している少年は、わが国ではいない。脳が活性化している。理解力も集中力も桁外れの秀才だ。語り甲斐がある）

「しかし、五瀬命と磐余彦には、大和は初めての土地でした。河内の孔舎衛坂（東大阪市日下）で、出雲族の前線部隊長であった長髄彦と戦い、打ち負かされて敗走しました。五瀬命は脛に矢傷を負って、やっとのこと大津川の河口にたどり着きました」

　三人は武人の子や女である。惨めな敗軍の姿を冷静に脳裏に描いていた。

「この地の住民であった茅渟族は、磐余彦の敗軍に、様々な食料を提供しました。その中に茅渟鯛と呼ばれていた美味の黒鯛があったのです。当時から、この豊饒の海は『茅渟の海』と呼ばれていたのです」

「そうしますと、磐余彦の軍は、千沼で軍勢を立て直して、更に南下し、熊野へ入られ、吉野を経て、背後から長髄彦を襲い、滅ぼしたのでございますか」

「そうです。ただ五瀬命は熊野へ入られる前に亡くなられました。この神武東征の際の故事によって、大和朝廷の成立後は、皇室の膳部へ納められる黒鯛は、茅渟族が扱う特権を与えられました」

　三人は大きく頷いた。

「時移り、茅渟族の地は和泉国となり、大伴氏の所領となりました。茅渟の海はいつしか『大伴の海』

とも呼ばれ、御津の海岸の松林は『大伴の御津の濱松』と愛称されるようになりました」

襖が開いた。

「そのことよ。『茅渟の海』は今でも吾が海ぞ」

と、相槌を打って旅人が入室した。

突然、家持がパンと自分の膝を叩いた。坂上郎女と書持が吃驚して家持を見た。

「先生、茅渟鯛が今日のお話に関係するのが分かりました」

家持の声は自信に満ちて、嬉しそうであった。

「これまで何回か、先生の書かれた皇室の家系図を拝見しました。宝皇女すなわち皇極女帝と、弟の軽皇子すなわち孝徳帝のお父上は、茅渟王であったと想い出しました」

「お見事です。更に申せば、孝徳帝は、この茅渟の海をこよなく愛されたのです」

（憶良様は、黒鯛のチヌを種に、神武天皇の東征伝説から、茅渟王という覚えがたい皇統のお名前まで、一気に関連づけて記憶させる。なんという素晴らしい教え方であろうか。さすがは長屋親王様のお眼鏡にかなった東宮侍講だわ）

才女坂上郎女は、また一つ学んだと思った。

（二）難波遷都

「それでは茅渟鯛にまつわる駄弁はこれぐらいで打ち止め、今日の講論に入ります」

旅人一家四人の顔が引き締まった。

「皇極四年（六四五）は、まことに凄まじい年でした。六月十二日乙巳の変。すなわち宮中で実権者の執政・蘇我入鹿斬殺。翌十三日、大臣・蝦夷自害。続く十四日、古人大兄皇子出家、慌てて吉野へ隠栖。その結果、軽皇子が孝徳帝として即位。葛城皇子は僭称で中大兄皇子と名乗られ、実質皇太子となります。僅か三カ月後の九月十二日、古人大兄皇子一家惨殺。これが前回までの粗筋です」

憶良は、家持、書持の顔付きで、十分復習していると判断した。

「それがしは、葛城皇子の血統と僭称の二面から、心ある在来豪族の一部の方々と同様に、中大兄皇子の呼称に違和感を持っています。それゆえ今後は『中大兄』と申して『皇子』を外しますゆえ、内々にご了解ください」

「相分かった。よかろう」

と、旅人が同意を示し、三人が頷いた。

「乙巳の変は、支配者階級内での政権の争いです。中小豪族や庶民が支配者を斃したのではありませぬ。政権は新大王の軽皇子・孝徳帝と中大兄に移りました。まずこの点を頭に置いてくだされ。世間はこの政変に続く改新の詔の事業に心を奪われがちです。しかし、それがしは、改新の詔だけでなく、他の事件にも注目しています。時系列で示しましょう」

憶良は半紙にさらさらと書いた。講義の後には家持が綴り、復習することを知っている。

乙巳の変、軽皇子孝徳帝即位　皇極四年（六四五）六月

間人皇后入内　大化元年（六四五）七月
古人大兄皇子一家吉野惨殺　大化元年（六四五）九月
難波遷都　大化元年（六四五）十二月
大化改新の詔　大化二年（六四六）正月
左大臣、右大臣の薨去　大化五年（六四九）三月
中大兄と百官**飛鳥へ引き揚げ**　白雉四年（六五三）
孝徳帝憤死　白雉五年（六五四）十月

「今回は太字で書きました難波への遷都、飛鳥への引き揚げ、及び孝徳帝の憤死まで、軽皇子・孝徳帝を主題に十年間を語ります。改新の詔と左右両大臣の薨去については、政事の視点から次回第十一帖で詳しく述べましょう」

「なるほど、それはいい案だ。聞く方には分かり易かろう。こうしてみると中大兄には次々と死の影がつきまとうな」

旅人が同意し、率直な所感を口にした。

憶良は、旅人の所見に軽く頷くと、講論を続けた。

「さて、念願の大王の座に着かれた軽皇子は、得意の絶頂にありました。しかし、飛鳥板葺宮に足を運ぶと、中大兄の振り上げた血刀が、まざまざと目に浮かびます。古人大兄皇子が慌てふためいて裸

足で逃げる姿や、吉野惨殺の悲劇も想い出されます。――飛鳥は嫌な土地だ。離れたい。吾が所領や邸宅は河内にある。父君の名に因(ちな)む茅渟海に面した難波に都を移したい――と真剣に考えられました」

現代的に表現すればトラウマであろう。心の病である。

「孝徳帝は難波遷都の案を遠慮がちに中大兄に相談されました。内心反対されると覚悟していました。ところが中大兄はこの遷都案に直ちに同意しました。何故か分かりますか？」

家持と書持は首を振った。

「中大兄と鎌は大胆な反面細心でした。蘇我父子の断罪や古人大兄皇子一家惨殺事件を、群臣が板葺宮の内外で、いつまでも興味本位に話題にすることを避けたかったからです」

「なるほど。帝の気持ちも中大兄の気持ちもよく分かる」

「それに、飛鳥の宮殿の周辺には、前にもお話したように、東漢(やまとのあや)など蘇我の配下であった渡来人が沢山住んでいます。古人大兄皇子に同情する在来の豪族もいます。彼らの報復が懸念されました」

「確かに血は血を呼ぶ。中大兄は、表面は強気を装っていたが、内心は怯(おび)えていたのだな」

「御意(ぎょい)。難波への遷都は、これまでのような飛鳥の土地で皇居を移す話と異なります。一家一族をあげての新居建築と引っ越しです。大変な費用や手間の負担になります。遷都は彼らの頭から乙巳の変の二つの惨劇を完全に忘却させたのです」

「そうか。移転の苦情は帝(みかど)の責任に転嫁すればよいのだから、中大兄や鎌にとっては、孝徳帝の提案された難波遷都案は、一時的には大歓迎だったわけだ」

「茅渟王を父に持ち、茅渟海を愛でた孝徳帝の難波遷都は、同年冬十二月、実行されました。後に白雉二年（六五一）新宮殿の難波長柄豊碕宮に移りますが、当初は仮の宮でした」

「ともかく、百官が揃って難波に移ったとは壮観でもあるな」

「相当な決断と実行でございました。この間、新しい支配者たちの腹の裡を見落としてはいけませぬ。平たく申せば、女による閨閥の強化です」

（閨閥の強化？……憶良様の視点はまたまた面白いわ……）

（三）閨閥の強化

「山背大兄皇子一家抹殺。蘇我蝦夷・入鹿の謀殺。古人大兄皇子の逃亡と一家抹殺。あっという間に大王になった軽皇子は、愛妻小足媛を、鎌の夜伽に再三差し出した成果があったと、喜びました。しかし、全てが鎌の筋書き通りに進行していくことに、居心地の悪い一抹の不安を感じていました。

——天皇に即位できたのはありがたい。だが、自分は先帝・舒明帝の皇子でもなく、大兄でもなかった。皇位を揺るぎないものにするには、皇后となれる皇女を欲しい。今の妻、小足媛は、左大臣阿倍倉梯麻呂の女であり、妃としては申し分ないが、他の豪族の女も妃として、背景を固めたい——とも考えました」

（まあ、何と図々しいお考えか……）

坂上郎女は軽皇子、孝徳帝に生理的な嫌悪を感じていた。

「皇統を継ぐに相応しい血統でない劣等感を、妻の血統で補おうという点では、僭称皇太子の中大兄も同様でした。孝徳帝、中大兄と鎌の三人は謀議して、女たちの入内方針を決めました」
憶良は筆を取り、半紙を埋めていく。四人の目が筆の穂先を追った。

閨閥強化の一覧表

天皇　孝徳帝　（皇極女帝の弟）
当時　妃　小足媛（左大臣阿倍倉梯麻呂の女）
対策　皇后　間人皇女（皇極帝の皇女。中大兄の同母妹）
　　　妃　乳娘（右大臣蘇我倉山田石川麻呂の女）

皇太子　中大兄皇子　（皇極女帝の実子）
当時　妃　越智娘（右大臣蘇我倉山田石川麻呂の女）
　　　妃　倭姫王（将来の皇后予定　古人大兄皇子の皇女）
対策　妃　造媛（右大臣蘇我倉山田石川麻呂の女）
　　　妃　姪娘（右大臣蘇我倉山田石川麻呂の女）

内臣　中臣鎌子（出自後述）
当時　妻　車持与志古娘
　　　夜伽　小足媛（孝徳帝妃、左大臣阿倍倉梯麻呂の女）

「ほほう。この表はよくできている。一目瞭然だな」

旅人は憶良のまとめ方に感心した。

「若干補足説明致します。まず孝徳帝は、これまでの小足媛に加えて、右大臣の女、乳娘を妃として、豪族の後ろ盾を強化しました。しかし二人の妃は皇族の出自ではないので、皇后にはなれませぬ。そこで三人は、中大兄の実妹、間人皇女を皇后として入内させることにしました。この縁談に間人皇女は猛反対しました。一つは、孝徳帝はこの時五十歳、間人皇女は十八歳の若さです。まるで父親に嫁ぐような年齢差でした」

「それは、あまりにもひどすぎますわ」

同性の立場から、坂上郎女は間人皇女に同情した。

「もう一つ秘め事がありました。実は間人皇女は中大兄の同母妹ですが、二人は男女の関係、つまり夫婦関係にありました」

「えっ」

家持、書持兄弟は呆然としていた。

旅人と坂上郎女は、薄々は知っていたが、家持兄弟には初耳であった。

「そ、それはわが国では禁忌ではありませぬか？……」

少年家持が、咽喉からかすれたような驚きの声を出した。

「その通りです。同母兄妹の肉体関係は、古来より固く禁じられております。法令があるわけではございませぬ。人倫と申しますか、民の慣習としての禁忌です。多分、血が濃すぎるので、生まれる子に不虞者（ふぐしゃ）が多発したので、これを防ぐ古代人の知恵でしょう」

（そうか、……背景には根拠があるのか）

「中大兄と間人皇女は、同腹の兄妹で、深い愛人関係にあったのです。中大兄は嫌がる間人皇女をこう説得しました。『五十歳という老いぼれの叔父に抱かれるのは嫌であろう。だが、余のため我慢してくれ。いずれ悪いようにはしない。余が大王となるまでには、いろいろな手を使わねばならぬ。そなたがこの兄を愛しているのなら、この願いを聞いてくれ。頼む』と、繰り返し懇望したのです。間人皇女は、大化元年七月、泣く泣く孝徳帝の皇后として入内（じゅだい）されたのです」

（これまで間人皇女の入内には同情していたが、兄妹の密通と、計算高い政略結婚には嫌悪を感じる）

　坂上郎女は顔を顰（しか）めていた。

「一方、中大兄は、古人大兄皇子の遺児・倭姫王を将来の皇后にする含みで妃にしていました。すでに蘇我倉山田石川麻呂の女（むすめ）、越智娘を妻に貰い受けていましたが、さらに造媛と姪娘を娶（めと）り、大豪族の岳父の後ろ盾を強固にしました。鎌と小足媛の関係は、適宜続いていたとみられます。こうして孝徳帝と中大兄、左右両大臣、および鎌の閨閥関係は、いっそう緊密になりました」

　四人は頷き、納得の表情を示した。

「しかし、五人の親密な閨閥体制は僅か四年で壊れてしまいます」

「僅か四年か」

　と、旅人が呟いた。

憶良は卓上の最初の半紙を指差した。（215頁参照）

「この半紙に書きましたように、大化五年（六四九）三月、左大臣・阿倍倉梯麻呂は突然病死します。頼りにしてきた岳父を失った孝徳帝は愕然として、朱雀門で天を仰ぎ号泣しました。その七日後、右大臣・倉山田石川麻呂が自害に追い込まれる事態が生じます。この左右両大臣の異常な薨去は別途講話しますので、若たちは事件があったことだけを記憶しておいてくだされ」

「分かりました」

「孝徳帝が悶々として号泣したのは、もう一つ理由がありました。皇后・間人皇女と中大兄との密会が依然として続いていたのです」

「まあ、皇后ともあろうお方が浅ましい。入内後も関係を続けるとは。兄妹二人はまるで獣のようではありませぬか。それでは孝徳帝もお可哀想に……」

女は弱者に同情しやすい性向がある。坂上郎女は孝徳帝の心中に同情していた。

「孝徳帝は直ちに新大臣を任命しました。左大臣には側近の巨勢徳太、右大臣には若たちの曾祖父、大伴長徳殿を起用されました。二人とも山背大兄皇子一家の事件に係わっております。特に巨勢徳太は襲撃の中心であったことは、第六帖『上宮王家抹殺』でお話しました」

「覚えておる」

先祖の名が出てきたので、兄弟の目が輝く。

「孝徳帝の治世はなお四年続きますが、岳父・阿倍倉梯麻呂を失った帝に、もはや実権はありませぬ。皇后は寝取られ、蝉の抜け殻のような帝でした。政の実権はいつしか中大兄と鎌が握っていました。

白雉四年（六五三）、中大兄が孝徳帝にとんでもない話を持ち出しました」

「とんでもない話」との言葉に、家持、書持の目が一段と輝きを増していた。

だが、憶良はすぐには話さない。急須から白湯を湯飲みにゆっくりと注いだ。いつものように、大事な局面で間をとり、聞く者の注意力を高める。

旅人も坂上郎女も、憶良の言葉を待つ。

（四）憤死

「中大兄は、孝徳帝にこう具申しました。『この難波の長柄豊碕宮（ながらのとよさきのみや）は、外国の使節の応接には便利でございますが、飛鳥に育った者たちにはいささか落ち着かぬようでございます。ここ数年で上宮王家ゆかりの者、蘇我の本宗家、あるいは分家の配下にあった者、古人大兄皇子の家臣などは力を失い、もはや復讐される懸念はありませぬ。やはりわが国の政事（まつりごと）も、野山の遊びも、飛鳥の地が最適でございます。わが皇祖母尊（みははのみこと）（皇極帝）はじめ、官人一同も、飛鳥への遷都を望んでおりまする。飛鳥へ戻りましょう』と」

憶良は、あたかも中大兄のごとく、憎々しげに役と声色を演じていた。

「孝徳帝は驚きました。よほどご立腹だったのでしょう。直ちに『この難波の宮殿はじめ街の建物も、やっとできたばかりだぞ。遷都はせぬ』と、珍しく強く申されました。しかし中大兄は孝徳帝を見下すように、顎を突き出し、ふんぞり返って、冷笑しました。『では申しましょう。わが妹・間人皇后も、飛鳥へ帰りたいと熱望しておりますぞ、帝はご存知ないのですかハハハ』と、呵々大笑（かかたいしょう）しました。はずみで、ついつい『知らぬは亭主ばかりなり』と、妻を寝取られた頓馬な男を揶揄（やゆ）する卑猥（ひわい）な戯れ言（ざれごと）を呟（つぶや）きました。その侮蔑に満ちた発言に、孝徳帝の心中は憤怒で燃え上がっていました。冷静さを失っていました」

「禁忌の密通をしている間男の中大兄が、まあ何という非礼な言葉を帝に申されたのでしょうか。失礼にもほどがあります。人として最低でございますわ」

勝ち気の坂上郎女は、孝徳帝に同情というより、中大兄の言動に激怒していた。

「帝（みかど）は、激情に駆られ、言ってはならない言葉を口に出されました」

憶良は間を取った。

四人は、帝のその言葉をすぐ知りたいと思った。

「帝は吐き捨てるようにこう申されました。『飛鳥に帰りたい者は勝手に帰れ。朕（ちん）は遷都せぬ。この長柄豊碕宮に残る。朕がいる場所が京師（みやこ）ぞ』と」

「中大兄は、深く頭を下げて退出しました。すぐに皇祖母尊（みははのみこと）の皇極帝（宝皇女）と皇女・間人皇后、左右大臣、公卿大夫、百官を率いて飛鳥河辺行宮（あすかのかわらのかりみや）へ戻ることになりました。間人皇后が長柄豊碕宮を出立される時、孝徳帝は、ご心境をこう詠まれました」

　棓着（かなきつ）け我（わ）が飼（か）ふ駒（こま）は引出（ひきで）せず我（わ）が飼（か）ふ駒（こま）を人見（ひとみ）つらむか

「棓とは『ぼう』とも読み、もともと棒です。この場合は馬が逃げないように首枷にする棒で、鉗とも申します。わが飼う駒とは間人皇后です。その皇后を、夫の自分が操ることができず、他人の中大兄が閨房で見るのであろうか——と慨嘆されたのです」

「鎌には愛妻の小足媛を夜伽に差し出し、中大兄には皇后との密通を続けられた上、連れ去られるとは……。孝徳帝には少しは同情しますが、軽皇子のお名前のように、どこか男らしさがございませぬ。妾にはこの歌は女々しゅう聞こえますが……」

男勝りの坂上郎女らしい感想であった。

(同感だ。乙巳の変の裏面を語る資料としては好材料だが、共感を呼ばぬ恨み節だ)

憶良は黙って頷き返し、講話を続けた。

「さて、難波京に残ったのは孝徳帝や小足媛、二人の間に生まれていた有間皇子、それに僅かの家臣たちだけでした。難波の街は一朝にして空き家ばかりの廃墟となりました。政事は先帝・皇極女帝と中大兄や鎌が、飛鳥の行宮で取り仕切りました。難波の孝徳帝は大王のままでしたが虚仮にされたのです。この頃の帝のお気持ちを忖度したような和歌がございます。作者不詳ですが、あるいは帝ご自身の作かもしれませぬ」

「ほう。それは初耳だ。その歌を知りたいものよ」

旅人が身を乗り出した。

憶良は、孝徳帝の口調らしく、哀調籠めて吟じた。

妹がため貝を拾ふと血沼の海にぬれにし袖は乾せど干かず
（作者不詳　万葉集　巻七・一一四五）

「なるほど。飛鳥に去った皇后が難波に帰ってこないかと一縷の望みを持たれ、また重なるように、二枚貝を拾われた帝の袖は、涙で乾かなかったのでございますね。なかなかの、佳い歌では、ござりませぬか」

　坂上郎女が率直な感想を吐露した。

　憶良は同感の意をもって頷き、話を続けた。

「帝は、怒りと絶望の日々を送り、翌年十月崩御されました。五十九歳でした。文字通り憤死です。中大兄が直接殺害してはいませんが、死に追い込んだのは事実です」

「中大兄は何と卑劣な奴か」

　書持が少年らしい率直な怒りを口にした。

「書持、口を慎め。中大兄は後の天智帝ぞ。その言葉はこの場だけにせよ」

と、兄の家持が諭した。

（さすがは嫡男だ。家持殿は少年ながら大人の才覚がある。良くできる）

　憶良は驚嘆した。驚きを隠すように、空咳をした。

「では今夜のまとめを申しましょう。軽皇子はもともと皇位継承候補者ではありませぬ。皇位を望まねば、愛妻小足媛（おたらしひめ）を、鎌の夜伽（よとぎ）に差し出す必要もなく、また、間人（はしひと）皇女のような、同母の兄と禁忌の密通を続ける悪女を皇后にして、さらには連れ去られ、民の物笑いになることもなかったでしょう。ましてや、難波京に独り残って憤死されることもなかったでしょう。人間は欲望に駆られて、背伸びしてはいけませぬ」

「まことにその通りだ。家持、書持。よく心に留めておくがよい。中大兄の禁忌の密通など人倫に反しているが、孝徳帝の野望も異常であったな。その野望も、冷静に見ると、鎌と中大兄の恐ろしいばかりの壮大な計算の裡（うち）だ。道具だったのだ。坂上郎女、そなたは孝徳帝の歌を女々（めめ）しいと酷評したが、余は一抹の哀れを催しておる。男だからかな。ははは」

旅人が笑って意見を述べた。

「憶良様。では、孝徳帝もよく召されたでしょう茅渟鯛の料理で、憤死の帝の供養を致しましょうぞ」

坂上郎女が呼鈴（これい）を振った。

召使いが膳を運んできた。

「家持、書持。今夜はわが大伴の海、茅渟海にまつわる神話伝説から、孝徳帝の難波憤死まで内容が濃かった。腹も空いたろう。しっかり食べるがよい。ただ鯛の骨は咽（のど）に掛けるなよ。命取りになることもあるぞ」

（『鯛の骨は喉にかけるなよ』……母・郎女様を失った若たちに、武人の父らしい愛情の籠もった言葉だな……泣かせるなあ……）

大野山から吹き下る冷気の中、縁先にうずくまり警備をしている権は、旅人の言葉に、心暖まる気がしていた。

第十一帖　岳父謀殺

山川に鴛鴦二つ居て匹ひ好く匹へる妹を誰か率にけむ
（野中川原史満　日本書紀　巻第二五　孝徳紀）

（一）琴

「権、今宵は琴を弾くぞ」

「心得ております。すでに弦を合わせておきました」

（さすがに権だ……）

今夜、首領の憶良が何を語るか、学識のある権はすでに予測している。若いときから憶良に仕え、武芸のみでなく学問も教わっている。並の候ではなかった。

憶良はにこりと微笑んで愛馬に乗った。

旅人の館に着くと、権が大事そうに捧げる琴の袋を見て、家持、書持が驚いた顔をした。琴と言っても、この頃の和琴は小さい。提琴ほどである。

「先生は琴も弾かれるのですか」

書持が目を丸くしていた。

「この老いぼれには似合わぬかな。ハハハ。それがしは唐に居た頃、長安で絶世の美女に習ったのだよ。故郷を偲び、酒を飲むときには、権や助や甚を聴き手にして、ポロンポロンと奏で、歌ったものだ」

「先生が美女に！　これは驚き、桃の木、山椒の木でございます」

と、兄の家持が笑った。

「まさか……今夜のご講義と何か関係がございましょうか？　憶良様」

「図星でございます」

召使いの女が白湯を運んできた。部屋に微かに香りが流れる。

「豊後の首麻呂から臭橙が届きました。豊後でも南部の海岸の小村にしか産しない珍味のゆずとのことです。輪切りにして浮かべておきました。飛鳥にはない、佳い香りと酸味で、口の中が爽やかになりますわ」

首麻呂は、従五位下の大夫、豊後守・大伴首麻呂である。坂上郎女は大伴本家の女であり、氏上旅人の妹として、今は大伴一族全体の奥向きを取り仕切っている。したがって、よほどの長老以外は呼び捨てである。

臭橙。今は香母酢と書く。憶良の好物である。宗像海人部の長となっている船長の甚は婿養子で、生まれ育ちは南豊後の海人部であった。秋から冬になると、甚はこの珍果を故郷から取り寄せ、首領の憶良に届けていたからである。鍋にも刺身にも、味噌汁にも合う味で、重宝していた。

「これは、これは、何よりの珍味。では早速一服頂戴して講義を始めましょう」

憶良はその白湯をゆっくりと口に含んだ。

旅人が入室し、席に着いた。すぐ琴に目を留めた。

「憶良殿、久々の琴だな。長屋親王の佐保楼で聴いて以来か。これは楽しみだ」

「いやいや、お恥ずかしい腕でございますが、今回もおぞましい内容なので、最期に挽歌二首に合わせて弾き、故人を供養し、締めるつもりで持参致しました」

「なるほど。ではまず講論を聴こうぞ」

一家四人は席に着き、背筋を伸ばした。

（二）大化の改新

「前回第十帖では、乙巳の変後の孝徳帝の即位、難波への遷都、中大兄と間人皇后の禁忌の密通、それに孝徳帝の憤死をお話しました。今回は、その間の政事や、政変と悲劇、ずばり申せば、左大臣、右大臣のほぼ同時の薨去と、それに続く中大兄の妃二人の自死です。美化されている大化の改新の背後に起きていた悲劇の真相です」

憶良の巧みな導入で、四人は講義の概要を頭に入れ、目は早くも輝く。

「若たちは京師（みやこ）へ帰ればいずれ学問所で大化の改新の詳細を学ぶでしょう。したがって本席では改新の政事は概略に留めます」

「相分かった」

「さて、難波遷都は孝徳帝の強い希望で実行されました。しかし政事については、中大兄と鎌が主導して取り進めました。まず注目すべきは孝徳帝の即位と同時に、倭国では初めて元号を制定したことです。中大兄は『大化』と命名しました。文字通り『倭の国を律令国家に大化けさせる』との強い意思表示でした」

「なるほどそういう意図であったか」

「遷都の翌年、すなわち大化二年（六四六）元旦、孝徳帝は有名な『大化の詔（みことのり）』を公表されました。骨子は次の四点です」

憶良は半紙に四行書いた。視覚で記憶は容易になる。

一　公地公民　　子代（こしろ）、屯倉（みやけ）、田荘（たどころ）、部曲（かきべ）の廃止
二　中央集権　　京師（みやこ）と畿内、国郡里、軍事、交通の規定
三　班田収授　　戸籍、口分田（くぶんでん）、計帳、租税
四　徴税　　　　調、庸、仕丁、采女（うねめ）

「まず公地公民を概説します。天皇の私有地である子代、皇室の直轄領の屯倉、豪族の私有地の田荘とその私有民である部曲を廃止し、全て国家の土地と耕作民とすると公表しました。その代わりに、五位以上の大夫すなわち貴族には、位階と職位に応じて一定の食封（封戸）を与え、そこから上がる租や庸、調を彼らの収入としました。つまり、土地の所有権が個人から国有に変わるが、貴族たちの実収入は差が生じないように、位階と職位を与えるということです。いかに詔勅とはいえ、突然実収が減れば暴動が起きましょう。同様に官人にも一定の米布帛などを支給し、生活の糧を保てるようにしました。分かりますか」

家持兄弟が大きく頷くのを確かめて、憶良は続けた。

「第二の中央集権は政事の体制改革です。京師とそれを取り囲む畿内の範囲を定め、その境界の外を地方としました。国境の交通の要所には関塞つまり関所や要塞を置き、斥候や防人を配属することにしました。畿内も地方も、国、郡、里の行政区画に統一しました。京師と地方の国々との迅速な連絡のため、宿駅を作り、駅馬や伝馬を置き、公認の交通であることを証明する手段として駅鈴を制定しました」

「駅鈴は、大宰府政庁で見たので知っている。京師へ向かう使者が持つそうな」

と、書持が嬉しそうに応えた。

「畿内の範囲を申しましょう。東は伊賀国の名張の横河。南は紀伊国の見山（紀ノ川中流）、西は播磨国の明石。北は近江国の逢坂山まで。それ以外は地方となります」

「こちらへ来るとき、船長の甚が、『船乗りは明石海峡を明石大門と呼ぶ』と教えてくれた。その時、柿本人麻呂殿の名歌を教わった……」

と、家持が応えると、すぐに弟の書持が詠唱した。

ともし火の明石大門に入らむ日やこぎ別れなむ家のあたり見ず

（柿本人麻呂　万葉集　巻三・二五四）

「そうでしたか。人麻呂殿は畿内を離れて地方に赴く感傷を、明石大門の四文字で示されたのでございますね」

才女、坂上郎女も理解を示した。

「中央集権制度は、このように京師と地方を否応なく意識させます。地方豪族にはこの時から、ある種の劣等意識が心の中に燻ってきたように思われます」

（そうか。それが後に壬申の乱で爆発したか）

旅人は武将としての判断をしていた。

（そして今、吾は、地の果て「遠の朝廷」大宰府に居る――）

「第三の班田収授に移りましょう。これは全国民の戸籍と戸口の台帳整備です。戸籍により六歳以上の男子には二反、女子にはその三分の二、奴婢には三分の一の口分田を与えて、その用益を許したのです。死んだら国に返します。まことに画期的な大作業であり、律令国家運営の基礎になります。租・庸・

調という税と労役奉仕の台帳です。それがしのような国守の大きな職務は、この戸籍台帳の管理と税の徴収でございます。地方の国々は税として取り立てた米や布帛（木綿と絹地）を、京師の朝廷へ直接搬入します。しかし西国九カ国はこの大宰府政庁に運び込み、政庁から京師へ運んでおります。これはすでに帥殿からお聞きでしょう」

「はい」

「最後に調や庸です。旧来の力仕事の労力提供の賦役に代えて、田の広さに応じて、調として絹や絲、棉などを差し出せるようにしました。兵士は刀甲弓矢、幡鼓を各自調達して、国家に納めよ――と命じました」

「兵士の負担は大変でございましたね」

氏族の財布を仕切っている坂上郎女が、早速、家計を預かる主婦の感覚を見せた。

「その通りでございます。これらの兵器は各地の国府に、当地では、国府だけでなく大野城や基肄城、鞠致城の兵器庫にも収められて、いざというときには兵士に持たせます」

（憶良様の説明は具体的で、女人の妾にも分かり易い。覚えやすいわ）

「興味あるのは采女のことです。――地方の上級官人の女で、形容端正しき美女を、百戸相当の糧をつけて差し出せ――と、最後に付け加えました」

「まあ、何と図々しく、けちな詔を出されたのですね、『糧を付けて』などとは……」

「これまで地方の豪族たちは、自分の女が天皇や皇太子のお手つきになって、皇子や皇女を産めば皇室に繋がりますから、喜んで美女を朝廷へ差し出していました」

「大化の改新の詔にしては、最後の采女徴募の件は格調が落ちますわね」

と、坂上郎女が女性の立場から、異論を口にした。

「その通りです。実は乙巳の変で采女たちは全員実家へ逃げ帰っていたのです。宮廷は女不足でした。五十歳の孝徳帝のご意向よりも、色情狂の資質があった中大兄の要請で付け加えたのでしょう。その証拠に、采女には孝徳帝よりも中大兄が沢山手を付けましたから」

「その通りだ」

と、旅人が同感を示した。坂上郎女は首を横に振っていた。

「さて、この詔は、表面上は大改革をもっともらしく示しています。が、公地公民や班田収授が実際に実行されたのはずっと後のことです。詔は乙巳の変の半年後に公布されましたが、裏事情は公地公民のような綺麗事ではありませぬ」

「裏事情？」

家持が驚きを口にした。

「単刀直入に申しましょう。鎌と中大兄の策謀で抹殺された上宮王家・山背大兄皇子ご一家。蝦夷・入鹿の蘇我本宗家。更に古人大兄皇子ご一家。……このご三家の巨額の財産と私有民、すなわち、屯倉、田荘、部曲はどうなったでしょうか。日本書紀には記載がありませぬ。誰も口にしませぬ。……まず厩戸皇子から山背大兄皇子が相続した全国各地にまたがる巨大な所領は、上宮王家抹殺により相続人なく、殆どが当時の帝、皇極帝と軽皇子の所有になりました。……蘇我本宗家の財産は蘇我の分家で、乙巳の変の立役者、倉山田石川麻呂と、中大兄や鎌が分配しました。……古人大兄皇子の財産は、ただ独りの生存者倭姫王の所領となりました。だがそれは実質的には夫である中大兄の私領となりました。勿論幾分かは孝徳帝や鎌も入手したでしょう。つまり——公地公民は、これらのご三家から奪った私領を、他の豪族から非難されることを回避するための、巧妙なからくりであった——と、それがしは見ておりますす」

「巧妙なからくり？」

書持には分からない。

「手品でございます。——中大兄らが横領したご三家の財産を、一旦国家に差し出し、合法的に国の財産とするが、天皇、皇太子、大臣という身分に応じて、食封すなわち、封戸の形で土地と農民を支給されます。もともと殆ど私領のなかった葛城皇子は、中大兄皇子を僭称することによって、皇太子として、巨額の食封をお手盛りできたのです」

「それは上宮王家や蘇我本宗家、古人大兄皇子の屯倉、田荘の略奪になりますね」

と、家持が首を傾げた。

（聡明だ——）

「その通りです。激しい戦いをせずに、一方的な殺害を仕掛けた略奪行為です。しかし、他の皇族や蘇我分家、あるいは古来の地方豪族たちの目があります。直接自分の懐に入れることは顰蹙を買います。中大兄は、ご自身の僅かな屯倉を国家に差し出すことにより、その数十倍、いやそれ以上の食封を掌中にしたのです。間接的に、ご三家の富を入手したことになります。もちろん一部は功労褒賞に使ったでしょうが、大きな額ではありませせぬ」

「なるほど。大兄を僭称し、皇太子を名乗ったのも、ご三家の財産を原資に、巨額の食封を得るためであったか。鎌や中大兄、僧旻、高向玄理ら韓人たちの戦略だったのか。恐るべきは六韜三略――だのう」

「中大兄も鎌も、冷血で狡猾。欲深い大蛇だわ」

旅人と坂上郎女の兄妹は、中大兄と鎌の主従を酷評した。

「以上の改新の裏事情はそれがしの推論ゆえ、外部の方には洩らさぬよう、この場限りとしてくださいませ」

「あい分かった。坂上郎女、家持、書持。他言は無用ぞ」

三人は、引き締まった顔付きで、大きく頷いた。

（三）政敵排除

憶良は表情を変えず、淡々と講論を進める。

「大化改新の詔の発布や、皇室と左右両大臣家との婚姻、つまり閨閥の強化で、孝徳帝の難波京での政事は順調に進むと思われました。ところが四年後の大化五年（六四九）、左大臣、右大臣が一挙に薨去する異常な事態が生じました」

憶良は新しい木簡に三行書いた。

三月十七日　　左大臣・阿倍倉梯麻呂　病死
三月二十三日　蘇我日向、右大臣謀反の意ありと中大兄に讒言
三月二十五日　右大臣・蘇我倉山田石川麻呂および一家、山田寺にて自害

「世間では左大臣の病死と右大臣の自害とは、無関係と受け止められています」

「余もそのように理解してきたが……」

「日付をとくとご覧くだされ。僅か七日間でございます。不自然と思いませぬか」

「確かに異常だが、日本書紀には別々に書かれていれば……」

「書紀の記述は正しいという先入観は、この際捨てられ、じっくりと日付と、当事者の顔触れや、讒言の行為、その後の政情をお考えくだされ」

憶良は急須から茶碗に白湯を注ぎ、旅人一家にしばらくの時を与えた。

「では最初に左大臣と右大臣の立ち位置から説明致しましょう」

憶良はもう一枚の木簡を取り出し、二行書いた。

孝徳帝――岳父―左大臣阿倍倉梯麻呂――――在来系豪族
中大兄――岳父―右大臣蘇我倉山田石川麻呂――渡来系豪族

「この四年の間に、孝徳帝と中大兄の間には、政事の進め方に意見の対立が目立ってきました。五十

歳を過ぎてやや保守的な帝と、改革を急ぐ二十歳を過ぎたばかりの青年皇太子の性格や世代感覚の差だけではありませぬ。外交政策でも三韓（新羅、高句麗、百済）と等方位外交をしたい孝徳帝と、百済中心外交を主張する中大兄の対立。さらには相変わらず秘かに続けられていた間人皇后と中大兄の密通に対する、帝の嫌悪などもありました。朝議で孝徳帝に同調するのは、いつも岳父の左大臣倉梯麻呂でした」

「なるほど。それぞれの岳父を背景とした対立の構図だな」

憶良は頷いた。

「内臣として朝議に陪席していたのは鎌です。ある日、鎌はそれがしが書いたと同内容の木簡を中大兄に示しました」

憶良は、あたかも鎌のように、木簡を家持に提示した。

「恐ろしいのは鎌の悪知恵です」

（悪知恵？　何だろう……）

兄弟の興味をそそる表現であった。坂上郎女も話に集中している。

「鎌は、まず阿倍倉梯麻呂に×印を付けました。二人の間での×印は、殺害や排除を意味していることとは、これまでの例でご承知でしょう」

「はい。覚えております」

「この×印を見て、中大兄は頷きました」

「なるほど。まずは五月蠅い左大臣を……」

「いえ。二人の間の理解はもっと根深いものです。視点を変えて、これをご覧ください」

憶良は和紙に人間関係を書いた。有間皇子は太字で書かれた。

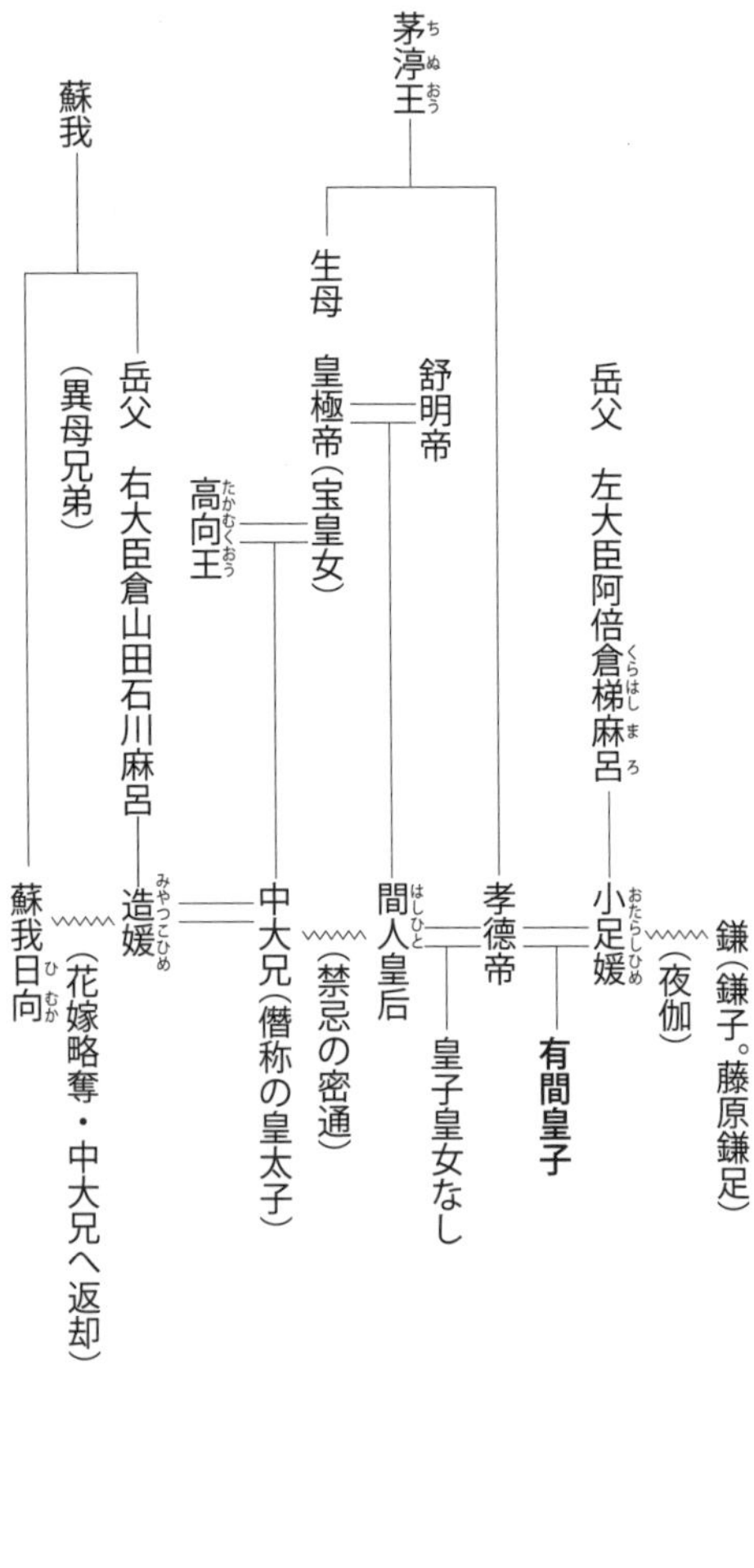

旅人一家四人が、「アッ」という声にならない声を出した。

「今上大王は孝徳帝です。将来、もし孝徳帝が、次の大王を僭称皇太子の中大兄ではなく、ご自分の皇子で、倉梯麻呂には外孫になる有間皇子を指名する事態が起これば、中大兄に勝ち目はありませぬ。第九帖『韓人の謎』で説明したように、中大兄の生母は宝皇女・皇極帝ですが、実父は高向王です。血統が劣ります。したがって、中大兄が皇位に就くためには、有間皇子の後ろ盾になる倉梯麻呂の排除は、必要不可欠だったのです」

「なるほど。倉梯麻呂は有間皇子の祖父であったな。そこまでは考えが及ばなかった」

「すると鎌は、倉山田石川麻呂にも×印を付けました」

「エッ！　先生、右大臣は中大兄の岳父であり、乙巳の変では功臣ではありませぬか。信じられませぬ」

と、家持が気負った感情を込めて、憶良に質した。

「その通りです。功臣である岳父の殺害や排除は、常識では考えられませぬ。その非常識の発想をするのが……鎌であり、……提案を受け入れ実行するのが……中大兄です。中大兄は、ニヤッと笑って、ゆっくり頷きました」

（憶良様は、その場に同席されていた筈はないのに、まるで真実のように語られる……）

坂上郎女は、中大兄の言動を、背筋に寒気を感じながら聴いていた。

「驚くのは、早うございます。鎌は孝徳帝にも×印を付したのです」

×孝徳帝――岳父――×左大臣阿倍倉梯麻呂――――在来系豪族
中大兄――岳父――×右大臣蘇我倉山田石川麻呂――渡来系豪族

坂上郎女は言葉を失っていた。

「先ほどの木簡に残ったお名前は？」

「中大兄皇子のみだ」

と、書持がすぐに応えた。

「最後に、鎌はこの和紙にある有間皇子にも×印を付しました」

旅人一家は言葉を失っていた。衝撃が大きかった。

憶良は、四人の感情を静めるように、しばらく間を置いた。


「中大兄は鎌に『×印を付すのは容易だが、そちに確たる策はあるのか』と質問しました。鎌は『お任せくだされ』と、胸に手を当てました」

「胸中に策ありか。すると阿倍倉梯麻呂の突然の病死は、もしや……」

「ご推察の通り、鎌の候（うかみ）による毒殺です。左大臣が病に臥したという記録はございませぬ。唐や韓の学識に長けている鎌には、病に見せかける毒草など容易に調合できました」

（そうか……候を使ったのか）

家持や書持は、これまで知らなかった大人の世界の陰の者、候の存在を否応なく知る。

「左大臣急死の報に、孝徳帝は茫然自失しました。大きな後ろ盾を失ったのです。朱雀門まで走り出て、天を仰いで号泣されました」

兄弟は、激動する講論の内容に、引き込まれている。

「孝徳帝が悲嘆に暮れる中、帝がさらに動顛する報告が、……中大兄からありました。『右大臣倉山田石川麻呂が、孝徳帝を暗殺する計画を練っている』――と言うのです」

「蘇我日向の讒言だな」

「その通りです。しかし――異様――と、思われませぬか？」

と、憶良は聴講者の旅人一家に問いかけて、

「蘇我日向は、昔、中大兄が石川麻呂に所望された美貌の造媛を、婚礼の直前に奪って逃げた男です。中大兄にとっては、面目を潰された憎い奴です。斬殺したい男です。その男が中大兄に、異母兄・石川麻呂謀反の讒言をしてきたのですから……」

「確かに不自然でございますわ。これにも裏事情があるのですね、憶良様……」

「はい。では謎解きを致しましょう。……復習になりますが、最初に、中大兄が二十歳前、無位無冠の葛城皇子の頃に戻りましょう。石川麻呂の女・造媛を娶り、後ろ盾にしようとしました。蘇我日向は石川麻呂の異母弟ですが、姪の造媛を愛していたので、婚礼の直前に奪い取ったのです。この事実は――乙巳の変の前の葛城皇子は、蘇我一族全盛の許では、分家筋の、それも、脾腹の日向にすら、虚仮にされるほど、弱い存在だった――事実を示しています。しかし、中大兄は我慢して、造媛の代わりに妹の遠智娘を妃とし、さらに、蘇我本宗家の蝦夷、入鹿父子を斃しました。それ以後は、力関

係は激変しました」

（――その通りだ。権力の激変はよく分かる――）

旅人一家は納得した。

「鎌は、蘇我日向を脅(おど)しました。『中大兄皇子の面目を潰した日向殿は、蝦夷、入鹿の次にどうなるか、覚悟はおありでしょうな』と、ドスを利かせました。日向は震え上がりました。『造媛はすぐに中大兄皇子様にお返し致します。今後は中大兄皇子様に忠誠を誓います。命ばかりはお助けくだされ。何なりとご用命くだされ』と、鎌に懇願したのです。その結果、造媛は、妹・姪娘とともに中大兄の妃になりました」

「そうでありましたか。前々から造媛がいつしか妃になられているのに疑問を感じていました。これで氷解しました」

同性ならではの興味と理解の速さであった。

憶良は続けた。

「数年後の大化五年春、鎌は日向を呼び出しました。『日向殿、そなたに一働きしてもらう時がきた。右大臣倉山田石川麻呂は孝徳帝を暗殺する計画を練っていると、中大兄皇子様に密告せよ』と、命じました。日向は驚き、顔面蒼白になりました。『め、滅相もない。兄者がそのような謀反の計画を持っているとは全く存じませぬ。これでは讒言(ざんげん)になります。どうかご勘弁を』『ならぬ。吾らの言うとおりにせねば、そちの命はないぞ』と、鎌は凄みを利かせました」

鎌と日向の声色を使い分ける憶良の語りを、兄弟は息を呑んで、聴いていた。

「日向は、鎌の指示した日に、中大兄に讒言しました。中大兄の報告を受けた孝徳帝は、直ちに日向を呼び、軍を授けて兄の石川麻呂の館に赴かせ、『帝の面前で説明するように』と命じました。石川麻呂はこれに応じず、館から逃亡し、飛鳥に建造していた山田寺に入りました。これが『日向讒言』の背景でございます」

「そうでありましたか。鎌が日向を起用したのはよく分かりました。では倉山田石川麻呂に、孝徳帝を斃す謀反の意図はあったのでしょうか？　もし、『なし』とすれば、何故、娘婿の孝徳帝の面前で申し開きせずに、飛鳥へ逃亡したのでしょうか」

　と、家持が疑問を述べた。

（家持殿は秀才だ。要点を突いてくるわ……）

「では、その解明を致しましょう。……倉山田石川麻呂に孝徳帝暗殺の意思は全くありませんでした。女の乳娘を孝徳帝の妃にしています。また女は造媛、遠智娘、姪娘の三人を中大兄の妃に出しています。娘婿である中大兄を輔佐し、ゆくゆくは皇位に就けることを楽しみとしていたのです。……造媛には御子はありませぬが、遠智娘には太田皇女と鸕野讃良皇女と建王がいました。……また、乙巳の変により蘇我本宗家の財産の大半は、倉山田石川麻呂が継いでいました。謀反を起こす必要も理由も皆無でした。……それ故、石川麻呂はすぐに《嵌められたな》と、直感しました。――今更孝徳帝の前に出ても、申し開きは聞き入れられることはなく、斬首されるだけだ――と判断したのです。――弟の日向に兄の吾を讒言させうるのは中大兄と鎌しかいない。孝徳帝にはそのような陰湿な才覚はない。悲しいが、吾は娘婿に謀殺されるのか。……中大兄は、そうまでして吾が蘇我の財産が欲しいのか。物欲、権勢欲の鬼であったか。……それならば、くれてやろう。吾は静かにあの世へ参りたいわ。吾が建てた山田寺に行き、御仏の前で死すべし——と、覚悟されたのです」

（憶良様のご説明は理路整然としている。逃亡ではなく、冥土への道行きだったか）

坂上郎女は、倉山田石川麻呂の心中を察し、憐憫の情を禁じ得なかった。

「飛鳥で石川麻呂を出迎えた嫡男の興志は、『父上、理不尽な奸計です。もし日向の軍が攻めてくるのであれば、身の証を示すために一戦交えましょう』と、息巻きました。しかし石川麻呂は諭しました。『今更無駄ぞ。難波の館のめぼしい財物には、全て皇太子の物と張り紙をしてきた。吾らは生生世世に君王を恨みはせぬ』と、申され、一族全員、仏の前で自害されました」

憶良は説明を終わると、合掌をした。講論とはいえ、無実の石川麻呂や、父に従った興志および一族が不憫であった。

「中大兄は石川麻呂の館の財宝に、『これは皇太子の物』と貼られているのを見て、驚きました。いや驚いた演技をして、内心、ほくそ笑みました。『日向は、兄・石川麻呂の謀反を、よくぞ知らせてくれた』と、彼を大宰府、つまりこの地に栄転させました。しかし民衆の目はごまかせませぬ。彼らは『隠流し』と冷笑しました」

「隠流し？」

と、書持が、暗に説明を求めた。

「栄転に見せかけた左遷です。日向は大宰帥になったのですから、明らかに功労褒賞に見えます。鎌と中大兄は、日向を岳父謀殺の道具に使ったので、事実が京師で露見しないように、遠くへ流したのです」

（父上も、『隠流し』であろうか……なぜ、父上が……）

兄弟の心に、この言葉が沁み込んでいた。

「この二つの殺人により、中大兄は在来系および渡来系の実力者である左右両大臣を一挙に抹殺し、かつ、蘇我本宗家および分家の巨大な財産を掌中にしました。権勢欲と物欲、一石二鳥の利を得たのです」

少年二人は純情である。正義感が強い。

（中大兄は何と卑劣な手段で！）

言葉に出さず、大きく首を振り、不快感を示した。

憶良は、冷静に告げた。

「悲劇は続きます」

（四）妃たちの絶望

「中大兄の妃となっていた造媛と遠智娘は、それぞれ別々の館に住んでいました。正妻の倭姫王のみが中大兄の館に住んでいたのは、今と同じ慣習でした。その二人の許へ、父石川麻呂と兄興志や、一族の自害、斬殺の知らせが届きました。お二方は、余りの残酷さに失神しました。正気を取り戻した二人は、夫の中大兄の冷酷さにおののき、絶望しました。造媛は、すぐに自害しました。遠智娘は毎回の食事を摂らず、水も飲まれず、そのまま薨じられました。遠智娘の息女、太田皇女と鸕野讃良皇女は幼い少女でした。日に日に青ざめ、やせ衰える母を目の辺りに看て、大きな衝撃を受けました。父の中大兄に深い不信感と嫌悪を抱かれました。皇女二人は悲嘆の中に少女期を過ごされることになりました」

「可哀相に。余りにも無惨でございますわ」

「遠智娘には建王が生まれていました。建王はまだ幼児でした。不運にも、建王は生まれながらに言葉を話せぬ唖でした。母を失い、暫くは祖母になる皇極先帝の許に引き取られましたが、間もなく黄泉の国にと、逝かれました」

（建王には何の罪もないのに……お気の毒に、父・中大兄の強欲の犠牲者だわ）

「鸕野讃良皇女は、後に大海人皇子に嫁がれますが、壬申の乱の直前、近江京に残らずに、夫君に従ったのは、この悲劇が心の奥底に刻み込まれていたからでございます」

「よく分かりました」

と家持が軽く頭を下げた。

「ところで、この事件前の中大兄は、遠智娘よりも、日向から取り戻した美貌の姉、造媛の方をこよなく愛していました。まさか二人の妃が、実父の死を悼んで後を追うとまでは考えていませんでした。冷酷とはいえやはり人です。いささか落ち込みました」

（そうでなくては人ではない。鬼だわ）

「造媛の挽歌を詠み、中大兄に献じた男がいました。野中川原史満と申します」

「野中？……はて、野中と言えば河内の者か？」

と、旅人が訊ねた。

「左様でございます。河内国丹比郡野中郷出身の官人でございます。このあたりは百済系渡来人が多数居住している土地でございます」

「やはり鎌と中大兄の周辺には渡来系が多いのう。して、その歌は？」

「二首ございます」

憶良は木簡を二枚取り出し、川原史満の追悼歌を書いた。


山川(やまかは)に鴛鴦(をし)二(ふた)つ居(ゐ)て匹(たぐ)ひ好(よ)く匹(たぐ)へる妹(いも)を誰(たれ)か率(ゐ)にけむ

本毎(もとごと)に花(はな)は雖開(さけども)何(なに)とかも愛(うつく)し妹(いも)が復開(またさき)て不来(こぬ)

（野中川原史満　日本書紀　巻第二五　孝徳紀）


（中大兄と造媛は、鴛鴦のように仲睦まじかったが、誰が造媛の命を奪ってしまったのか）

（草花は一本毎に花を咲かせるが、どうしたことか、美しく愛しい造媛はもはやこの世に咲き出ない）

「中大兄は、この二首の挽歌を大いにお気に召し、野中川原史満に和琴を下賜し、彼に弾かせて、造媛の在りし日を偲んだそうです。歌には川原史満の追従(ついしょう)が含まれて凡作です。それはさておいて、このおぞましい倉山田石川麻呂謀殺事件に伴う犠牲者である造媛を悼む歌として紹介しました」

「そうでしたか。今宵は先生が琴を弾かれて、造媛を供養されるのですか」

「憶良様は、何と粋でいらっしゃいますこと……」

と、坂上郎女が憶良に流し目を使い、憶良を揶揄(やゆ)した。

「では素直な気持ちで川原史満の追悼歌を詠唱し、講論を終わりにしましょう」

憶良は、やおら和琴を抱いた。


遠くで夜烏(よがらす)の啼く声がした。

第十二帖　松は知るらむ

磐白の濱松が枝を引き結びまさきくあらばまたかへり見む
（有間皇子　万葉集　巻二・一四一）

（一）皇子懊悩

憶良は坂上郎女の勧めてくれた緑茶を、ゆっくりと飲んだ。

「香りといい味といい、なかなかの逸品でございますな。ご馳走さまです」

「さすがは憶良様、先日、那大津の楓の店で購った杭州の龍井茶を淹れてみました」

この時代、日本にはまだ茶の栽培はない。京師では飲まれていない。那大津では茶は貴重品で高価だった。

「遣唐使節の一員だった憶良殿には、懐かしい味でござろう。ふくよかな香りよ、のう。奈良の都から見れば辺境と陰口を叩かれる太宰府だが、日常の暮らしでは山海の珍味多く、またこのように異国の物産も数多く商いされて、人生が楽しめる地よ」

と、旅人が口を添えた。

大伴の氏上である旅人は、正三位、中納言、大宰帥という高官ではある。だが朝堂では、天皇や皇后はじめ、知太政官事（太政大臣）、左大臣、右大臣、大納言などの上司の顕職者がずらりと居並ぶ。一瞬の隙を見せることができない。それに比すれば、ここ大宰府政庁では旅人は西国九カ国の頂点に立つ帥（そち）、長官である。

同様に、憶良は筑前国の国守、筑前守である。

武将と官人、出自や地位の違いはあるが、漢詩や和歌という文芸の趣味を通じて、心の通う仲間に醸し出される、ある種の安らぎの雰囲気があった。

「それでは講義を始めましょうか」と、憶良は声を掛けた。

机の対面に坐っている家持と書持が背筋を伸ばし、正座した。

「拝聴致そう」

いつものように旅人と、坂上郎女が両脇に坐った。

「今回は有間皇子の謀反事件についてお話し申そう。有間皇子が謀反を起こしたのではなく、奸計（わるだくみ）に嵌（は）められ、若いお命を落とされただけに、心の奥底から憐れに思っています」

憶良はしばらく黙祷した。

家持と書持は、次の言葉を待った。

「この系図をご覧ください」

四人が憶良の示す箇所に視線を移した。

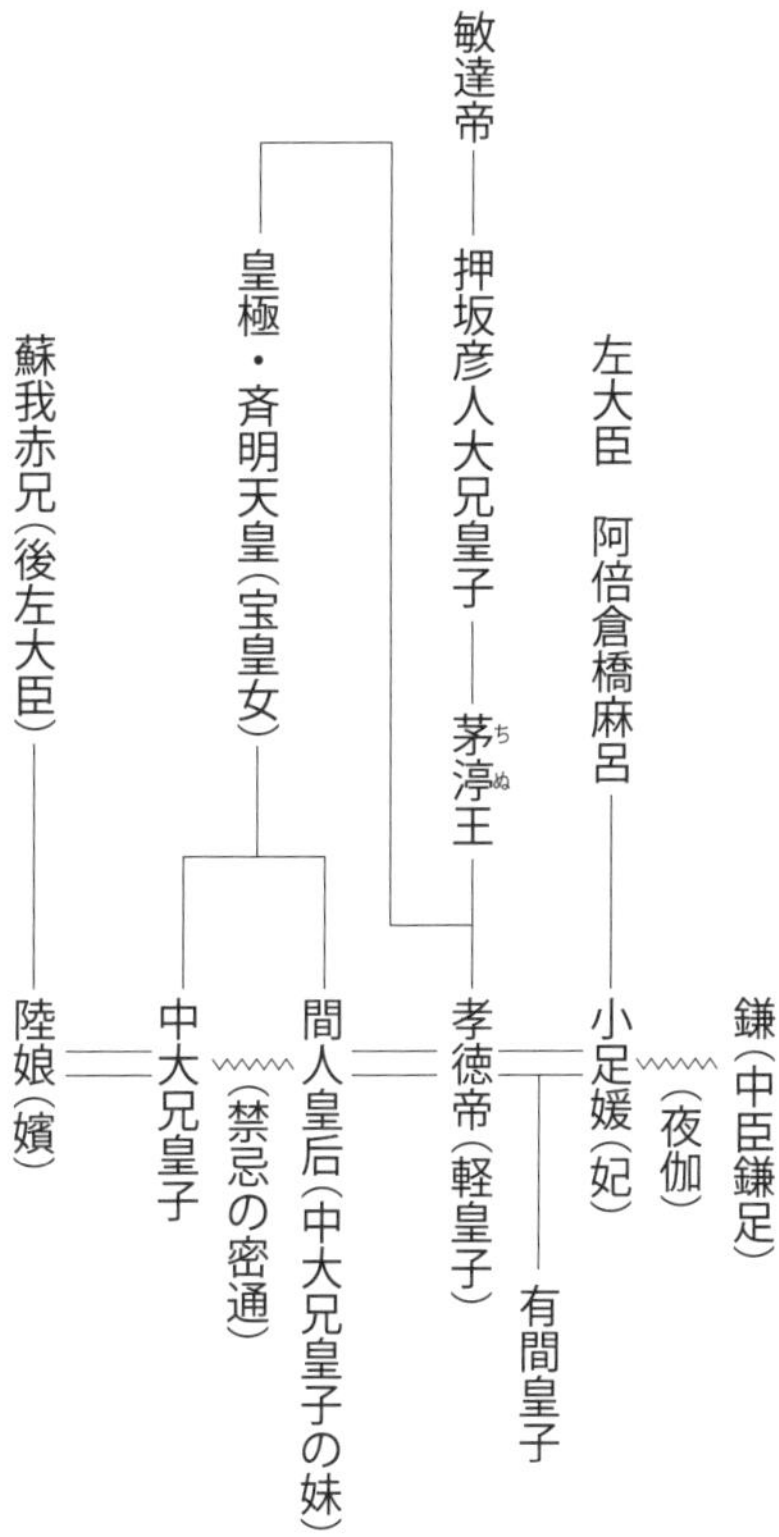

「有間皇子は、孝徳帝と妃の小足媛（おたらしひめ）の間にお生まれになった方です。父君がまだ皇子の時代に、有間の湯（兵庫県有間温泉）に湯治に行かれ、滞在中にお生まれになったので、地名に因（ちな）み命名されまし

た。母上の小足媛は、前にお話した『大化の改新』の際に、中大兄を支援された左大臣、阿倍倉梯麻呂の女です。孝徳帝の皇后である間人皇女は、中大兄の妹君でしたが、孝徳帝との間には御子は生まれませんでした」

二少年は系図を見詰めながら、頷いた。

「孝徳帝が中大兄や間人皇后の非道い仕打ちに憤りながら、難波長柄豊碕宮で息を引き取られた話は、前にお話しました。この時、有間皇子は十五歳の少年でした」

憶良は一呼吸し、間を置いた。

(家持殿とさほど違わぬお年だった……)

「孝徳帝が崩御された後は、皇太子の中大兄ではなく、母上の皇極先帝が、再び即位され、斉明帝となられました。政治の実権は依然として中大兄の掌中にありました」

旅人、坂上郎女も真剣に聴いていた。

「亡き父孝徳帝が、中大兄と不仲であっただけに、少年の有間皇子は心中不安な日々を過ごされていました。と申しますのは『重祚――二度大王になられた――斉明女帝の次は、誰が大王の座を継ぐであろうか』との話が、大貴族や豪族たちの間で、密かに囁かれていました。大方の見方は、中臣鎌足の支持する皇太子・中大兄と目されていました。しかし、これまでの中大兄と鎌足の残虐な行為や、実の妹君で先帝の皇后・間人皇女との間の禁じられた不義密通を、快く思っていない地方の豪族は沢山いました。渡来系の貴族ではなく、古くから日本に住み着いている豪族たちは、『できれば息長系の血統の有間皇子を後継の大王に担ぎたい』という、淡い期待の雰囲気がありました」

在来系の貴族である旅人と坂上郎女は、心情がよく分かる。理屈ではない。深く頷いた。

「有間皇子は幼年時から賢く、繊細でした。本能的に、――大人たちのどろどろした政争に巻き込まれては危険だ――と感じたのでしょう。――極めて慎重に行動しなければならない。皇位継承の政争から逃げるにはどうしたらよいのか――十五歳の皇子は真剣でした。出家の道を選んだ古人大兄皇子でさえも、謀反の罪を着せられ、中大兄の手にかかり、殺害されていました。有間皇子は、――父の死の衝撃で狂人になったように、奇矯（ききょう）な言動をして、世間の目を晦（くらま）そう――と考え、そのように振る舞いました」

（なんと、おいたわしいことか……）

家持、書持は真剣に聴き入っていた。

「斉明三年（六五七）九月、十七歳になった皇子は、『病気療養のため』との口実で、紀伊の牟婁温湯（むろのゆ）（和歌山県西牟婁郡白浜町湯崎温泉）へ行きました。何かと息苦しい雰囲気の京師（みやこ）で、狂人のふりをする煩わしさから離れ、皇子は鄙（ひな）びた温泉に浸り、しばらくはのんびりされました。――この温泉は良く効く。気の病が治った。快復の兆（きざし）を世間に知らせたい――と考えました」

（どう知らせたのだろうか……）

家持は有間皇子の心境に同化していた。

「皇子は帰京するとすぐに斉明女帝に、『牟婁（むろ）の地を見るだけでも病気が治ります』と、讃える詩を贈りました。豊かな生命力溢れる国土を讃えることは、間接的に、国の統治者である斉明女帝への国（くに）讃（ほめ）になります。有間皇子は藁（わら）にも縋（すが）る思いで、伯母になる女帝に詩を捧げました。女帝は『そうか、有間皇子は心の病が治ったか。国讃の詩を作ったか』と大変喜ばれました」

家持、書持はホッとした顔つきをした。

「しかし、これから事態は激しく変化しました。翌年（六五八）五月、中大兄にとって初めての皇子、建王（たける）が、僅か八歳で亡くなりました。建王は言葉が不自由であったため、祖母になる斉明女帝は、平素から不憫（ふびん）に思われていました。女帝は悲嘆に明け暮れ、心を乱されていました。そのご様子に、有間皇子は『牟婁温湯に行幸なさいませ』と勧めました。女帝は有間皇子の勧めをたいそう喜ばれ、早速、その年の十月に、船便を仕立てて、牟婁温湯へ向かわれました。中大兄も女帝とお出かけになりました」

（二）奸計（わるだくみ）

「事件が起こったのは、この行幸中でした。当時、京師（みやこ）の留守を司っていたのは蘇我赤兄（あかえ）でした。赤兄は蘇我馬子の孫です。倉山田石川麻呂の弟になります。伯父の蘇我蝦夷、従兄の入鹿、兄の石川麻呂の三名が、すでに中大兄と鎌足の策謀にかかって討たれています。蘇我一族としては、首の皮一枚で命が繋がっている立場でした」

（ここでもまだ蘇我が出てくるのか……）

家持は驚いた。

「中大兄と鎌足は京師を出発する直前に、赤兄を呼んで密かに耳打ちしました。赤兄はその指令の内容に顔面蒼白になりました。しかし、中大兄の命令に従わないと自滅します。『ご指示通り実行し、見事成功させます。ご安心して牟婁温湯へお出かけください』と、答えました」

「斉明女帝や中大兄たちが牟婁へ出発して二週間ほど経った十一月三日の夕刻、赤兄が手土産と酒を持って、有間皇子の館を訪れてきました。皇子の亡父孝徳帝は憤死していますから、これまで皇子の館を訪問するような貴族は、ごく僅かな友人を除き、殆どいませんでした。京師の警備を預かる大官、赤兄の来訪に、少年有間皇子は驚愕。――そうです。腰を抜かさんばかりに驚きました」

話の展開に、二少年は引き込まれていた。

「赤兄は皇子にこう申しました。『皇子、前触れもなく突然訪問して失礼致しました。さぞかし驚かれたことでしょう。ハッハッハ。いやいや、京師の主立った連中は、帝のお供をして牟婁に行ってしまい、飲み友達がいないので退屈していたところです。ふっと牟婁温湯で病気を治されたと伺った皇子様を想い出し、こうして山鳥と酒を持ってきました。今宵は二人でゆっくり快気祝いを致しましょう』と。口上を述べると、押し止める暇も与えず、ずかずかと館に上がり込んできました」

旅人も坂上郎女も、断片的にはこの事件を知ってはいたが、詳細で、分かりやすい憶良の説明に聴き惚れていた。

「酒など殆ど飲んだ経験のない十八歳の皇子でした。脂の乗った山鳥の肉とともに、胃に流れ込む甘口の酒は、麻薬のように効きました。皇子の詩才を褒め讃える赤兄の巧みなお世辞に、皇子は心地よい気持ちになりました。皇子が牟婁温湯や紀伊白浜の名勝の話をすれば、赤兄は京師の内外の裏話を、面白可笑しく語りました。それでも皇子は赤兄に気を許さず、慎重に対応していました。宴も終わろうとする頃、赤兄は皇子に『実は内々の話でございますが……』と切り出しました」

旅人も坂上郎女も、ここまで詳しくは知らなかった。固唾を呑んで聴いた。

「赤兄は真面目な顔で話し始めました。『斉明女帝は三つの失政を犯しています』。皇子は驚きを越え、呆然と聞いていました。《赤兄は斉明女帝と中大兄の腹心ではないか。何故女帝の失政など、畏れ多いことを話し出すのか？……》と、疑いました」

四人は当然だというように、軽く頷いた。

「赤兄は、斉明女帝の、三つの失政を次のように語りました」

一　大倉庫を建てて、国民の財物を集積し、民を疲弊させた。
二　石上山から飛鳥岡本宮まで、長い渠つまり運河を掘った。この大工事のために国の食料を浪費した。
三　この運河を利用して巨石を運び、丘を築くなど民に苦役を強いた。

「斉明女帝の大工事は、有間皇子も実際に見聞していたので、赤兄の話は皇子にはよく理解できました。ちょうどよい機会ですから、少し本論から離れて、日本書紀に書かれています斉明女帝の大工事について説明しておきましょう」

（憶良様はこうして首皇太子の知識を広げられたのか。さすがは前の東宮侍講殿だわ）

と、坂上郎女は感心していた。

「斉明女帝はことのほか興事（こうじ）――いろいろな造営工事――がお好きでした。その中でも最たる物は、人呼んで『狂心渠（たぶれごころのみぞ）』という大運河です。香具山の西から石上（いそのかみ）山まで、渠（みぞ）を掘り、水を流して運河にし、舟を浮かべました。この運河を掘るのに人夫延べ三万人を使いました。運河は民のためではなく、石上山の石を、飛鳥寺の南にあります岡本宮の東の山に運んで、石垣や石の丘を築きました。この工事には人夫七万人が必要でした」

「すごい数の人足だなあ」

と、書持が驚いた。

「実は斉明女帝は大唐の道教思想に興味をお持ちになられていました。須彌山（しゅみせん）を形取った巨石や、神仙思想に影響を受けた奇岩怪石の石像物を沢山作られました」

「以前、父上と飛鳥を訪れて、いろいろな場所や奇妙な石像を観ています」

と、家持が嬉しそうに言った。

「それはよかった。このような斉明女帝の浪費を認める中大兄の政事に、多くの豪族や国民が不満を持っていたのは事実です。税金を取られ、人夫の労役提供を負担させられていたからです。京師（みやこ）にいる貴族の中にも、中大兄に批判的な者がいて、彼らは先帝の遺児である有間皇子の許に時折集まっていたのは事実です。話を有間皇子と赤兄に戻しましょう」

旅人が同意した。

「最初は心を閉ざし、要心していた皇子も、ついつい酔いに任せて肯（うなず）いてしまいました。――しめた！皇子は女帝の三失政を肯定した！――、赤兄は心中快哉を叫びました」

家持、書持は酔わされた皇子の様子に、心配そうな顔をしていた。

「赤兄はこの時、皇子に武装蜂起を勧め、皇子はこれに応えた——というように伝えられています。しかしそれがしは、皇子はそこまで踏み込まれていなかったと思います。日本書紀は藤原氏の支持する天皇に都合のよいように、事実と異なる記述が多々あります。それがしは一時期、編集の下作業をしていましたので、そのあたりの裏事情をよく承知しています」

憶良は机上に置かれている水差しから、杯に水を注ぎ、咽喉(のど)を潤した。

(そうか、憶良様は日本書紀の編纂にも関係していたのか……裏を知りすぎている故に、藤原には煙たい存在なのだ……)

と、坂上郎女は瞬時に憶良左遷の事情を察した。

「皇子は翌々日、酒と魚を持って赤兄の館を訪れました。来訪のお返しのつもりでしたが、赤兄にとっては願ってもない好都合でした。来訪の話の内容は何とでも枉(ま)げられ、捏造(ねつぞう)できます。皇子が来訪した事実さえあれば十分だったのです。——赤兄と皇子が密談中、皇子の脇息が突然壊れたので、皇子が『縁起が悪い、今日の話はなかったことにしよう』と、席を立った——と伝えられていますが、これも赤兄の創作でしょう。赤兄の館から帰宅した皇子を取り囲んだのは、赤兄の指図を受けた物部朴井連鮪(もののべのえのいのむらじしび)とその部下たちでした。赤兄は牟婁温湯にいる女帝と中大兄皇子に、有間皇子の謀反と、数名の皇子の友人貴族や舎人の逮捕を報告しました」

家持、書持兄弟が悲しげな顔をしていた。

（二人には残酷かもしれないが、人生には、理不尽な、時には過酷なことが襲い掛かってくることもありうると知っておいてもらいたい。吾も老齢になったゆえ……）

と旅人は考えて、憶良には、「できるだけ実情を語って欲しい」と、事前に頼んでいた。

暫く静謐な時間が過ぎた。家持が憶良に質問した。

「先生、有間皇子を逮捕した物部朴井連鮪は、古人大兄皇子の舎人で、鎌の策謀によって、襲撃軍に抵抗せず逃げた物部朴井椎子と関係ありますか？」

憶良は家持の記憶力に驚いた。

「よく覚えていました。同族です。往年の名族物部も、今や面影はありませぬ。中大兄に利用されました」

（それにしても、憶良殿の知識や、表裏の情報量と分析力は凄い……予想以上であった）

旅人はひそかに驚き、傾聴していた。

（三）処刑

「女帝と中大兄が紀伊へ旅立ったのは、十月中旬でした。赤兄が有間皇子を訪れたのが十一月三日。逮捕が十一月五日。すべて計画された通りに進められました。有間皇子と友人の塩屋連鯯魚、守君大石、坂合部連薬の三名の貴族と、舎人たちは牟婁温湯に護送され、十一月九日、中大兄の厳しい訊問を受けました。この訊問に先立ち、護送の旅で『有間皇子、みずから傷みて松が枝を結ぶ歌二首』があります」
憶良は、兄弟の前に木簡一枚を差し出した。憶良の筆でこう書かれていた。

磐白の濱松が枝を引き結びまさきくあらばまたかへり見む

「少し説明しましょう。まずこの一首は、有間皇子が護送される途中、磐白（和歌山県日高郡南部町岩代）の海岸を通過する時に詠まれた歌です。松の枝を結ぶのは、古くから草木を結び、幸せを祈る信仰があったからです。したがって、『自分はかかる身の上で磐白まで来たが、今は濱の松の枝を結んで好運を祈っていこう。幸に無事であれば、ふたたびこの結び松を還り見よう』というのであります。奸計に嵌められた無実の罪ゆえに、またこれまで有力な支援者や保護者など皆無であった、無力の少年皇子の、哀切きわまりない悲痛な歌でございます。柿本人麻呂殿やそれがしらが同情した挽歌は、後ほどご披露しましょう」
そういうと、憶良は次の木簡を卓上に置いた。

家にあれば笥に盛る飯を草まくら旅にしあれば椎の葉に盛る
（有間皇子　万葉集　巻二・一四二）

「二首目は実に淡々と旅の食事のご様子を詠まれています。笥は食器です。皇室の方々は銀器を使われています。昨日までは銀の器で食事を楽しんでいましたが、一朝にして犯罪人の旅となりました。椎の葉に盛った粗末な飯を食べているという背景があるだけに、それがしは仏教で申す諦観、あきらめと悟りの境地さえ感じます」

憶良がしんみりと感慨を述べると、坂上郎女が、

「本当にお気の毒でございますわね。どのようなお気持ちで旅をされていたのでしょうか」

と、相槌を打った。

「さて、本論に戻りましょう。中大兄皇子は有間皇子に向かって、『何故謀反を起こそうとしたのか。理由を申せ』と詰問されました。これに対して有間皇子は『天と赤兄と知る。吾は全く知らず』とのみお答えになられたのは有名な話です。謀反を仕掛けてきた赤兄の名を出し、――本当のことは天、すなわち帝と中大兄殿ご自身と赤兄がご存じでしょう。私にはまったく身に覚えがございませぬ――と、平然と応えたのです。中大兄は図星を指されました。二日後の十一日、紀伊の藤白坂で、皇子は絞首刑に処されました。塩屋連鯯魚と皇子側近の舎人二名が斬殺されました。守君大石と坂合部連薬の二名は流刑になりましたが、後日赦されて、京師へ帰り、再び官職に就いています。特に守君大石はその後、第十六帖で述べます白村江の戦いに、将軍として参加させられますので、覚えておいてください」

「中大兄や鎌は、助命した者を後日嫌な仕事に上手く利用するのだな」

「その通りです。さて有間皇子を唆した赤兄は、その後左大臣に登用されます。功労褒賞でしょう。斉明女帝と中大兄皇子は、――自分たちの血統でない有間皇子は、早く消したい――と考えていたのです。また無実の罪の塩屋連鯯魚の処刑は、中大兄の政事に不平を懐いていた貴族、豪族たちへの見せしめでした。処刑された三名の貴族には、天下を覆すほどの兵力も、財力も、人望もなかったからです。十八歳で人生を終えられた有間皇子は、悲運の皇親であると、哀れみます」

（四）哀悼の歌

「有間皇子の辞世は、多くの人々に感動を与え、憐憫の情を呼び起こしました。心ある歌人たちが、追悼の歌を詠みました。有間皇子追悼の歌を詠むということは、この大事件を『無実の罪だ』と、皇室を非難することを意味します。勇気のいることです」

旅人一家四人は、厳粛な気持ちで聴いていた。

「最初に、川島皇子が有間皇子を偲んだ歌を紹介しましょう」

白波の濱松が枝の手向ぐさ幾代までにか年の経ぬらむ

（川島皇子　万葉集　巻一・三四）

「それがしが若き折お仕えした川島皇子は、中大兄の御子ですが、壬申の乱では大海人皇子の陣営に加わりました。父君の所業には納得されなかったのです。川島皇子は温厚な方でした」

四人が頷いた。

「少し時代が下がって、大宝元年（七〇一）九月、文武天皇が紀伊国に行幸されました。この時随行した宮廷歌人長意吉麻呂が、この結い松を見て、哀咽の歌を二首詠みました」

磐白の岸の松が枝結びけむ人はかへりてまた見けむかも

（長忌寸意吉麻呂　万葉集　巻二・一四三）

磐白の野中に立てる結び松情も解けずいにしへ思ほゆ

（長忌寸意吉麻呂　万葉集　巻二・一四四）

「これに追和して、それがしも一首詠みました。――有間皇子の御魂は翼があるように、空を通ってこの磐白の松をご覧になっているだろうが、人には見えない。松のみは知っているだろう――と思いまして……」

つばさなすあり通ひつつ見らめども人こそ知らね松は知るらむ

（山上憶良　万葉集　巻二・一四五）

「柿本人麻呂殿も追悼されました」

後見むと君が結べる磐白の小松が末をまた見けむかも

（柿本人麻呂　万葉集　巻二・一四六）

「なお長意吉麻呂は、さらにもう一首詠んでいます。近くの藤白で処刑された有間皇子を悼んだ内容です」

風莫の濱の白波いたづらにここに寄り来る見る人無しに

（長忌寸意吉麻呂　万葉集　巻九・一六七三）

「――まさきくあらばまたかへり見む――と詠まれた皇子に、意吉麻呂は――この白波は私しか見る人はいない――と同情しました」

「有間皇子の追悼歌がこんなにあるとは知らなかった。感動したぞ」

と、旅人が感傷的に所感を吐露した。

「しかし、それがしの歌を含めて、どの歌も有間皇子の御歌には足元にも及びませぬ。皇子のように命を懸けた切迫感がなく、吾ら歌人の心が間接的だからでしょう。肉親や心の友でない者たちの追悼の歌の限界かもしれませせぬ」

「成る程。その批評よく分かった」

旅人が同意した。

「ただ、宮廷歌人の人麻呂殿や意吉麻呂の追悼歌によって、庶民たちはこの大事件を無実の罪と知りました。歌人たちの功績は大です」

「そうであったか。憶良殿、有間皇子の悲劇と、その背景を詳しく語ってくださり、また皇子の辞世のみでなく、有名歌人の挽歌まで教えてくれてありがとう」

職務では上司の旅人が、講話の師である憶良に、丁重に礼を述べた。

旅人は、家持と書持の方を向いて、告げた。

「家持、書持。世の中はいつ何時（なんどき）、謀計に遇うやもしれず。常々、冷静に対処することを、ゆめゆめ忘れるな」

旅人と憶良。

――ほんの一瞬ではあったが――二人の目には、往時の斉明女帝と中大兄が、今の光明子妃と藤原一族に……重なって見えていた。

憶良がその幻影を振り払うように述べた。

「皇室の秘話なれば、くれぐれも他言無用に。なお柿本人麻呂殿のこの挽歌と、宮廷追放、石見（いわみ）処刑についての関連は、あらためて第二十四帖『歌聖水死』でお話しましょう」

坂上郎女は驚愕した。

「有間皇子への追悼歌と、人麻呂殿の晩年は関係があったのですか！……」

憶良は黙って、ゆっくりと首を縦に、深く動かした。

旅人の館の庭の片隅に潜み、警護をしていた権は、一陣の松籟を聴いた。
（有間皇子の慟哭か——）
と、感じていた。

（下巻に続く）

あとがき

『令和万葉秘帖―隠流し―』と『令和万葉秘帖―長屋王の変―』の間の「承」に相当する『まほろばの陰翳』を早く読みたいとの読者の要望に応えて、上下二巻に分けて、発行することにした。

上巻は蘇我の専横と、入鹿を斃した中大兄皇子による乙巳の変（大化の改新）や、皇子が政事の実権を掌握する過程である。白村江の惨敗や、壬申の乱などは下巻とした。

令和万葉秘帖―隠流し―　令和2年4月発刊
令和万葉秘帖―まほろばの陰翳―（上）　令和2年10月発刊
令和万葉秘帖―まほろばの陰翳―（下）　令和3年4月発刊予定
令和万葉秘帖―長屋王の変―　令和元年8月発刊
令和万葉秘帖―落日の光芒―
令和万葉秘帖―いや重け吉事―

憶良による家持への皇統史特訓の第一帖は「現人神」で始めた。

万葉集には「大君（又は王）は神にしませば」と、天皇や皇子を「現人神」と讃えた歌が六首ある。三首は柿本人麻呂、他は大伴御行、置始東人、作者不詳が各一首である。

「現人神」は万葉の時代だけではない。昭和の時代にも使われた。

私たちは幼少年時代、日米英激突の太平洋戦争の最中に「天皇は現人神」と教わってきた。私たちの世代は、おぞましい見聞や苦労体験の多くを語らず、次第に鬼籍に入っている。しかし風化していく戦争時代の記憶を、少しでも記録に残すことも老人の責務と思うようになってきた。少年時代に皇国史観から唯物史観へ、八紘一宇の軍国主義から国際平和の民主主義へ、否応なく価値観の変更を余儀なくされた私たちに、大同小異、共通する体験を、少し長くなるが書き残したい。

私は昭和十年（一九三五）、豊後水道に面した小さな町に生まれた。十六年（一九四一）四月、国民学校に入学した。それまでの小学校が、この年から名称が変更になった。

一年生の十二月八日、全校朝礼で校長先生から「日本海軍はハワイの真珠湾を攻撃してアメリカと戦争を開始した」と発表された。

校庭の一隅に「奉安殿」と呼ばれる小さな神社風の建物があった。一段高い祠には御真影――今上（昭和）天皇のお写真――が祀られていた。御真影は学校の主な行事の時だけ校長先生が白い手袋で恭しく取り出され、講堂の正面に飾られた。天皇は「現人神」であった。

二、三年生の時までは戦争の影響は感じなかった。しかし四年生頃から雲行きがおかしくなった。敵機襲来を告げる「警戒警報」や「空襲警報」のサイレンが頻繁に鳴るようになった。米軍機が対空砲火を避け、紀伊水道と豊後水道を北上するまで戦局は悪化していた。だが大本営の発表は、かくかくたる戦果を告げており「わが方の損害は軽微」であった。マスコミは軍事政権に盲従していたと、戦後知った。

昭和二十年（一九四五）、五年生になると敗色は濃厚になった。高い青空を銀翼のＢ29が編隊を組んで、飛行機雲を引きながら悠々と北上するようになった。四発プロペラの長距離爆撃機で、超高層を飛び、日本の戦闘機では攻撃が難しいようであった。

湾の入り口にある小さな離島の学校に、米軍機が低空で爆弾を落とした。多数の子供たちが死傷した。島は凄惨を極めた状態だったと聞いた。戦争は彼我双方の兵を鬼畜にする。

一度だけわが頭上を、白煙を引きながら高度を下げるＢ29を二機の新鋭戦闘機が追尾攻撃するのを目撃して興奮した。そのまま山の向こうに消えた。米兵は落下傘で降下し捕虜になった――と、噂で聞いた。

日本は油不足となり、ゴム液の採取のように松の幹に斜めに傷をつけ、空き缶を付けて、樹脂を取っていた。その缶の油集めは学童の作業であった。ある日、近くの宮山という小山の松林で作業していると、目の前の湾の上を複葉練習機（通称赤トンボ）が南下してきた。

多分彦岳の向こうの佐伯海軍航空隊の基地に急いでいたのであろう。それをグラマン（米軍の艦載戦闘機）が追ってきた。私たちは慌てて木陰に身を隠した。グラマンは練習機を追い抜きざま岬の上で旋回し、上方から機銃掃射を加えた。海面に瀧のような水しぶきが走った。練習機は途端に炎上し海中に墜落した。私が肉眼で実際に見た戦闘は以上二つである。

間もなく八月十五日。紺碧の空にはB29の飛来はなく、静かであった。正午のラジオでは何を言っているのか分からなかったが、戦争が終わった。ＮＨＫも新聞も雑誌も、「終戦」と報道するが、明らかに「敗戦」であった。

夏休みが終わって二学期の登校をした。担任の先生から、授業再開の前に、「これまで使っていた教科書の、この部分を墨で塗りなさい」と、全国全校一斉の墨塗作業が行われた。教科書は最近の公文書の提示のようにあちこち真っ黒になった。

「現人神」の御真影を祀っていた奉安殿は跡形もなく取り壊された。軍国主義の教育から、平和主義への教育への大転換の瞬間であった。

それまでは天孫降臨や神武東征の歴史であった。「神武、綏靖、安寧、懿徳、孝昭、孝安、孝霊、孝元……」と丸暗記していた歴代天皇の名前は、「覚えなくてよい」ことになった。

大袈裟に言えば価値観の否定、転換である。私たちの年代が、なんとなく大人のいうことを根っから信用せず、権威に盲従せず、少し斜に構えるのは、多感な少年の日の墨塗り作業のせいかもしれない。

六年生では物資不足で、新聞紙のような印刷物を配られ、それを切り抜き、綴じて、国語や算数の教科書とした。ろくに文房具もなく、なんとなく国民学校を卒業した。

隣町の（旧制）臼杵中学を受験するつもりだったが、クラス全員が中学生になるという。昭和二十二年（一九四七年）の学制改革で新制中学一年生になった。校舎はなく、私立の女学校の講堂や、小学校の校名に戻った母校の理科教室などを転々とした。

天孫降臨などの神話伝説に代わって、縄文文化、弥生文化、古墳時代などの歴史教育になった。皇国史観から唯物史観への転換だった。遺跡の発掘に興味を持った。

高校では世界史を学び、とうとう日本史をきちんと学ばないまま社会人になった。

古希を過ぎ、ようやく万葉のいろいろな歌とわが国の古代史を客観冷静に、ロマンをもって見直そうという気になった。

万葉の大家、犬養孝先生は全国各地の万葉の歌の故地を訪れになり、お見事な朗詠によって、万葉の歌の数々を多くの人に紹介された功績は大きい。犬養ファンは多い。ところで犬養先生は、「現人神」をどう理解しているのだろうか。筆者も愛読し、参考にしているご高著『万葉の人びと』（新潮文庫）の中から、核心の部分を引用しよう。

「『万葉集』の中に『大君は　神にし坐せば』という言葉があります。ある時、学生が私に質問して『先生、【大君は　神にし坐せば】ってあるけれど、天皇は神じゃないですよね。それを【大君は　神にし坐せば】と人麻呂が言ったりうたったりするのは、あれは天皇におべっかを使ってるんじゃないでしょうか』と言うのです。ところがこれはとんでもない間違いです。なぜかというと、この学生は時代をとび超えてしまっている。時代をグーと縮めて現代の感覚で考えてしまっているんですね。実はこの歌を考えるのには、壬申の乱というものを考えなければ絶対に分かりません」（95頁）

「……だからこれを見ると、一カ月で天下を統一したわけですね。まさに神技でしょう。だから大英雄です。そこで壬申の乱以前にはなかった言葉『大君は　神にし坐せば』という言葉が出てくる。これから後は、天下を統一した天武天皇、その奥さんの持統天皇、そしてその皇子の草壁皇子、みんな当時の宮廷人からは、神とみなされるのです。……しかし当時の人のすべてが天皇を神と思ったわけではなかったでしょう。けれどもこの大海人皇子の天下統一の行動を正眼に見ている宮廷周辺の人からみれば、絶対的に天皇は神に見えたことでしょう。……」（１００頁）
（犬養先生はやはり旧制の教育を受けられた国文学者だな）と感じる記述である。

「壬申の乱」を分析してみると、大海人皇子と鸕野讃良妃は前線にはいない。一カ月で勝利した激戦を、現場で指揮した総指揮官は高市皇子であった。壬申の乱の表裏を、下巻第十九帖で推理再現してみた。勝利は周到な作戦結果であり、神技ではなかった。

持統天皇を神と讃えた人麻呂は、後年女帝に疎まれ、宮廷を追放される。日本書紀や続日本紀には、歌聖柿本人麻呂の名も功績も追放も記載がない。大津皇子を謀殺した持統天皇は、「現人神」とは讃えられないであろう。

——万葉集は日本史の優れた史料集としても編集された——と確信して、日本書紀や続日本紀を併読しつつ、憶良による家持特訓をまとめた。古代史論争の中心部分だけに、読者の卓見や異論、反論を頂くであろう。楽しみである。

今回も渡部展夫君、小林紀久子さん、茂木馨子さんにお世話になった。無名の日曜作家の出版を支援してくださる佐藤聡社長や猪越美樹氏、装丁の宮田麻希氏に感謝したい。

完結までは前途遼遠である。読者の皆様にはご健康で引き続きご支援をお願いしたい。

令和万葉秘帖シリーズ　参考文献一覧

引用文献

万葉の歌は佐々木信綱編「万葉集」を引用しました。そのためルビは旧仮名遣いです。文中に部分使用している時は、新仮名遣いに統一しています。

佐々木信綱編『新訂新訓　万葉集　上巻、下巻』岩波書店
宇治谷孟『日本書紀　全現代語訳（上）（下）』講談社学術文庫
宇治谷孟『続日本紀　全現代語訳（上）（中）（下）』講談社学術文庫

参考文献

斎藤茂吉著『万葉秀歌　上巻　下巻』岩波新書
中西進『万葉の秀歌』ちくま学芸文庫
佐々木信綱編『新訂新訓　万葉集　上巻、下巻』岩波書店
折口信夫『口訳万葉集（上）（中）（下）』岩波現代文庫
犬養孝『万葉の人びと』新潮文庫

北山茂夫著『万葉群像』岩波新書
森浩『万葉集に歴史を読む』ちくま学芸文庫
小林恵子『本当は怖ろしい万葉集』祥伝社黄金文庫
山本健吉『万葉の歌』淡交社
篠﨑紘一『言霊』角川書店
崎山祐宏『山の辺の道　文学散歩』綜文館
季刊明日香風１『万葉のロマンと歴史の謎』飛鳥保存財団
季刊明日香風２『古代の見える風景』飛鳥保存財団
季刊明日香風４『甦る古代のかけ橋』飛鳥保存財団
季刊明日香風６『女帝の時代①』飛鳥保存財団
季刊明日香風７『女帝の時代②』飛鳥保存財団
季刊明日香風９『「興事を好む」女帝―斉明紀の謎』飛鳥保存財団
季刊明日香風10『キトラ古墳・十一面観音と一輪の蓮華』飛鳥保存財団
季刊明日香風11『東明神古墳・古代の日中交流・万葉の薬草』飛鳥保存財団
奈良国立文化財研究所『飛鳥資料館案内』奈良国立文化財研究所
東京国立博物館・読売新聞社・ＮＨＫほか『正倉院の世界』読売新聞社
奈良国立博物館第七十一回『正倉院展』目録　仏教美術協会

林順治『日本書紀集中講義』えにし書房
宇治谷孟『日本書紀　全現代語訳（上）（下）』講談社学術文庫
歴史読本『日本書紀と古代天皇』２０１３年４月号　新人物往来社
宇治谷孟『続日本紀　全現代語訳（上）（中）（下）』
関裕二『新史論４　天智と天武　日本書紀の真相』小学館新書
森公章『天智天皇（人物叢書）』吉川弘文館
川崎庸之著『天武天皇』岩波新書
渡辺康則『万葉集があばく捏造された天皇・天智　上　下』大空出版
立美洋『天智・天武　死の秘密』三一書房
中村修也『天智朝と東アジア』ＮＨＫブックス
別冊歴史読本『壬申の乱・大海人皇子の野望』新人物往来社
井沢元彦『誰が歴史を歪めたか』祥伝社黄金文庫

江口孝夫『懐風藻　全訳注』講談社学術文庫
浜島書店『解明日本史資料集』浜島書店
洋泉社『歴史ＲＥＡＬ　敗者の日本史』洋泉社
別冊宝島『古代史15の新説』宝島社
別冊歴史読本『歴史常識のウソ３００』新人物往来社

武光誠『古代女帝のすべて』新人物往来社
別冊宝島『持統天皇とは何か』宝島社
安永明子『井上皇后悲歌　平城京の終焉』新人物往来社

藤井清『旅人と憶良—東洋文化の流れのなかで』短歌新聞社
星野秀水『天の眼　山上憶良』日本文学館
山上憶良の会「今　倉吉でよみがえる山上憶良」山上憶良の会
古都太宰府を守る会　都府楼11号『梅花の宴』古都大宰府を守る会
九州国立博物館・太宰府市教育委員会『新羅王子が見た大宰府』九州国立博物館
小野寛『大伴家持』笠間書院
植木又一『防人歌』作歌者たちの天上同窓会　海鳥社
高岡市万葉歴史館『越中万葉をたどる』笠間書院
高岡市万葉歴史館『大伴家持』高岡市万葉歴史館
多田一臣『柿本人麻呂（人物叢書）』吉川弘文館
梅原猛『水底の歌　柿本人麻呂論』新潮社
江馬務・谷山茂・猪野謙二『新修国語総覧』京都書房
小学館『ＪＡＰＯＮＩＣＡ大日本百科事典』小学館

【著者紹介】

大杉　耕一（おおすぎ　こういち）

大分県津久見市出身　1935年（昭和10年）生
臼杵高　京都大学経済学部卒　住友銀行入行
研修所講師、ロンドン勤務、国内支店長、関係会社役員
61歳より晴耕雨読の遊翁

著書　「見よ、あの彗星を」（ノルマン征服記）日経事業出版社
　　　「ロンドン憶良見聞録」日経事業出版社
　　　「艇差一尺」文藝春秋社（第15回自費出版文化賞の小説部門入選）
　　　「令和万葉秘帖—隠流し—」郁朋社
　　　「令和万葉秘帖—長屋王の変—」郁朋社
編集　京都大学ボート部百年史上巻　編集委員
　　　京都大学ボート部百年史下巻　編集委員長
趣味　短歌鑑賞（ロンドン時代短歌を詠み、朝日歌壇秀歌選に2首採録）
　　　史跡探訪
運動　70歳より京大濃青会鶴見川最シニアクルーの舵手
　　　世界マスターズの優勝メダル2及びOAR（80代現役漕手賞）

令和万葉秘帖（れいわまんようひちょう）　——まほろばの陰翳（いんえい）　上巻（じょうかん）——

2020年9月26日　第1刷発行

著　者 — 大杉（おおすぎ）　耕一（こういち）

発行者 — 佐藤　聡

発行所 — 株式会社　郁朋社（いくほうしゃ）

郁朋社

〒101-0061　東京都千代田区神田三崎町2-20-4
電　話　03（3234）8923（代表）
ＦＡＸ　03（3234）3948
振　替　00160-5-100328

印刷·製本 — 日本ハイコム株式会社

装　丁 — 宮田麻希

ISBN978-4-87302-723-4　C0093